HEYNE BÜCHER

SCIENCE FICTION

Herausgegeben
von Wolfgang Jeschke

Ein Verzeichnis weiterer
im Heyne-Taschenbuch erschienener Bücher des Autors
finden Sie am Schluß des Bandes.

HARRY
HARRISON

Die Stahlratte fährt zur Hölle

Roman

**Zehnter Band des
STAHLRATTEN-ZYKLUS**

Aus dem Amerikanischen von
RONALD M. HAHN

Deutsche Erstausgabe

WILHELM HEYNE VERLAG
MÜNCHEN

HEYNE SCIENCE FICTION & FANTASY
Band 06/5331

Titel der amerikanischen Originalausgabe
THE STAINLESS STEEL RAT GOES TO HELL
Deutsche Übersetzung von Ronald M. Hahn
Das Umschlagbild ist von Karel Thole

Redaktion: Wolfgang Jeschke

Erstausgabe 1996 by TOR Books,
published by Tom Doherty Associates, Inc., New York
Mit freundlicher Genehmigung des Autors
und Thomas Schlück, Literarische Agentur, Garbsen
(# 42962)

Printed in Germany Dezember 1997
Umschlaggestaltung: Atelier Ingrid Schütz, München
Technische Betreuung: M. Spinola
Satz: Schaber Datentechnik, Wels
Druck und Bindung: Elsnerdruck, Berlin

ISBN 3-453-13303-X

1. KAPITEL

Ich kippte ordentlich Whisky auf die Eiswürfel und maß sie mit einem finsteren Blick – dann goß ich noch etwas drauf. Als ich das Glas jedoch anhob und mit gluckerndem Vergnügen trank, fiel mein Blick auf die in die Wand oberhalb der Bar eingebaute Uhr.

Es war erst zehn Uhr morgens.

Auweia, Jim, du schüttest dich jeden Tag etwas früher zu. Ich knurrte vor mich hin. Na und? Gehörte die Leber nun mir oder nicht? Ich sabberte das Glas gerade leer, als der Hauscomputer mich mit einer volltönenden, gebildeten – etwa auch höhnischen? – Stimme ansprach.

»Jemand nähert sich dem Hauseingang, Herr.«

»Toll. Ist sicher der Laufjunge vom Schnapsladen, was?« Meine Stimme troff vor Sarkasmus, aber Computer können so was natürlich nicht aufnehmen.

»Keinesfalls, Herr. Franzls Fusel- und Feinkostladen liefert nämlich per Rohrpost. Ich identifiziere das sich nähernde Lebewesen als Rowena Vinicultura. Sie hat ihren Flitzer auf dem Rasen vor dem Haus abgestellt und entsteigt ihm gerade.«

Meine Laune verschlechterte sich schon, als der Name durch meine Trommelfelle kroch. Von allen wunderschönen Langweilern auf Lussuoso war Rowena wahrscheinlich die schönste – und ganz sicher die langweiligste. Ich wollte flichen oder Selbstmord begehen, bevor sie hereinkam. Ich war gerade in den hinteren Teil des Hauses unterwegs, um mich eventuell im Schwimmbecken zu ersäufen, als die

Stimme des Hausboters mich auf der Stelle verharren ließ.

»Miss Vinicultura ist wohl auf die Kunststoffmatte vor der Tür gefallen, auf der in sechs Sprachen WILLKOMMEN steht.«

»Was soll das heißen, *gefallen?*«

»Ich glaube, die Beschreibung ist zutreffend. Sie schloß die Augen, und ihr Leib erschlaffte. Dann bewegte sie sich langsam dem Boden entgegen. Nun liegt sie reglos da, und ihre Augen sind noch immer geschlossen. Ihr Puls hat sich, wie die Mattendruckplatte registriert, deutlich verlangsamt und schlägt unregelmäßig. Ihr Gesicht weist Schnittwunden und Schrammen auf …«

Die Stimme des Dings folgte mir, als ich durchs Haus zurücklief.

»Tür aufmachen!« schrie ich. Sie schwang weit auf, und ich stürzte hinaus.

Rowenas Kameengesicht war bleich, ihr schwarzes Haar kunstvoll zerzaust, ihr stattlicher Busen hob und senkte sich langsam. Auf ihren Wangen war Blut, und sie hatte eine sich bläulich verfärbende Schramme auf der Stirn. Ihre Lippen bewegten sich. Ich ging näher heran.

»Weg …«, sagte sie kaum hörbar. »Angelina … weg …«

Mir war, als sei meine Körpertemperatur um dreißig Grad gesunken. Doch dies verlangsamte mich nicht im geringsten. Während ich nach Rowena griff, gelang es mir, die Nummer 666 in meinen Armbandrechner einzugeben.

»Wo ist das medizinische Hausbehandlungszentrum?« schrie ich, während ich die Arme unter ihre warmen Schenkel und ihren weichen Rücken schob und sie so vorsichtig wie möglich hochhob.

»Am Bibliothekssofa, Herr.«

Ich rannte los und ignorierte den kalten Knoten der

Verzweiflung, den ihre Worte in mir hatten wachsen lassen. Da Angelina und ich unermeßlich reich waren, hatten wir den medizinischen Hausdienst noch nie in Anspruch genommen. Ich hatte beim Unterschreiben des Mietvertrags nur einen kurzen Blick auf das Kleingedruckte geworfen; bei der Miete, die wir zahlten, mußten die medizinischen Einrichtungen mindestens so gut sein wie die eines Provinzkrankenhauses. Als ich Rowena in die Bibliothek getragen hatte, war das Sofa in der Wand verschwunden. An seiner Stelle kam ein Untersuchungsbett aus dem Boden. Als ich sie auf das Lager legte, schlängelten sich auch schon die Detektoren des Medboters aus der Decke. Ein Analysator saugte sich an meinem Nacken fest, und ich scheuerte ihm eine.

»Nicht mich! Sie! Auf dem Bett da, du dösiger Blechkopf!«

Ich ging außer Reichweite, als sich die Maschine mit mechanischem Enthusiasmus an die Arbeit machte. Auf dem Bildschirm tauchten die ersten Messungen auf. Sie zeigten alles – von der Temperatur und Pulstätigkeit bis zum endokrinen Gleichgewicht, die Leberfunktionen, das Haarfollikelwachstum und alles, was man messen und bewerten konnte. Alles war da zu lesen.

»Sprich! Rede!« kommandierte ich. Ein Rascheln elektronischer Aktivität ertönte, als die verschiedenen Fachprogramme sich zusammentaten, den Input sortierten, verglichen, sich untereinander verständigten und in einer schnellen Mikrosekunde einigten.

»Patient hat Gehirnerschütterung und Prellungen.« Die computererzeugte Stimme war tief, männlichen Geschlechts und klang beruhigend. »Die Schrammen sind nicht schlimm. Sie wurden gereinigt und verschlossen.« Wie geschäftig die blitzenden Gerätschaften waren. »Die nötigen Antibiotika wurden injiziert.«

»Bring sie zu sich!« raunzte ich.

»Falls Sie damit meinen, Sir, daß es Ihr Wunsch ist, den Patienten ins Bewußtsein zurückzuholen, so wird dies gerade getan.« Falls Computer überhaupt eingeschnappt klingen können – dieser hier klang so.

»Wasch'n'lohsch?« murmelte Rowena mit leicht verschleierten, doch wunderbar purpurnen Augen.

»Es reicht noch nicht«, sagte ich. »Gib ihr irgendein Stimulans oder so was. Ich muß mich mit ihr unterhalten.«

»Der Patient ist traumatisiert ...«

»Aber nicht besonders schlimm. Hast du selbst gesagt. Bring sie nun zum Reden, du überteuerte Ansammlung von Speicherchips, sonst schließe ich deinen ROM, deinen PROM und deinen EPROM kurz!«

Das reichte wohl. Rowenas Augen blinzelten und schauten mich an.

»Jim ...«

»Höchstpersönlich, meine allerliebste Rowena. Gleich geht's dir wieder gut. Und jetzt erzähl mir von Angelina.«

»Weg ...«, sagte sie. Und klimperte mit ihren luxuriösen Wimpern. Ich spürte, daß ich mit den Zähnen knirschte und rang mir ein Lächeln ab.

»Das sagtest du schon. *Wohin* ist sie weg? *Warum* ist sie weg? *Wann* ist sie ...« Ich hielt die Klappe, denn ich geriet allmählich in Rage.

»Im Tempel der Ewigen Wahrheit ...« Das war alles, was sie sagte, bevor sie die Augen wieder schloß. Und es genügte mir.

Als ich zur Tür hinausrannte, schrie ich dem Hausboter zu: »Mach sie gesund! Bewach sie! Ruf einen Krankenwagen!«

Die Polizei erwähnte ich nicht, denn ich wollte nicht, daß diese Plattfüße sich in meine Ermittlungen einmischten.

»Einschalten!« schrie ich dem Atomkrad zu, als ich in die Garage kam. »Tor auf!«

Ich landete im Sattel, trat voll drauf und riß, als ich ins Freie schoß, die untere Hälfte des Garagentors ab, da sie sich nicht schnell genug öffnete. Es gelang mir, ein auf dem Pflaster herumschlenderndes Pärchen zu verfehlen, fegte zwischen zwei Fahrzeugen hindurch und jagte auf die Straße. Dabei brüllte ich in das Kradphon, da ich es für vorteilhaft hielt, wenn das Fahrzeug wußte, wohin ich wollte.

»Straßenkarte, Notzugriff. Der Tempel der Ewigen Wahrheit – Koordinaten.«

Auf der nun gesprungenen Windschutzscheibe wurde ein Stadtplan sichtbar, und ich fegte mit kreischenden Reifen um die nächste Ecke. Als ich mich wieder aufrichtete, sah ich, daß das Kom-Licht blinkte. Es konnte nur eine Antwort auf meinen Notruf sein, denn nur Angelina, James und Bolivar hatten Zugang zu dieser Nummer, wenn ein Ruf hinausging.

»Angelina, bist du's?« schrie ich.

»Hier ist Bolivar. Was ist los, Papa?«

Ich erklärte es ihm kurz und bündig, und als James sich zuschaltete, wiederholte ich alles noch mal. Ich hatte zwar keine Ahnung, wo die beiden sich gerade aufhielten – ich würde es schon noch erfahren –, aber es reichte mir schon, daß ich wußte, sie waren informiert und unterwegs. Wir hatten die Nummer 666 zum ersten Mal verwendet. Notfall Erster Klasse. Laßt alles fallen und kommt her. Ich hatte ihn erfunden, als sie aus dem Haus und ihrer eigenen Wege gegangen waren. Um ihnen in Zukunft helfen zu können, hatte ich mir dabei gedacht. Doch nun war ich derjenige, der um Hilfe schrie. Sie schalteten ab. Sie vergeudeten weder meine Zeit noch meine Aufmerksamkeit mit unnötigen Kommentaren. Sie hatten mir zugehört und würden kommen.

Ich jagte um die letzte Ecke und trat auf die Bremse.

Öliger Rauch schraubte sich in die Höhe – und erstarb schon unter dem weißen Sprühnebel eines Feuerwehrkopters, der über einem ruinierten Gebäude kreiste. Die kalte Umklammerung in meinem Brustkorb wurde nun körperlich. Ich brauchte einen Moment, um die Beherrschung zurückzugewinnen und atmete konzentriert. Dann rannte ich auf die Ruinen zu. Zwei Männer in blauen Uniformen standen mir im Weg und lagen augenblicklich rücklings im Dreck. Dann tauchte ein größerer vor mir auf, mit allerhand Lametta an den Schulterklappen; hinter ihm wimmelte es von seinen Untergebenen. Ich erlangte die Kontrolle über meine adrenalingeschüttelten Reflexe und schaltete das Gehirn ein.

»Mein Name ist DiGriz. Ich habe Grund zu der Annahme, daß sich meine Frau da drin aufhält …«

»Wenn Sie bitte zurücktreten, und …«

»Nein.« Ich spuckte das Wort förmlich aus, und er wich automatisch zurück. »Ich zahle Steuern. Eine Menge Steuern. Für Ihr Gehalt. Ich habe mehr Erfahrung mit Polizeiarbeit als Sie.« Ich vernachlässigte, auf welcher Seite des Gesetzes ich meine Erfahrungen gesammelt hatte. »Was wissen Sie über die Sache?«

»Nichts. Feuerwehr und Polizei sind gerade erst eingetroffen. Aufgrund eines automatischen Alarmrufs.«

»Dann sage ich Ihnen, was ich weiß. Dies ist – oder war – der Tempel der Ewigen Wahrheit. Eine Überlebende ist gerade in mein Haus gekommen. Rowena Vinicultura. Sie hat gesagt, meine Gattin sei hier.«

Ich hörte das Summen des Polizeicomputers in seinem Ohrstöpsel. »Admiral Sir James DiGriz. Wir werden alles unternehmen, was in unserer Macht steht, um Ihre Gattin … Angelina zu finden. Ich bin Captain Collin und stelle fest, daß Ihr Status Ihnen erlaubt, auf eigene Gefahr und Verantwortung an den Ermittlungen teilzunehmen.«

Als wir nach Lussuoso gekommen waren, hatte ich rein reflex- und rechtmäßig meinen gefälschten Rang als Admiral der Flotte angegeben. Voraussicht zahlt sich doch immer aus.

Wir folgten einem großen und gut isolierten Feuerwehrboter in die Ruinen hinein. Er pflügte einen sauberen Weg für uns frei, besprühte dann und wann ein rauchendes Überbleibsel, zeichnete für spätere Untersuchungen jede seiner Bewegungen auf und räumte alle Hindernisse aus dem Weg. Eine hängende Tür kreischte auf und fiel zu Boden, und wir betraten das qualmende Innere dessen, was einst ein sehr großer Gemeindesaal gewesen war. An sausenden Rotoren hängende Robotlampen schwebten über uns dahin und erleuchteten das rauchgefüllte Innere.

Zerstörung, wohin man blickte. Aber nirgendwo waren Leichen zu sehen. Der kalte Knoten war noch immer in meinem Zwerchfell. Der Raum war üppig mit geschnitztem Holz und – nun qualmenden – Vorhängen verziert gewesen. Reihen von Kirchenbänken standen der zerstörten Seite gegenüber, wo der Rauch am dicksten war. Kondensatoren reinigten bereits die Luft, und die Schwebelampen bestrahlten ruinierte und verdrehte Maschinerie.

»Hier bleiben wir erst mal«, sagte Captain Collin. »Jetzt übernimmt das Katastrophenteam.«

Das Katastrophenteam wurde von einem einzelnen metallgrauen Roboter verkörpert. Er war zweifellos mit von Brandspezialisten und Gerichtsmedizinern zusammengestellten Expertenprogrammen vollgepackt und verfügte über Detektoren und Sonden von mikroskopischer Effizienz. Zwar sagte mir die reine Logik, daß er viel bessere Arbeit leisten konnte als wir im Dunkeln herumtastenden Menschen, doch am liebsten hätte ich ihm in den Arsch getreten und wäre an ihm vorbeigelaufen.

»Siehst du irgendwelche … Leichen?« schrie ich.

»Keine lebenden Wesen. Keine Registrierung menschlicher Leichen oder animalischer Kadaver. Nein, ja. Korrektur. Rote Flüssigkeit am Boden. Ermittlungen laufen. Es ist menschliches Blut.«

Meine Kehle war fast zu. Meine Stimme knarrte, und ich hatte Schwierigkeiten beim Sprechen. »Primärtest. Blutgruppe?«

»Test läuft. Null positiv, Rhesusfaktor negativ.«

Den Rest hörte ich nicht mehr. Er spielte keine Rolle. Angelina hatte Blutgruppe B, Rhesusfaktor negativ. Ich entspannte mich, aber nur ein wenig.

In wenigen Minuten waren zwei wichtige Fakten geklärt worden. Abgesehen von dem Blutstropfen gab es keine sichtbaren menschlichen Überreste oder Spuren von Lebenden und Toten. Es gab einen vernichteten Saal, und daneben den verbrannten und zerschmetterten Raum, der große Mengen elektronischer Gerätschaften enthielt. Und eben diese waren dem Anschein nach bewußt zerstört worden, damit es keine Möglichkeit mehr gab, ihren Zweck zu erkennen.

Aber wo war Angelina?

Ich wartete, bis die Gebäuderuine untersucht und nachuntersucht worden war. Man entdeckte nichts Neues, so daß ich an der Brandstelle nur meine Zeit vergeudete. Die Polizei hatte jeden Raumer gefilzt, der den Planeten seit der Explosion verlassen hatte und wollte es auch weiterhin tun. Weder Angelina noch jemand, der ihr nur entfernt glich, war an Bord irgendeines Schiffes gewesen. Hier konnte ich nichts mehr tun.

Ich fuhr langsam nach Hause und hielt mich an sämtliche Verkehrsregeln. Hielt wegen der Fußgänger an und winkte sie über die Straße. Rollte durch die Überreste des Garagentors und stellte das Krad ab. Dann ging ich gleich an die Bar, kippte den abgestandenen Drink aus und bereitete mir einen kleinen, aber steifen Ersatz vor, um mich dann an die E-Mail-Ausdrucke zu begeben. Die Zwillinge waren unterwegs. Beide hielten sich nicht auf dem Planeten auf, so daß es einige Tage dauern würde, bis sie ankamen. Obwohl sie nicht in die Einzelheiten gingen, wußte ich, daß sie in diesem Moment im Begriff waren, das schnellste Transportmittel des bekannten Universums zu kaufen, jemandem abzuschwatzen, jemanden zu bestechen oder es gar zu stehlen. Sie würden kommen. Auch wenn unsere kleine Sippe die Außenwelten und ihre Werte möglicherweise ablehnte, es machte unseren familiären Zusammenhalt nur stärker.

Doch nun mußten wir auf eine vor sich hintrottende Technik warten, die die Ruinen des Tempels der Ewigen Wahrheit unter die Lupe nahm und untersuchte und bewertete, bevor sie uns ein kohärentes Bild dessen vorlegen konnte, was dort geschehen war. Ich konnte nichts tun, bevor diese Meldung kam. Ich wollte Rowena im Krankenhaus kontaktieren, aber man wimmelte mich ab. Ich durfte ihr erst Fragen stellen, wenn sie sich etwas erholt hatte. Lussuoso war reich, technisch beschlagen und konnte die Suche und Analyse so gut wie jeder andere Planet betreiben, den wir je gesehen hatten, wenn nicht gar besser. Ich konnte diese Welt zwar nicht ausstehen, aber technische Kompetenz mußte ich ihr zugestehen. Mein Geist versuchte fortwährend, alle schrecklichen Möglichkeiten aufzulisten, die Angelinas Verschwinden betrafen …

Häng dich nicht dran auf, Jim, sagte ich mir. Du hast dich für eine Lebensweise entschieden, die andere Menschen möglicherweise nicht nur für eigenartig, sondern sogar für kriminell halten. Ich wünschte mir allmählich, ich wäre bei meinen Gaunereien geblieben und hätte die Sondereinheit nie gesehen. Auf der richtigen Seite des Gesetzes verspürt man immer Unbehagen. Deswegen bedauerte ich es noch mehr, nach Lussuoso gekommen zu sein. Aber damals hatte ich es für eine gute Idee gehalten.

Lussuoso war eine Paradieswelt und unglaublich

teuer. Um hierherzuziehen, hatte ich Bankkonten anzapfen müssen, an denen ich seit vielen Jahren nicht gewesen war. Ich hatte sogar einige längst überfällige Schulden eintreiben müssen, was auch nicht gerade leicht gewesen war. Ich meine in dem Sinne *nicht leicht*, daß der Einsatz schwerer Waffen vonnöten gewesen war und am Ende einige Leute im Krankenhaus gelandet waren. Ein Verbrecherleben zahlt sich nicht immer aus – besonders dann nicht, wenn einem die Sondereinheit mit unwillkommenen Aufträgen am Hals hängt. Natürlich ist es ganz schön aufregend, hin und wieder das Universum zu retten, aber in barer Pinke bringt es nichts ein. Das gleiche war geschehen, als ich mich um die Präsidentschaft von Paraiso Aqui beworben hatte. Es hatte zwar Spaß gemacht, aber keinen müden Peso eingespielt. Deswegen mußten Angelina und ich zwischen unseren legalen Jobs ein paar andere erledigen, die unsere Koffer gefüllt und die der anderen geleert hatten. Wir hatten genug für die Regenzeit auf die Seite gebracht. Aber hier schien ja nur die Sonne. Es war die Sache trotzdem wert gewesen, denn Angelina war hier glücklicher als je zuvor. Wenn sie lächelte und mich küßte, vergaß ich sogar, wie sehr ich diesen Planeten haßte. Dabei hatte alles so einfach angefangen.

»Hast du schon mal was von Lussuoso gehört?« hatte sie gefragt.

»Ein neues Getränk? Oder irgend etwas, das man sich in die Haut schmiert?«

»Spiel nicht immer den Deppen, Jim DiGriz. Wer nicht taub ist, muß doch wissen, daß der Planet in aller Munde ist …«

»Ersatznervenkitzel und purer Neid. Es gibt nicht einen unter Trillionen, der es sich leisten könnte, einen Tag dort zu verbringen.«

»*Wir* schon. Ich gehe jede Wette ein.«

»Natürlich …«

Natürlich. Berühmte letzte Worte. Sie sprangen mir über die Lippen, weil ich gerade bestens entspannt war und einen Sprung in der Schüssel hatte. Im Nachhinein wurde mir sonnenklar, daß meine Liebste jedes Wort dieser simplen Konversation geplant und orchestriert hatte. Sie ist eine Frau, die alles kriegt, wenn sie erst einmal weiß, was sie haben will.

Lussuoso. Ein berühmter Mythos, eine Legende, die in allen galaktischen Seifenopern vorkam. Eine Paradieswelt. Bewohnt nur von Stinkreichen und noch reicheren. Anfangs hatte mich das Phänomen fasziniert, also hatte ich einige Nachforschungen angestrengt. Mein Einkommen war exotisch genug, um schnell zu erfahren, warum der Planet so anziehend war.

Er war das galaktische Zentrum für Verjüngungskuren. Und diese waren so schrecklich teuer, daß man Millionär sein mußte, um auch nur die Preisliste zu sehen. Die Behandlung war zwar schmerzlos, dauerte aber lange. Je nachdem, wie die Hinfälligkeit des Kunden vorangeschritten war, konnte sie Jahre dauern. Da Kliniken langweilig waren und das Projekt nicht unter irgendwelchen finanziellen Beschränkungen leiden mußte, hatte man den ganzen Planeten zu einer Urlaubswelt terradeformt. Die Luxusvillen stachen sich gegenseitig in jugendlichem Überschwang aus. Opern, Bühnen und Unterhaltung aller Art waren in Hülle und Fülle vorhanden. Man konnte jeden Sport betreiben, vom Tiefseetauchen und Fischen bis zum Bergsteigen und der Jagd. Doch die Kliniken und Praxen, in denen die Reichen jünger und – falls möglich – ärmer wurden, versteckten sich vor diesem allesfressenden Kapitalismus. Sie waren ein Tabuthema und wurden nie erwähnt – doch waren sie der einzige Grund für die Existenz des Planeten.

All dies hatte ich herausgefunden und auf der Stelle vergessen. Angelina hingegen nicht. Als sie eines Tages, bevor wir zum Essen gehen wollten, vor dem

Korridorspiegel stehenblieb, wußte ich, mein Schicksal war besiegelt. Sie hatte mich am Wickel. Der Ofen war aus. Sie patschte auf ihr makellos frisiertes Haar, wie es die Frauen alle naselang tun und trat dann näher an ihn heran. Sie berührte mit ihrer feinen Fingerspitze einen Augenwinkel.

»Jim – ist das da etwa ein *Krähenfuß?*«

»Natürlich nicht. Das meinst du nur, weil das Licht so fällt.«

Im gleichen Moment, in dem ich diese freundlichen, wahren und einfachen Worte sprach, wirbelten die Gedanken in meinem Kopf schon in Richtung Zukunft. Jahre einer glücklichen Ehe hatten mich eine wichtige Tatsache gelehrt – wenn nicht gar mehrere: Frauen haben eine merkwürdige Art, sich auszudrücken. Eine einfache Frage wie *Hast du Hunger?* kann bei ihnen *Ich habe Hunger* bedeuten. Oder *Hast du vergessen, daß wir heute zum Essen ausgehen wollen?* Oder *Ich habe zwar keinen Hunger, aber ich weiß genau, daß du mich gleich zum Essen einladen wirst.* Etc. pp. Deswegen kann ein mögliches Krähenfüßchen, das man kurz nach einer einfachen Frage über den Planeten Lussuoso stellt, im Verein mit einer vergoldeten Broschüre, die rein zufällig auf dem Nachttischchen liegt, nur eins bedeuten. Ich lächelte.

»Ich habe allmählich das Gefühl, daß diese Welt einem kaum noch etwas Neues bietet und mich langsam aber sicher langweilt. Hast du schon mal daran gedacht, nach einem, na ja, glanzvolleren und aufregenderen Planeten Ausschau zu halten?«

Sie fuhr herum und küßte mich begeistert. »Jim – du kannst ja Gedanken lesen! Was hältst du von …?«

War doch Wurscht, was ich davon hielt. Ich dachte in erster Linie an längst vergessene Bankkonten.

Aber es war die Sache wert gewesen. Für eine Weile. Angelina war von Zeit zu Zeit abwesend, aber wir sprachen nie über Verjüngungskuren. Ich muß jedoch gestehen, daß ich nach der ersten Sichtung gewisser Grautönen in meinem Haar und der leichten Neigung zur Kurzatmigkeit nach ernsthafter Betätigung eigentlich nichts gegen die eine oder andere medizinische Sitzung einzuwenden hatte. Schließlich zahlte ich dafür. Und Lussuoso war wirklich so fröhlich und unterhaltsam, wie die Broschüren behaupteten. Unser Haus war wunderschön, und unsere Freunde noch schöner. Ich weiß gar nicht, wie schön all diese Leute gewesen waren, bevor sie wunderschön geworden waren – aber nun waren sie wirklich ansehnlich. Kein Alter soll dich welken, noch die Zeit dich beeinträchtigen lassen. Früher hatte man immer gesagt, man könne sich mit Geld nicht alles kaufen, aber dieses Klischee nimmt niemand mehr in den Mund. Auf Lussuoso waren alle Menschen jung, wunderbar anzuschauen und reich. Oder hauptsächlich reich – und deswegen auch jung und schön.

Ich hatte nicht lange gebraucht, um herauszukriegen, daß sie außerdem stinklangweilig waren.

Wer haufenweise Geld verdient, setzt offenbar nur Leute in die Welt, die nur ans Geldverdienen denken.

Nun bin ich ja kein Snob – nicht im geringsten. Im Kreis meiner Freunde und Bekannten gibt es wunderbare Typen aus allen Bereichen des Lebens: Bluffer und Kenner, Fälscher und Förster, Polizisten und Politiker, Wissenschaftler und Prediger. Sie sind alle unterhaltsam und auf eine Menge seltsamer und interessanter Arten gute Gesellschaft.

Doch nach einem Monat war ich zu allem bereit, was nichts mit Lussuoso zu tun hatte. Vielleicht Selbstmord, ein Wiedereintritt ins Militär, vielleicht eine Schwimmpartie in einem Schwefelsäuresee. All dies erschien mir erstrebenswerter.

Aber ich hatte ausgeharrt und aus zwei Gründen mehr getrunken: Erstens hatte ich einen satellitengroßen Haufen für medizinische Behandlungen bezahlt und wollte auch etwas davon haben. Zweitens, und das war noch wichtiger, vergnügte sich Angelina ungeheuer. Unsere Lebensweise hatte sie zuvor daran gehindert, weibliche Bekannte oder enge Freundinnen zu haben. Ihre mörderische frühe Existenz, bevor die psychiatrische Behandlung sie zu einem zivilisierteren, wenn auch weiterhin kriminellen Menschen gemacht hatte, lag weit zurück und war hoffentlich vergessen. Wenn wir zusammen waren, sprachen wir nie über die frühen Jahre, in denen ich – wer kann es heute noch fassen? – auf der anderen Seite des Gesetzes aktiv und sie eine flüchtige Kriminelle gewesen war. Sie war sogar eine ziemlich üble Kriminelle gewesen, und ich hatte nicht verstanden, daß jemand, der so schön war, so hinterhältig und grausam sein konnte. Bis sie mir vertraut, mich lieben gelernt und das Medaillon mit dem Geheimnis ihrer Vergangenheit geöffnet hatte. Ihre Schönheit war das Ergebnis eines Chirurgenskalpells. Es hatte sie von dem, was sie früher gewesen war, zu dem gemacht, was sie heute war. Nur ihre kriminelle Existenz hatte sie befähigt, die Operationen zu bezahlen. Und deswegen und wegen unseres übermäßigen Lebensstandards hatten wir ein auf vielerlei Weise einsames Leben geführt. Wir waren zwar nicht allein gewesen, aber unser Leben war sicher anders verlaufen als das von 99,99 Prozent aller anderen normalen Menschen.

Als wir die Zwillinge bekommen hatten, war es für uns beide eine neue Erfahrung gewesen, und zwar eine, nach der ich mich nicht unbedingt gesehnt hatte. Aber ich hatte mich, wie Angelina stets zu sagen pflegte, zum Besseren hin verändert, und sie mußte es wissen. Als die Jungs aufwuchsen, hatten wir dafür gesorgt, daß sie die bestmögliche Erziehung bekamen. Wir hatten oft darüber gesprochen und schließlich übereingestimmt, daß sie das Leben führen sollten, das den größten Reiz auf sie ausübte. Als sie alt genug gewesen waren, hatten wir sie in aller Fairness in einige interessantere Aspekte unseres Daseins eingeführt. Und ich freue mich, sagen zu können, daß sie sie auf der Stelle annahmen. All dies hatte uns sehr beschäftigt, und da Angelina nie enge Freundinnen gehabt hatte, hatte sie die Bekanntschaft des schöneren Geschlechts offenbar nie vermißt. Doch nun hatte sie sie im Überfluß.

Sie gingen zusammen aus und unternahmen etwas. Was, habe ich nie genau erfahren. Aber sie hatten ihr Vergnügen. Sie hatte den Tempel der Ewigen Wahrheit sogar mal erwähnt, und nun wünschte ich mir, ihr genauer zugehört zu haben. Sie hatte freilich nicht sonderlich interessiert geklungen und war nur aufgrund der Beharrlichkeit einer Freundin dort hingegangen.

Und nun das! Ich nippte eifrig an meinem Drink und widerstand dem Nachschenken.

»DiGriz«, rief ich, kaum daß der Kommunikator angeschlagen hatte.

»Hier ist Captain Collin, Admiral. Wir haben einige neue und sehr verwirrende Neuigkeiten über den Tempel der Ewigen Wahrheit. Könnten Sie vielleicht mal in mein Büro kommen?«

Noch während er sprach, war ich aus der Tür.

2. KAPITEL

»Was haben Sie gefunden?« fragte ich schroff, als ich in Captain Collins Büro stürzte. Er telefonierte gerade und hob die Hand, um mir zu signalisieren, daß ich warten sollte.

»Ja. Danke. Ich verstehe.« Er legte auf. »Es war das Krankenhaus. Scheint, daß Mrs. Vinicultura an posttraumatischer Amnesie leidet …«

»Sie hat alles vergessen, was passiert ist?«

»Genau. Zwar gibt es Verfahren, die einen Zugriff auf ihre Erinnerungen erlauben, aber Sie müssen warten, bis sie sich von dem Schock erholt hat.«

»Haben Sie mich etwa deswegen herbestellt?«

»Nein.« Er schob einen Finger hinter seinen Kragen und wirkte peinlich berührt – vorausgesetzt, es ist einem übermuskulösen Polizeicaptain überhaupt möglich, so zu wirken.

»Wir sind auf Lussuoso ziemlich stolz auf unsere Sicherheit und die Gründlichkeit unserer Akten …«

»Wollen Sie damit sagen«, unterbrach ich ihn, »daß man die Sicherheit Lussuosos aufs Kreuz gelegt hat und Ihre Akten zweifelhaft sind?«

Er öffnete den Mund, um mich zu widerlegen. Dann schloß er ihn wieder und sackte in seinem Sessel zusammen. »Sie haben recht. Aber es ist das allererste Mal.«

»Einmal ist schon zu viel. Erklären Sie's mir.«

»Es geht um den Tempel der Ewigen Wahrheit. Er wurde offenbar ordnungsgemäß als berechtigte Religion eingetragen. Die Gemeinde hat genaue Aufzeichnungen gemacht und regelmäßig ihren finanziellen Status gemeldet, obwohl Religionen natürlich keine Steuern zahlen. Der Laden ist wohl wie geschmiert gelaufen. Die Leitung ist uns bekannt und – doch das bleibt unter uns – wir wissen alles über die Mitglieder.«

»Sie *wissen* alles über sie? Würden Sie das bitte erläutern?«

Collin schaute unbehaglich drein. »Nun, wie jeder zivilisierte Planet praktizieren auch wir die galaktische Konstante absoluter Religionsfreiheit. Sie haben doch sicher vom interstellaren Religionsfreiheitsgesetz gehört?«

»Ganz vage, in der Schule.«

»Das Gesetz ist nicht vage. Die Geschichte der Religion ist eine Geschichte der Gewalt. Religion tötet allzu oft, und vom Töten hatten wir genug. Deshalb darf kein Staat oder Planet eine amtliche Religion haben. Die Freiheiten des Gottesdienstes und der Versammlung sind für eine Zivilisation von grundlegender Wichtigkeit.«

»Und was ist mit den Deppen-Kulten?«

»Darauf wollte ich gerade kommen. Die galaktischen Gesetze verlangen von uns, daß wir uns in keine Religion einmischen und uns streng an diese Vorschrift halten. Doch da die Schwachen und Jugendlichen Schutz benötigen, sehen wir uns sämtliche Religionen gründlich an, und zwar legal und mit größter Vorsicht. Wir stellen fortwährend Untersuchungen an, um dafür zu sorgen, daß keine religiösen Rechte verletzt werden, daß jede Religion die Freiheit hat, auf ihre Weise ausgeübt zu werden, daß die Rechte Minderjähriger nicht verletzt werden, daß Gemeindeglieder absolute Wahlfreiheit haben ...«

»Mit anderen Worten: Sie bespitzeln jeden Kirchgänger, weil Sie wissen wollen, was die Leute dort machen.«

»Genau«, knurrte Collin abwehrend. »Aber die Unterlagen sind sicher weggeschlossen, und man kann nur im Notfall und von höchster Ebene aus auf sie zugreifen.«

»Na schön. Wir haben einen Notfall, und es ist auf sie zugegriffen worden. Packen Sie aus.«

»Rowena Vinicultura gehört zu den ältesten Angehörigen des Tempels. Sie sucht ihn regelmäßig auf. Sie hat Ihre Gattin genau viermal zu Séancen, Sitzungen oder wie man es auch nennt, mit dort hingenommen.«

»Und?«

Collin wirkte nun wieder unbehaglich. »Unsere Akten sind, wie schon gesagt, detailliert und vollständig. Es ist nur so, daß der Leiter des Tempels der Ewigen Wahrheit, ein gewisser Meister Fanyimadu ...«

Seine Stimme wurde leiser. Er stierte die Schreibtischplatte an. Ich beendete den Satz für ihn.

»Meister Fanyimadu taucht in keinem Eintrag und keiner Ihrer Akten auf.«

Er nickte, ohne mich anzuschauen. »Wir wissen, wo er wohnt und haben seine Anwesenheit im Tempel dokumentiert. Doch um die Religionsfreiheit zu erhalten, haben wir nicht mehr getan.«

»Nichts ermittelt? Keine Datenvergleiche mit der Einwanderungsbehörde oder der Kripo?«

Er schüttelte schweigend den Kopf. Ich schaute finster drein.

»Wollen wir doch mal raten. Sie wissen weder, wie er auf diesen Planeten gekommen ist, noch ob er noch hier weilt oder ihn verlassen hat. Stimmt's?«

»Es gab ... ein gewisses Versagen der Kommunikation; ein Versehen.«

»Versehen!« Ich explodierte, sprang auf und ging wütend in seinem Büro auf und ab. »Versehen! Feuer, Blut, eine Explosion, eine Frau im Krankenhaus, und meine Gattin ist verschwunden – und das nennen Sie ein Versehen?«

»Es ist unnötig, daß Sie jetzt die Nerven verlieren ...«

»O nein!«

»... denn wir fahren mit den Ermittlungen fort und haben schon einige Fortschritte gemacht.« Collin ignorierte meine Häme. »Das im Tempel gefundene Blut wurde einer eingehenden Analyse unterzogen, bis in die molekulare und atomare Struktur hinein. Die Ergebnisse wurden mit denen *jedes* anderen Menschen auf dem Planeten verglichen. Wie Sie sich vielleicht vorstellen können, führen wir eine Kartei sämtlicher Personen, die je hier ärztlich untersucht wurden. Im Augenblick sind die Computer dabei, diese immense Datenmenge miteinander zu vergleichen. Als ich Sie anrief, war die Suche bereits auf unter zwanzig Möglichkeiten reduziert. Während unseres Gesprächs habe ich den Fortschritt anhand dieser Angaben weiter verfolgt.« Er tippte auf einen Schreibtischbildschirm. »Nun kommen nur noch fünf Personen in Frage. Nein – vier. Warten Sie mal ... Jetzt sind es nur noch drei. Aber zwei von ihnen sind Frauen! Der einzige Mann ist ...«

Als er den Papierstreifen aus dem Schlitz zog, wandten wir uns wie ein Mann um und eilten zur Tür.

»Wer?« rief ich im Laufen. Er las den Namen ab, ohne den Schritt zu verlangsamen.

»Professor Justin Slakey.«

»Wo?«

»Keine sechzig Flugsekunden von hier.«

Zumindest damit hatte er recht. Der Kopter war schon in der Luft, als wir uns durch die Luke warfen. Das Militär mußte die Nachricht im gleichen Augenblick bekommen haben wie die Polizei, denn über uns röhrte eine Armada militärischer Düsenmaschinen. Noch bevor wir zur Landung ansetzten, sahen wir, daß die Bullenkopter schon am Boden waren und Bewaffnete ins Freie sprangen, um ein Haus zu umzingeln. Mit brüllenden Rotoren gingen wir auf einem gepflasterten Innenhof nieder. Collin hatte eine Riesenkanone gezückt und war mir um einen Sekundenbruchteil voraus, als wir die Tür eintraten.

Das Haus war leer, der Vogel ausgeflogen.

Dem Anschein nach fehlte ein Koffer, denn in einer Reihe von vier weiteren, die nebeneinander im Schlafzimmer standen, klaffte ein Loch wie eine Zahnlücke. Das Garagentor stand sperrangelweit offen. Ein Kom-Offizier schlenderte herein, salutierte und entnahm seinem Brusttornister einen Zettel.

»Er ist weg, Sir«, sagte er. Collin knurrte und griff nach dem Papier.

»Professor J. Slakey, Passagier auf dem interstellaren Raumer *Glücksstern.* Abgeflogen…« – er schaute auf und setzte eine grimmige Miene auf – »vor etwa einer Stunde.«

»Dann sind sie also schon im Hyperraum und können erst angefunkt werden, wenn sie wieder auftauchen.« Ich überdachte die Möglichkeiten. »Sie nehmen natürlich mit den Behörden seines Zielortes Kontakt auf. Ein Unterfangen, das normalerweise funktionieren müßte … Aber wir haben es nicht mit einer normalen Situation zu tun. Ich hege den starken Verdacht, daß der Verdächtige uns nicht nur in einem weit voraus ist. Wenn sie mit dem Zielort des Schiffes Verbindung aufnehmen, wird es uns wahrscheinlich nicht das geringste nützen, weil der Raumer an einem Ort landet, der nicht in seinen Papieren steht. Wenn Sie mich fragen, Captain, haben Sie ihn verloren. Aber Sie können mir wenigstens sagen, wer er ist und wohin er angeblich wollte.«

»Das ist der schlimmste Teil. Er ist *wirklich* Professor Slakey. Sobald sein Name auftauchte, habe ich eine Suche angeordnet. Ich habe gerade eine Meldung der medizinischen Behörden erhalten. Er ist Physiker von interstellarem Ruf und wurde von der Ärztekommission hierhergebeten. Man hat keine Ausgaben gescheut, um sich seiner Dienste zu versichern. Hat irgendwas mit der Entropieverzögerung zu tun, die man in unseren Hospitälern anwendet.«

»Klingt vernünftig. Wenn man die Entropie verzögert, verlangsamt man auch das Altern. Und darum geht es doch auf diesem Planeten. War er echt?«

»Zweifellos. Ich hatte das Privileg, ihm einst auf einer Veranstaltung zu begegnen. Sämtliche Anwesenden, die Wissenschaftler – in der Mehrzahl Physiker – zeigten große Ehrfurcht vor seinem Talent und seiner hier geleisteten Arbeit. Ich erhalte gerade die Meldung« – er deutete auf seinen Ohrstöpsel –, »daß niemand glauben will, er könnte irgend etwas mit der Fanyimadu-Persönlichkeit zu tun haben.«

»Sie auch?«

Bevor Collin antworten konnte, ertönte draußen ein lautstarker Wortwechsel, dann wurde die Tür aufgestoßen, und ein Polizist eilte zu uns hinein. Er hielt einen Isolierbehälter in der Hand.

»Die Suchgruppe hat ihn gefunden, als sie sich in den Trümmern des Tempels der Ewigen Wahrheit umschaute, Captain. Er lag unter der zertrümmerten Tempelmaschinerie. Wir hatten keine Ahnung, was es ist. Erst als der Klumpatsch gehoben wurde. Es ist eine … menschliche Hand.«

Er stellte den Behälter auf den Tisch, und wir blickten schweigend durch seine transparente Seite auf die zerquetschte und verstümmelte Hand, die er enthielt. Ich empfand einen langen Augenblick der Panik, doch dann erkannte ich eindeutig an der Größe und Form, daß es sich um eine Männerhand handelte.

»Hat jemand daran gedacht, die Fingerabdrücke abzunehmen?« fragte ich.

»Jawohl, Sir. Man hat sie zum Vergleichen geschickt …«

Das Klingeln des Telefons unterbrach den Mann. Captain Collin hielt den Hörer ans Ohr, lauschte und legte langsam wieder auf.

»Positive Identifikation. Die Hand gehört ... Professor Slakey.«

Ich deutete auf den Behälter. »Wenn Sie einen Beweis brauchen – da ist er. Die beiden sind ein- und dieselbe Person. Zuerst der Bluttest, jetzt das. Slakey ist Fanyimadu. Halten Sie mich über alles auf dem laufenden, verstanden?«

Ich wartete nicht auf eine Antwort. Ich machte auf dem Absatz kehrt und ging. Dabei rief ich Collin über die Schulter zu: »Ich gehe davon aus, daß *sämtliche* Details über Slakey in meinem Kom-Trichter sind, wenn ich zu Hause ankomme.«

Das zum Thema Polizei und Behörden. Es war höchste Zeit, daß ich mich an die Arbeit machte. Ich funkte ein Taxi an, wies den Fahrer an, man solle meinen Wagen vom Polizeipräsidium abholen – eine Sondervergünstigung der Reichen ist die, so viel wie möglich auf die Domestiken abzuladen – und plante jeden Schritt, der unternommen werden mußte.

»Lassen Sie mich hier raus«, befahl ich, als wir einen Kilometer von meinem Haus entfernt waren. Ich war zu gereizt, um mich in Luxus umherkutschieren zu lassen. Ich wollte zu Fuß gehen – und nachdenken. Ich hatte das untrügliche Gefühl, daß die Polizei nicht in der Lage war, mir Antworten auf meine Fragen zu liefern. Man hatte sie geradezu genial ausgetrickst. Aber hatte ich mehr auf dem Kasten?

Die Häuser waren luxuriös, von wunderschönen Gärten umgeben, und die Luft klang von Vogelgezwitscher üppig wieder. Ich hörte wenig, sah nichts. Als ich den Weg zum Eingang meines Hauses entlangging, war ich mir freilich bewußt, daß die Tür einen Spalt offenstand. Ich hatte sie beim Weggehen zugemacht. Diebe? Unmöglich – auf dem herrlichen Planeten Lussuoso wurde man zumindest mit denen fertig. Ich lächelte, als ich hineinging. James sprang auf die Beine, und wir umarmten uns herzlich. Oder war es Bolivar?

»Ich bin James, Papa«, sagte er, da er meine Schwäche kannte. »Irgendwann mußt du aber mal lernen, uns auseinanderzuhalten.«

»Mach ich. Du trägst meist blaue Hemden.«

»Das hier ist grün. Da mußt du dir schon was Besseres einfallen lassen.«

Er schenkte mir einen Drink ein, hielt seinen schon in der Hand, und ich berichtete von den Fortschritten – bzw. den Nicht-Fortschritten – der Polizei. Dann sprach James das aus, was wir beide bisher vermieden hatten.

»Ich bin sicher, es geht Mama gut. Na ja, sie ist verschwunden. Und zweifellos in Schwierigkeiten. Aber sie ist in unserer Familie der zäheste Knochen.«

»Und sie hat natürlich immer noch irgendwo ein As im Ärmel.« Ich bemühte mich, die düstere Stimmung aus meiner Stimme herauszuhalten, aber es ging nicht. James packte meine Schulter und drückte fest zu.

»Irgend etwas Schreckliches ist geschehen. Aber wenn diese Rowena *weg* sagt, meint sie damit nicht *tot*. Also müssen wir uns an die Arbeit machen, um sie zu finden, und damit hat es sich.«

»Genau.« Ich vernahm die Rauheit in meiner Stimme; die Sentimentalität einer alten, ergrauten Ratte. Genug. »Genau das machen wir. Wenn die di-Griz-Sippe es nicht hinkriegt, kriegt es niemand hin.«

»Darauf kannst du dich verlassen! Ich habe eine Nachricht von Bolivar. Er müßte bald hier sein. Er war in einem Raumer unterwegs, auf einer lunarologischen Forschungsfahrt. Er hat alles stehen- und liegenlassen und müßte inzwischen mit Überlicht fliegen.«

»Lunarologie? Welche Veränderung. Ich dachte, er sei Börsenmakler geworden?«

»War er auch. War ihm aber zu langweilig. Er hat seine Millionen zusammengerafft – er hat, da bin ich mir ziemlich sicher, mehr als seine Klienten –, seine

Anzüge verbrannt und sich einen Raumer gekauft. Und was machen wir jetzt?«

»Wir schicken noch einen, wenn du Lust hast.« Ich fiel in einen Sessel. »Gib mir einen hundertprozentigen Alten Grübelsaft. Vor uns liegt einige Arbeit.«

»Zum Beispiel?«

»Zuerst können wir die Zusammenarbeit mit den Behörden vergessen. Sie haben bisher nur in falschen Richtungen ermittelt, und es kann nur noch schlimmer werden.«

»Aber wir kriegen es besser hin.« Er sprach es als Tatsache aus, nicht als Frage.

»Das steht mal fest. Die Bürokraten werden eine unglaublich detaillierte und gründliche Suche nach diesem Slakey durchziehen. *Wir* machen das nicht.« Ich sah, daß er die Stirn runzelte und mußte lächeln. »Wenn ihre Suche erfolgreich ist, was ich bezweifle, werden wir schnell genug davon hören. Inzwischen werden wir alles über den Tempel der Ewigen Wahrheit in Erfahrung bringen, was wir können. Wir schauen dem Gaul sozusagen ins Maul. Die Angehörigen der Kirche werden uns sagen, was wir wissen wollen.« Ich schwenkte die Mitgliederliste, die ich der Polizei ohne allzu große Schwierigkeiten aus der Nase gezogen hatte. »Und mit dreien dieser Damen sind wir sehr gut bekannt. Fangen wir also an?«

»Sobald ich mich rasiert und ein frisches Hemd angezogen habe. Ich bin nämlich ein echter Frauentyp und komme bei den Damen bestens an.«

Ich seufzte glücklich. Kann natürlich sein, daß es Leute gibt, die dies als Strunzerei bezeichnet hätten, aber für mich sprach er einfach die Wahrheit. In unserer Familie hält man nichts von falscher Bescheidenheit. »Mach das. Ich gebe inzwischen dem Familienwagen Zunder.«

Ein Ausdruck, der keinerlei Bedeutung hat, da dieser gesunde Planet möglicherweise die strengsten Anti-Luftverschmutzungsgesetze der Galaxis hatte. Hier landet man wahrscheinlich schon im Knast, wenn man nur an Verbrennungsmotoren *denkt*. Auf Lussuoso werden die Fahrzeuge mit Nuklear- oder Elektrobatterien angetrieben. Oder sie laufen, wie unser luxuriöser Spreadeagle, mit Energie, die in einem Schwungrad gespeichert ist. Es schloß sich nachts an die Stromversorgung an, und der Motor legte los. Tagsüber wurde er zu einem Generator, und das sich drehende Rad erzeugte den Strom für die Fahrwerke. Für alle sechs. Ein schweres Schwungrad, das zu einem großen Wagen paßte – ich hatte an nichts gespart. Als ich pfiff, fuhr der Robotfahrer das Ding aus der Garage. Sein Kunststoffkopf nickte mir zu und lächelte dümmlich. Die goldplattierte Tür zum Passagierabteil hob sich himmelwärts. Leise, mich willkommen heißende Musik erklang.

Ich setzte mich aufs Sofa, und der Fernseher ging an. Es war eine Nachrichtensendung, die aber keine Nachrichten brachte, die ich hören wollte. »Sport«, sagte ich, und ein Rennen mit Hochgeschwindigkeitsballons wurde gezeigt. Als James auftauchte, servierte mir die Bar gerade ein Glas Champagner.

»Boah!« sagte er. »Echtes Gold?«

»Natürlich. Ebenso echt wie die Diamantscheinwerfer und die beschreibbare Windschutzscheibe. Hab keine Kosten gescheut.«

»Wohin?« fragte er und nippte an seinem Drink.

»Vivilia von Bruhn steht als erste auf der Liste. Wahrscheinlich sogar auf jedermanns Liste. Ist unglaublich reich und begehrenswert attraktiv. Ich habe sie angerufen; sie erwartet unseren Besuch.«

Vivilia fegte ins Freie, um uns zu begrüßen. Sie lächelte mitfühlend und gestattete es ihren prächtigen Augen, winzige rote Ringe zu tragen, weil sie ausdrücken wollte, daß sie über die letzten Ereignisse unglücklich war. Natürlich hatten die Nachrichtensendungen sie ihr in grausigen Einzelheiten beschrieben. Sie trug etwas durchsichtiges Graues, das Teile ihrer sonnenbraunen Haut enthüllte, sobald sie sich bewegte. Sie sah zu gut aus, um echt zu sein, wie fünfundzwanzig, vielleicht auch sechsundzwanzig. *Wirklich* zu gut, um echt zu sein. Ich wagte nicht, mir ihr wahres Alter vorzustellen, sie war *zu* alt. Sie hielt mir eine feingliedrige Hand entgegen. Ich nahm sie und küßte sie leicht, ein Stück oberhalb der Knöchel.

»Lieber, armer Jim«, seufzte sie. »Welche Tragödie.«

»Es wird alles gut ausgehen. Darf ich dir meinen Sohn James vorstellen?«

»Was für ein *toller* Mann. Wie nett, daß du gekommen bist. Waldo, mein Gatte, ist auf einer seiner langweiligen Jagdpartien und sprengt irgendwelche wilden Tiere in die Luft. Wenn du also einen Platz zum Schlafen brauchst ...«

Vivilia vergeudete keine Zeit. Während Waldo seine Robotraubtiere vernichtete, ging auch sie ein bißchen auf Raub aus. Aber sie war wahrscheinlich alt genug, um Jims Ur-Urgroßmutter zu sein. Was bedeutete, daß sie über einige Erfahrung verfügte ... Ich verdrängte den Gedanken und machte mich an die Arbeit.

»Vivilia, du kannst uns helfen, Angelina zu finden. Du mußt uns alles sagen, was du über den Tempel der Ewigen Wahrheit weißt.«

»Du bist *so* eindringlich, Jimmy. Ich bin sicher, daß dein Sohn nach der langen ...«

»Erst die Fakten, dann die Lust«, raunzte ich.

»Ungehobelt, aber sachlich.« Sie lächelte, denn man konnte sie nicht beleidigen. »Ich erzähle euch *alles*, was ich weiß.«

So erfreulich diese Aussicht auch war, es hätte viel zu lange gedauert. Ich beschränkte ihre Lebensgeschichte auf das Wesentliche. Es erwies sich als sehr interessant.

Aufgrund der auf Lussuoso herrschenden olympischen Intensität an Langeweile waren Sport, Eskapismus und Religionen Dinge, für die man sich interessierte. Meister Fanyimadu war anfangs auf verschiedenen Soireen und Parties aufgetaucht, seine faszinierenden Überzeugungen hatte nur die Intensität seines Blickes übertroffen. Gelangweilte Damen hatten sich den Tempel der Ewigen Wahrheit einmal angeschaut, und die meisten waren auch ein zweites Mal zurückkehrt. Der Grund dafür war leicht verständlich. Vivilia erklärte es.

»Es waren weniger die Tröstungen der Religion als das eindeutige Versprechen ewiger Glückseligkeit. Nicht, daß er keine guten Predigten hielt: keineswegs. Er ist, was den Inhalt seiner Predigten angeht, besser als jedes Fernsehprogramm. Er predigt nämlich, daß man, wenn man oft genug in den Tempel kommt, mit großer Inbrunst betet – und natürlich auch großzügige Spenden gibt –, unter Umständen einen kurzen Ausflug in den Himmel machen kann.«

»Himmel?« fragte ich in dem Versuch, mich an das wenige zu erinnern, was ich über Theologie wußte.

»Natürlich, der Himmel. Hast du etwa *noch nie* etwas davon gehört? Oder kommt er in deiner Religion etwa gar nicht ...«

»Papa ist praktizierender Atheist«, sagte James. »Wie wir alle.«

Vivilia zog vielsagend das Näschen hoch. »Tja, ich nehme an, im Zeitalter des Realismus und der sozialen Gleichheit sind die meisten Menschen so. Aber es hat auch eine Kehrseite, wenn man das Eigentliche der Gesellschaft anbetet. Es ist langweilig, so praktisch zu sein. Deswegen kann man verstehen, warum einige von uns, die sensibler sind, nach einer höheren Bedeutung streben.« Diesmal zog ich vielsagend die Nase hoch, aber sie ignorierte mich liebenswürdigerweise. »Hättest du in der Schule besser aufgepaßt und den Angewandten Religionsunterricht nicht ignoriert, wüßtest du all dies längst. Der Himmel ist ein Ort, an den wir nach dem Tod gehen, wenn wir gut waren. Man lebt dort bis in alle Ewigkeit herrlich und in Freuden. Ich weiß, daß es übermäßig simpel und sehr unlogisch klingt. Ich und viele andere Frauen haben ebenso gedacht, als wir zum ersten Mal vom Himmel und von der Hölle hörten. Aber wie gesagt, um dem Himmel Gewicht und Würde beizusteuern, kann man diesen Ort – zumindest zeitweise – besuchen. Ich habe nämlich, seit ich dort war, eine gewisse Menge an, sagen wir mal, Leichtgläubigkeit verloren.«

»Hypnotische Suggestion«, mutmaßte ich.

»Jimmy, wenn du das sagst, klingst du *ebenso* wie Angelina. Sie hat die Nase gerümpft und genauso darüber gehöhnt. Ich habe ihr erzählt, daß ich nicht anders dachte, als meine Freundinnen mir von ihren himmlischen Ausflügen berichteten. Aber ich merke sofort, wenn ich hypnotisiert werde – und ich war nicht in Trance. Ich weiß nicht mal, wie ich den Prozeß des Himmelbesuches beschreiben soll. Aber ich war *wirklich* da. Meister Fanyimadu hielt meine Hand, und die unglaublich dämliche Rodebudd meine andere. Ich glaube nicht, daß sie genug Grips hat, um jemanden zu hypnotisieren. Und doch waren wir gemeinsam im Himmel und haben die gleichen Dinge erlebt. Es war einfach wundervoll; zu schön, um es mit bloßen Worten zu erklären. Es war sehr … eingebend.« Sie hatte die Anmut, zu erröten, als sie das Wort aussprach. Eingebung war nämlich etwas, das ihr normalerweise fehlte.

»War auch Angelina im Himmel?« fragte ich. »Sie hat mir nämlich nie etwas davon erzählt.«

»Davon weiß ich nichts. Es würde mir *nie* einfallen,

in den Geheimnissen anderer Menschen herumzuschnüffeln.«

Sie übersah meine angesichts ihrer absurden Aussage gerunzelte Stirn. Weiter wollte sie nicht in die Einzelheiten gehen. Ihrer Ansicht nach konnten auch wir den Himmel schauen, wenn wir genügend Glauben aufbrachten. Sie wirkte in dieser Hinsicht sehr entschlossen und sicher; sie war ein Fels von Glauben. Erst als sie das Thema wechselte und James am Arm nahm, um ihm das Haus zu zeigen, wurde mir klar, daß ich mich verziehen sollte. Sie ließ James nur zögernd gehen, aber ein wie aufs Stichwort eintreffender Anruf Bolivars, der sich auf dem Raumhafen befand, lieferte uns einen triftigen Grund zur Flucht.

Als wir zum Raumhafen fuhren, ertappte ich mich dabei, daß ich eine finstere Miene aufsetzte und immer wütender wurde.

»Grrr ...«, sagte ich schließlich.

»Das war ein sehr hübscher Knurrer, Papa. Hättest du was dagegen, ihn ein wenig zu erläutern?«

»Nein, hab ich nicht! Ich bin wütend, James – und werde mit jeder Minute wütender. Wir haben es zwar mit einer Menge von Rätseln zu tun, aber eins ist ganz und gar nicht rätselhaft: dieser Scharlatan und seine Betrügerkirche machen mich rasend.«

»Ich dachte, du hättest eine Schwäche für schräge Vögel?«

»Hab ich auch – aber nur, wenn sie die Stinkreichen übers Ohr hauen. Ich nehme weder Witwen und Waisen noch solche Leute aus, die es sich nicht leisten können. Und ich arbeite für Geld. Du weißt schon, die schönen bunten Läppchen mit den Politikerköpfen ...«

»Jetzt verstehe ich dich«, sagte James. Er setzte eine ebenso finstere Miene auf. »Du bist für gute, saubere Betrügereien. Du nimmst den Reichen das Geld ab und gibst es denen, die weniger reich sind. Nämlich dir. Und in diesem Verfahren wird niemand verletzt.«

»Genau! Zwar geht es auch bei diesem Betrug um Geld, aber auch um Glauben. Dieser falsche Guru treibt sich in Gefilden herum, in denen er nichts zu suchen hat: Im Glauben des Menschen, in seinen privatesten Gefühlen. Bei Religion heißt es leben und leben lassen, würde ich sagen. Ich schreibe niemandem vor, was er glauben soll. Ich höre mir aufrichtige Überzeugungen sogar genau an, auch wenn sie noch so beknackt klingen. Aber Slakey-Fanyimadu spielt mit dem Feuer. Seine Predigten sind Gewäsch, er setzt Maschinen ein, um den Arglosen vorzugaukeln, es gäbe ein Leben nach dem Tod, was in diesem Fall einfach nicht stimmen kann. Wenn der Himmel der Ort ist, den man nach dem Tod aufsucht – tja, dann gibt es nur *einen* Weg, ihn zu erreichen. Eine Führung, um sich mal schnell umzusehen, ist doch einfach Kokolores. Was hier abläuft, ist schmutzig und könnte auch schmerzhaft sein. Wenn er seinen arglosen Jüngern einen echten Himmel zeigen würde, in den sie gehen können: Na schön. Dann würde er ihnen nur ihren Mammon abknöpfen, was eine wundervolle und edle Sache ist. Aber er stiehlt ihnen auch ihre Individualität und ihr Vertrauen. Außerdem belügt er sie, weil er mit ihrer Angst vor dem Tod spielt. Wenn die Leute erfahren, was er mit ihnen macht, sind sie verletzt, emotional gestört und völlig fertig. Was auch passiert – der Mann muß aufgehalten werden.«

Wir knurrten einstimmig vor uns hin, als wir den Ankunftschalter erreichten. Bolivar winkte uns zu und öffnete die Tür. Er war UV-gebräunt und trug noch seine Raumfahrerklamotten. Wir brachten ihn während der Heimfahrt auf den aktuellen Stand der Dinge. Zu Hause angekommen verspürte ich leichten Hunger. Ich warf mit wenig Begeisterung einen Blick auf das Autokochmenü und orderte per Knopfdruck drei meiner üblichen Erdferkelsteaks mit Pommes. Dabei wünschte ich mir im stillen, ich hätte Mahlzeiten für ein Quartett bestellt – ein Bankett von Exotica, aber es war nun mal nicht der Fall.

»Gut gemacht, Papa, bist 'n wirklich guter Koch«, sagte Bolivar und schob seinen Teller und das nicht angerührte Weinglas beiseite. »Ich habe viel zu lange von dehydrierten-rehydrierten Raumrationen gelebt. Ich war schon drauf und dran, die Verpackung zu verspeisen, weil sie wahrscheinlich besser schmeckt als der Inhalt. So, jetzt gehen wir aber an die Arbeit …«

Genau in diesem Moment schlug die Uhr. Der Terminal des Zentralcomputers summte, der Bildschirm leuchtete auf und zeigte Angelinas Gesicht.

»Ich habe diese Aufzeichnung für dich hinterlassen, Jim«, sagte sie, und mein mir in die Kehle gesprungenes Herz nahm langsam wieder seine Normalstellung ein. »Ich gehe gleich in die Kirche, weil dort ein interessantes Erlebnis auf mich wartet. Ich glaube zwar kein Wort von dem Stuß, den der schräge Schwachkopf Fanyimadu uns einredet, aber ich *weiß*, daß irgend etwas äußerst Interessantes geschehen wird. Es handelt sich, nehme ich an, um irgendeine Art körperliche Reise, die unter Umständen von diesem Planeten fortführt. Mehr kann ich im Moment auch nicht sagen, denn ich beziehe mich hauptsächlich auf Vermutungen und – hör auf zu lachen – Intuition. Es wird zwar gefährlich werden, aber ich bin auf alles vorbereitet. Wenn meine Rückkehr sich also verzögern sollte, verlier nicht die Hoffnung. Tschüß.«

Sie hauchte mir ein Küßchen zu, und die Aufzeichnung schaltete sich ab.

»Hat sie *›von diesem Planeten fort‹* gesagt?« fragte Bolivar. »Laßt es uns noch mal abspielen.«

Das taten wir. Und als die Aufzeichnung zum zweiten Mal endete, war mir etwas klar. »Sie hat es wirklich gesagt – und sie hat es ernst gemeint. Irgendwelche Vorschläge?«

»Jede Menge«, sagte Bolivar. »Wir sollten Slakey vergessen, Papa, wie du schon sagtest. Die Polizei kann ihre Akten auch ohne unsere Hilfe durchforsten. Aber diese Aufzeichnung sagt uns etwas, von dem die Bullen nichts wissen. *›Fort von diesem Planeten‹* deckt eine Menge Raum ab – und genau das tun wir ebenfalls. Wir müssen damit anfangen, daß wir die galaktischen Aufzeichnungen durchforsten. Wir müssen den Tempel der Ewigen Wahrheit finden, wenn er noch mal auftaucht – egal unter welchem Namen oder welcher Tarnung. Wir listen seine Charakteristika auf und setzen die Suchprogramme an, alle Unterlagen zu durchwühlen.«

»Genau so«, sagte ich zustimmend. »Wir suchen den Modus operandi.«

»Ich bin zwar keine Leuchte, was tote Altsprachen angeht, Papa«, sagte Bolivar. »Aber wenn du damit meinst, daß wir diesen schrägen Otto und seine beknackte Religion ausfindig machen, bin ich dafür!«

»Genau das hab ich gemeint. Sein Laden kann sehr gut auch unter anderen Namen auftreten und andere Methoden anwenden, um die Tölpel auszunehmen – aber die Operationsbasis wird die gleiche sein.«

»Welche ist es?«

»Ich hab nicht die leiseste Ahnung. Ihr werdet es im Laufe der Arbeit austüfteln müssen.«

»Und wir suchen ebenso in der Vergangenheit wie in der Zukunft«, sagte James. »Es besteht nicht der geringste Grund, daß diese Kirche sich auf Lussuoso beschränken sollte.«

»Klare Sache«, sagte Bolivar zustimmend. »Das gehört auch in den Suchplan rein.«

Ich war stolz auf meine Jungs. Sie waren wirklich auf Zack und kamen ohne Umschweife zur Sache. Was mich anging, so war ich schließlich auch nicht gerade eine verrostete alte Stahlratte – noch nicht.

Aber es war schön zu sehen, wie zwei prächtige junge Kerle die Zähne fletschten.

Sie fingen sofort an und legten mit der Suche los. Sie teilten die Planeten unter sich auf und arbeiteten eine sich immer weiter ausdehnende Kommunikations- und Befragungssphäre aus. Ich überließ ihnen die Sache. Ich holte mir ein kaltes Bier, nahm es mit in mein Arbeitszimmer und pfiff dem Computerterminal zu, er solle sich einschalten. Während ich das Bier schlabberte, ging ich diverse Datenbanken durch und konzentrierte mich auf Religionen. Ich mußte unbedingt mehr über die Sache mit dem Himmel und der Hölle erfahren. Ich fand das Gesuchte unter ›Eschatologie‹. Sie handelte vom künftigen Leben nach dem Tode und war ziemlich verworren. In allen Zeitaltern der Vergangenheit hatte es eine große Anzahl von Glaubensrichtungen gegeben, die eine noch größere Anzahl von gesellschaftlichen Gruppierungen am Leben gehalten hatte. Manchmal hatte man die künftige Existenz als Fortsetzung der gegenwärtigen gesehen – unter mehr oder weniger vorteilhaften Bedingungen. Doch in anderen Zeiten hatten Strafen für die Sünden oder Boshaftigkeiten das künftige Leben auch zum genauen Gegenteil dessen gemacht, was wir kannten. Ich büffelte in Sachen ›Himmel‹ und ›Paradies‹ alles durch und schaute mir dann alles zu den Stichworten ›Hölle‹, ›Hades‹ und ›Scheol‹ an. Es war alles sehr kompliziert, und viele Religionen lagen mit den anderen im Streit. Aber nicht alle. Eine Menge Religionen waren von anderen abgeleitet und borgten sich da und dort von ihnen etwas aus. Allmählich tat mir der Kopf weh.

Abgesehen von der ganzen konfusen Theoretisiererei und Philosophiererei war mir eins höchst klar: Ich hatte es mit einer schwierigen Materie zu tun. Es ging um das Leben – und um den Tod. Die ältesten Religionen hatten offenbar schon vor dem Zeitalter der Wissenschaft existiert. Kein Wunder, denn sie hatten keinen Versuch gemacht, die Realität zu überdenken. Sie hatten rein auf Emotionen basiert, und dem Verlangen, irgendwelche Lösungen der Probleme der Existenz zu finden. Als die Wissenschaft endlich auf der Szenerie aufgetaucht war, hätten die Religionen durch Beobachtung und Vernunft ersetzt werden müssen. Daß es nicht dazu kam, ist der beinharte Beweis dafür, daß die Menschheit in der Lage ist, gleichzeitig an mindestens zwei Dinge zu glauben, die einander ausschließen.

Es war ein sehr langer Tag gewesen. Ich stellte fest, daß mein Blick glasig wurde und meine Augen sich schlossen, als die bunten Aspekte des künftigen Lebens vor mir abliefen. Genug! Ich gähnte und eilte zum Bett. Eine ausgeruhte Stahlratte war der Sache von weitaus größerem Nutzen als eine erschöpfte mit schlappen Schnurrhaaren.

Ich haute mich hin, und zehn Sekunden – oder zehn Stunden – später schaute ich mit verschleiertem Blick zu der Gestalt auf, die mich an der Schulter rüttelte.

»James …?«

»Ich bin Bolivar, Papa. Wir haben einen zweiten Tempel der Ewigen Wahrheit gefunden.«

Ich war hellwach, stand sofort neben dem Bett, und unsere Pupillen berührten sich fast. »Doch wohl nicht unter dem gleichen Namen?«

»Nicht mal so ähnlich. Die Sekte nennt sich *Sucher des Weges.* Kein Name, keine Schrift und kein Charakter ist der gleiche wie im Tempel der Ewigen Wahrheit. Aber wenn man einen semiotischen Vergleich vornimmt, sind sie identisch.«

»Wo?«

»Gar nicht so weit weg. Auf einem Planeten namens Vulkann. Hauptsächlich Bergbau und Schwerindustrie. Aber es gibt dort einen attraktiven tropischen Archipel für Urlauber und Rentnerhäuser. Der Planet ist offenbar so faszinierend, daß er Kunden aus allen umliegenden Sonnensystemen anzieht.«

»Wir hauen sof...«

»Sobald du gepackt hast. Die Tickets sind schon reserviert. Start in einer Stunde.«

Ich prüfte meine Brieftasche und meine Kreditkarten. »Ich hab schon gepackt. Holt eure Pässe, dann geht's los.«

3. KAPITEL

Vorsichtig, wie wir waren, reisten wir unter neuen Namen und mit neuen Pässen. Ich hatte Dutzende davon; sie waren alle echt und lagerten in einem sicheren Safe. Als Ausrüstung brauchten wir nur eine Reihe elektronischer Kameras – die ich weit über die wildesten Träume ihrer Hersteller hinaus frisiert hatte. Natürlich hatte ich auch meine diamantenen Manschettenknöpfe, ein paar Klunker und andere harmlose Gegenstände in einem versiegelten Köfferchen dabei.

Unsere Ankunft auf Vulkann war ziemlich bühnenreif. Als wir inmitten eines Schwarms von mit schrillen Klamotten bekleideten Touristen aus der Raumfähre traten, fing laut eine Blaskapelle an zu spielen. Die Touristen jubelten. Und sie jubelten noch lauter, als das Führerkorps vor uns aufmarschierte. Sie trugen schwarze Stiefel mit hohen Absätzen und hautenge, äußerst fadenscheinige rote Uniformen, die ihren perfekten Formen die reine Zier waren. Auf ein gebelltes Kommando hin standen sie still und verteilten sich. Die Aufträge waren ihnen zugeteilt worden, und eine sehr anziehende Blondine mit bezaubernden Sommersprossen auf der Nase marschierte auf uns zu und salutierte zackig.

»Exzellenz Diplodocus und Söhne, ich grüße Sie. Mein Name ist Divina de Knackig, aber meine Freunde nennen mich Di.«

»Wir sind *auch* Ihre Freunde!«

»Natürlich. Ich bin Ihre Führerin und stehe Ihnen zu

Diensten, solange Sie auf unserer wundervollen Welt sind. Darf ich so zwanglos sein und Sie Jim, James und Bolivar nennen?«

»Wir bitten darum!« brüllten die Zwillinge im Chor und grinsten ebenso breit wie Di.

»Wunderbar! Bereitet euch auf den Urlaub eures Lebens vor!«

»Au ja«, keuchten die beiden, und die warme Strahlung der Leidenschaft blitzte aus ihrer Haut.

»Dann bitte hierher, wenn ihr nichts dagegen habt. Winkt dem Arzt da drüben freundlicherweise mit euren Gesundheitszertifikaten zu ... Gut gemacht. Jetzt zu eurem Gepäck, das auf euch wartet; es wird von dem Trägerboter da drüben transportiert. Durch die Tür da geht's raus. Ich danke euch. Der Torfilzer hat eure Geldbörsen durchleuchtet und eure Kreditkarten geprüft. Auf unserem Planeten erwartet euch ein herrlicher und teurer Urlaub.«

Ihre Aufrichtigkeit war äußerst erfrischend, und allmählich fing ich an, Vulkann ebenso zu mögen wie die Jungs Di. Es paßte mir zwar gar nicht, uns das Vergnügen mit geschäftlichen Angelegenheiten zu vermiesen, aber schließlich waren wir nicht hier, um zu urlauben.

»Wir brauchen ein Luxushotel«, sagte ich.

»Davon haben wir Tausende.«

»Wir möchten eins, das in der Nähe der Kirche der Sucher des Weges liegt, weil wir dort ein paar Freunde treffen wollen.«

»Da habt ihr aber Glück, denn am Grotsky-Platz liegt das Hotel Rasumofskys Robotfrieden. Ein vollautomatisiertes Hotel ohne menschliche Angestellte, das Tag und Nacht weit offen und wunderbar ist und nie schließt.«

»Paßt zu unseren Bedürfnissen«, sagte ich. »Dann bring uns mal hin.«

»Eure Zimmer sind fertig und warten auf euch«, sagte Di, als unser Taxi vor dem Hotel anhielt.

»Willkommen! Willkommen!« flöteten nervtötend jubelnde Pagen, die unsere Taschen nahmen.

»Die sind für euch«, sagte Di und steckte eine Zierblume an unsere Hemden. »Ich verlasse euch jetzt, aber ich werde euch nie vergessen. Ihr braucht nur meinen Namen in die Blume zu sprechen, dann komme ich zurück, so schnell ich kann. Ich bitte euch nur, vergnügt euch! Vergnügt euch!«

»Machen wir! Machen wir!« riefen wir im Chor zur Antwort und ließen uns in unsere Suite führen. Bevor wir uns an die Arbeit machten, erkundigte ich mich, ob irgendwelche Nachrichten von Lussuoso für uns eingegangen waren. Doch man hatte nichts entdeckt, und von Angelina gab es keine Spur. Ich hatte das innerliche Gefühl, daß wir es richtig gemacht hatten, ihren Rat anzunehmen und der Spur von Lussuoso weg zu folgen.

»Hübsch«, sagte Bolivar, als er den Glasschneider an die Fensterscheibe drückte und einen sauberen Kreis aus ihr herausschnitt. Der Glasschneider klappte zusammen und wurde zum Taschenmesser. James machte die Kamera klar, die mehr als eine Kamera war. Ihr Objektiv lugte durch die Öffnung. »Jetzt können wir sie nicht nur knipsen, wenn sie rein- und rausgehen, wir können auch ihre Stimmen aufnehmen.«

»Sehr gut«, sagte ich und peilte durch den Sucher. Ich justierte die Kontrollen und schaltete ein. »Jetzt geht alles automatisch.«

»Speicher?« fragte James.

»Auf molekularer Ebene etwa zehntausend Stunden. Mehr als wir brauchen. Laßt uns jetzt einen heben und etwas essen. Dann schlafen wir. Mal sehen, was der Morgen uns bringt.«

Der Morgen brachte uns statt Sonnenschein Dunkelheit, da der Tag auf Vulkann nur zehn Stunden dauerte. Wir hatten den Tag glatt verschlafen. Als wir mit dem Frühstück fertig waren, fegte die Sonne schon wieder heran. Wir schauten nicht gerade begeistert zu, als der Servboter die Teller vom Tisch nahm und die Betten sich selbst machten. Da dies ein vollautomatisches Hotel war, nahm niemand Notiz von unseren Beobachtungsaktivitäten. Auf der gegenüberliegenden Straßenseite betraten die Gemeindeglieder die Kirche. Wir kannten niemanden. Als die Kirchentür sich schloß, ertappte ich mich beim Nägelkauen. Ich sprang auf die Beine.

»Ich geh mal in den Fitnessraum«, gab ich bekannt. »Und auch 'ne Runde schwimmen.«

»Wer zuerst da ist«, sagte Bolivar und eilte zur Tür seines Schlafzimmers.

Als wir in den Poolraum kamen und unsere Handtücher ablegten, sahen wir zu unserer Freude, daß unsere Führerin Di durch die Außentür eintrat und ebenfalls ihr Handtuch wegwarf. Da man auf Vulkann kein Nacktheits-Tabu kennt, war es ein ernsthaftes Handtuchwerfen.

»Ich hoffe, ihr genießt euren Besuch auf unserer schönen Welt«, sagte Di mit einem breiten Lächeln, das fast ebenso lieblich war wie der Rest ihres Körpers.

Die Antwort auf diese Frage ist offensichtlich. Ich tauchte ins Becken ein und machte ein paar enthusiastische Züge, während die Zwillinge in eine enthusiastische Konversation mit Di eintauchten, da die Jugend nun mal so ist. Ich sah ihre Anziehungskraft natürlich auch, speziell dann, als ich hochkam, um Luft zu holen und innehielt, um die Szenerie zu bewundern.

Wir trafen uns im Fitnessraum wieder, und die Jungs gaben sich die größte Mühe, alles zu sublimieren, denn wir waren zum Arbeiten hergekommen, nicht zum Tändeln. Sämtliche geistlosen Übungen versetzten uns in eine tolle Stimmung – und lenkten unsere Gedanken von den Suchern des Weges ab. Erfrischt, und mit einem Mittagessen versehen, das unser kurzes Frühstück mehr als ausglich, kehrten wir in unsere Suite zurück. Ich spulte die Aufzeichnung zurück und spielte dann einige Gespräche ab. Dann vergrößerte ich die Bilder der Gemeindemitglieder, um Ausdrucke ihrer Gesichter zu machen. Diese breitete ich auf dem Tisch aus, damit wir sie uns anschauen konnten.

Mit gegenseitigen Gefühlen mißgelaunter Niedergeschlagenheit. James sprach aus, was wir alle dachten.

»Eins ist sicher – keiner von uns ist dazu fähig, dem Laden beizutreten und im Inneren der Kirche zu ermitteln.«

»Es sei denn, wir gehen vorher unters Messer«, sagte Bolivar mit einem breiten Grinsen. Wir musterten ihn mit finsteren Blicken.

Bisher hatten nämlich nur Frauen die Kirche betreten.

»Wir brauchen Hilfe«, sagte ich.

»Hast du noch Beziehungen zur Sondereinheit?« fragte James.

»Der entkommt man doch nie. Auch wenn ich schon seit längerer Zeit mehr kein Wort mit Inskipp, unserem edlen Führer, gesprochen habe. Was ja auch was Gutes hat.« Ich warf einen Blick auf meine Armbanduhr, nahm ein paar Eingaben vor und lächelte. »Sehr gute Nachrichten. In Basis Eins ist es jetzt mitten in der Nacht. Ich bin leider gezwungen, den armen Mann aufzuwecken.«

Zuerst meldete sich Inskipps Sekretär, aber natürlich kannte ich den Code, der seinen winzigen Roboterverstand foppte. Nach mehrmaligem, immer lauter werdendem Klingeln, denn Inskipp schlief wie ein Murmeltier, knisterte eine vertraute, wütende Stimme in meinem Ohr.

»Wenn es kein hochnotpeinlicher Notfall ist«, knurrte Inskipp, *»sind Sie tot, wer Sie auch sind.«*

»Hier ist Jim diGriz, alter Knabe. Habe ich Sie etwa geweckt?«

»Ich gebe gerade den Befehl raus, Ihre gesamten Bankkon-

ten abzuräumen. Auch die, von denen Sie glauben, daß ich sie nicht kenne!«

»Ich brauche Hilfe. Angelina ist verschwunden.«

»Einzelheiten«, sagte er. Seine Stimme war ruhig, die Drohungen waren vergessen. Ich berichtete, was geschehen war. Während ich es tat, E-mailten die Jungs ihm Kopien sämtlicher Unterlagen, einschließlich der Aufzeichnung Angelinas. Inskipp vergeudete keine Zeit mit Anteilnahme. Er alarmierte seine Truppen, während wir noch miteinander sprachen. Als Leiter der Sondereinheit, der geheimsten aller Geheimtruppen, die den Frieden verteidigte und die Galaxis beschützte, verfügte er über unglaubliche Macht. Und er wußte, wie man sie einsetzte.

»Ein Kreuzer ist schon nach Vulkann unterwegs. An Bord befindet sich eine Spezialagentin, die den Namen Sybil verwendet. Bis zu diesem Augenblick hat sie ausschließlich für mich gearbeitet. Sie steht nun unter Ihrem Kommando. Ich möchte noch hinzufügen, daß sie die beste Agentin ist, die ich je hatte …«

»Besser als ich?«

»Jeder ist besser als Sie, diGriz. Jeder. Melden Sie sich, sobald Sie etwas erfahren haben.« Er legte auf, und da ich ihn kannte, war er mit ziemlicher Sicherheit schon wieder im Schlaf versunken.

Die Kreuzer der Sondereinheit können, wenn sie sich auf die Seite legen, jedes andere Ding im Weltraum ein- oder überholen. Trotzdem drängte die Zeit. Ich beschäftigte mich mehrere Stunden lang damit, mich ins Computernetz der örtlichen Polizei zu hakken – ein schrecklich einfacher Job. Nachdem er getan war, hatten wir keine Schwierigkeiten mehr, die Identität der von uns fotografierten Kirchgänger in Erfahrung zu bringen. Nachdem wir ihre absolut geheimen Bankkonten geknackt hatten, überraschte es uns natürlich auch nicht mehr, daß sie alle stinkreich waren. Von den Suchern des Weges erwartete man – wie bei den

Jüngern des Tempels der Ewigen Wahrheit –, daß sie sich von einem hübschen Teil ihres Vermögens trennten, wenn sie des Segens ihrer Kirche teilhaftig werden und einen Blick auf die Genüsse des Lebens nach dem Tode werfen wollten.

Wir wechselten uns am Monitor ab und bemühten uns, nicht zuviel zu trinken, wenn wir nicht gerade auf ihn stierten. Als ich nach vierzig Runden im Pool zurückkehrte, sprang Bolivar auf die Beine und schrie »Mann!«

James und ich knallten mit den Köpfen aneinander, als wir gleichzeitig auf den Bildschirm schauen wollten.

»Das kannste laut sagen«, sagte ich. »Mannomann wäre aber auch nicht schlecht. Er ist nicht nur nicht weiblichen Geschlechts, er kommt mir auch bekannt vor.«

»Slakey-Fanyimadu?«

»In Person.«

»Er hat die rechte Hand in der Tasche«, sagte Bolivar.

»Hättest du auch«, erwiderte James leidenschaftslos, »wenn dein Arm am Handgelenk aufhören würde.«

Als wolle er darauf antworten, hob das Subjekt den rechten Arm und winkte einer Kirchgängerin zu. »Sehr gute Prothese«, sagte ich.

»Und er hat sie auch verdammt schnell bekommen«, fügte Bolivar mit mehr als einer Spur Argwohn in der Stimme hinzu. »Als allererstes möchte ich diesem Lumpen mal die Hand schütteln.«

Irgend etwas fing meine Aufmerksamkeit ein: eine Bewegung der Luft – vielleicht auch ein Geräusch. Ich warf einen Blick nach hinten und sah, daß die fest verschlossene und verriegelte Korridortür inzwischen offenstand. Eine Frau trat ein und machte sie hinter sich zu.

»Ich bin Sybil«, sagte sie in einem saftigen Kontraalt.

Eine hochgewachsene, sonnengebräunte, selbstsichere und wunderschöne Rothaarige. Ihr Kleid war eine der gerade populären Schleuder-Diamanten-Kreationen und funkelte und glitzerte mit einer Albedo wie ein Suchscheinwerfer. Eine Frau, die etwas so unerhört Hautenges trug, mußte eine perfekte Figur haben. Hatte sie.

Die Zwillinge wandten sich beim Klang ihrer Stimme um – und musterten sie in anerkennendem Schweigen. Ich wußte dies zwar ebenfalls zu schätzen, doch ihr Erscheinen noch mehr.

»Ich bin Jim diGriz. Das sind meine Söhne, Bolivar und James. Hat man Sie eingewiesen?«

»Vollständig.«

»Gut. Eins wissen Sie aber noch nicht: Slakey ist hier, in der Kirche gegenüber.«

»Und er hat eine neue rechte Hand«, sagte Bolivar. »Freut uns, daß Sie hier sind.«

»Ich muß so schnell wie möglich in das Gebäude rein. Bestimmt haben Sie, während ich unterwegs war, einiges über die Gläubigen herausgefunden. Welche haben Sie als bestmögliche Kontaktpersonen ausgewählt?«

»Es gibt drei potentielle Möglichkeiten«, sagte James und nahm die Fotos und Identifikationen vom Stapel, um sie Sybil auszuhändigen. »Sie sind alle reich, jung – oder sehen nach einer Verjüngung jung aus –, sehr gesellig und nehmen an vielen Parties und Empfängen teil, so daß man sie leicht kennenlernen kann.«

»Das mache ich jetzt. Ich melde mich wieder bei Ihnen, sobald ich den Suchern des Weges angehöre.«

Die Tür schloß sich hinter ihr, und wir schwiegen eine geraume Weile.

»Verdammt selbstsicher«, sagte Bolivar schließlich. Es war ein Kompliment, keine negative Einschätzung. »Die beste Agentin, die er je hatte ... Hat Inskipp das nicht gesagt?«

Ich nickte. »Vielleicht hat er recht – nur dieses eine Mal.«

Offenbar war es wirklich so, denn drei Stunden später sahen wir Sybil durch den gemeißelten Marmoreingang der Kirche schreiten – Arm in Arm mit Maudi Lesplanes. Der erste Name auf der Liste, den wir ihr gegeben hatten. Es vergingen fast zwei Stunden, bis sie wieder aus der Kirche kam. Diesmal stierten wir alle auf die Tür, als Sybil sie öffnete und eintrat. Sie schaute uns an und lächelte.

»Könnte mir einer der Herren einen Drink machen? Einen großen, feuchten und alkoholischen, wenn's geht.«

Ich trat beiseite, als die Zwillinge an die Bar hechteten. Sybil ging zum Sofa, setzte sich hin und gab mir mit einer Geste zu verstehen, ich solle zu ihr kommen.

»Ich wollte nicht grob sein, als ich kam, Jim. Ich war müde und dachte, eine direkte Aktion sei Ihnen lieber als ein Gespräch. Tut mir wirklich leid, die Sache mit Angelina. Ich habe mir die Nachricht angehört, die sie hinterlassen hat, und ich glaube ebenso wie Sie, daß man sie finden wird. Aber nicht auf Lussuoso. Aber wir *werden* sie finden. Das verspreche ich.«

Von jedem anderen wären dies freundliche Worte gewesen. Aber Sybil sprach mit einer echt klingenden Autorität. Ich wollte ihr wirklich sehr gern glauben.

»Für Sie«, sagte mein Sohn und reichte ihr ein Glas.

Sie nahm es, trank, lächelte – und seufzte.

»Danke, Bolivar. Genau das habe ich gebraucht.«

»Ich hab auch noch einen – falls es nicht genug ist.«

»Noch nicht, James.«

»Wissen Sie genau, daß Sie sie nicht verwechseln?« platzte ich heraus.

»Ist doch unmöglich, Jim, das wissen Sie doch. Soweit ich weiß, hatte James doch immer eine kleine Narbe auf dem linken Ohrläppchen.«

Ich blinzelte. Sie war doch kaum zu sehen.

»Als ich vier Jahre alt war. Bolivar hat mich gebissen.«

»Wer das glaubt, glaubt alles.«

Sie lächelte die beiden an. Dann wandte sie sich zu mir um und wurde wieder ernst. Die Spielzeit war zu Ende.

»Der Gottesdienst der Sucher des Weges ist mehr oder weniger eine Imitation dessen, der mir bei der Einweisung über den Tempel der Ewigen Wahrheit beschrieben wurde. Erhebende Orgelmusik und eine Menge Weihrauch, um den Geruch von Tylinyn zu tarnen. Wie Sie zweifellos wissen, ist Tylinyn eine milde Beruhigungsdroge. Hat keine bleibenden Nachwirkungen, aber sie entspannt die Jünger und erleichtert die Suggestion. Die allerdings nicht unbedingt nötig ist, da alle von ihrer Sache überzeugt sind. Die Predigt war äußerst erleuchtend, klang aber aus dem Mund eines Physikers von Slakeys Rang sehr seltsam. Sie war äußerst mystisch, eine Menge Geschwafel über das Leben nach dem Tod und daß ein anständiges Leben und gute Taten einem den Weg in den Himmel pflastern. Dann folgte noch etwas mehr Musik, und ein paar Frauen erzählten mit großer Herzlichkeit von ihren Besuch im Himmel. Danach wurden beeindruckende Summen für die Fortführung der guten Sache gespendet. Es klang ganz nach dem, das Vivilia von Bruhn Jim erzählt hat.«

»Eine andere Kirche, aber die gleiche Absahntaktik?« fragte ich. Sybil nickte.

»Falls Absahnen das richtige Wort ist. Die Leute wirken absolut überzeugt. Ich weiß erst mehr, wenn ich den Ausflug selbst gemacht habe. Inskipp wird einen Anfall kriegen, wenn er erfährt, wieviel von seinem Budget ich investiert habe, um die Sache zu beschleunigen.«

»Wann?« fragte Bolivar.

»Sobald wie möglich, ohne Slakeys Argwohn zu erregen. Ach ja, und er nennt sich jetzt Pater Marablis. An ihm ist noch etwas, das ich besonders interessant finde. Bevor ich ging, habe ich Punkte gemacht, indem ich zu ihm hinging, um mit ihm über seine Predigt zu reden. Es hat ihm gefallen. Er hatte auch nichts dagegen, daß ich in der Hitze des Augenblicks seine Hand nahm – die rechte – und sie herzlich drückte.«

Ich beugte mich gespannt vor. Die Zwillinge ebenfalls. Wir wagten es nicht, die Frage zu stellen. Sybil nickte.

»Eine warme Menschenhand – keine Prothese.«

»Aber …«, stammelte ich. »Ich habe die abgetrennte Hand doch selbst gesehen. Sie wurde eindeutig identifiziert.«

»Ich weiß. Interessant, nicht wahr? Ich schaue den kommenden Ereignissen wirklich mit großer Erwartung entgegen.«

Die Jungs gafften sie an. Sie waren platt. Sybil war von ihrer Art, von unserer Art. Wenn überhaupt jemand Angelina finden konnte, dann sie, das war mir jetzt klar.

Zwei Tage – und zwei dicke Spendensummen – später wurde ihr gesagt, sie solle sich auf den Ausflug vorbereiten.

»Sehe ich in Ordnung aus?« fragte sie und drehte sich langsam um. Frauen fragen so was nur, wenn sie die Antwort schon kennen. Sie trug irgend etwas Schwarzes, Enges, Teures, und dazu einen passenden Hut und noch teurere Juwelen. »Sind Sie sicher, daß man es nicht aufspüren kann?« fragte sie und berührte die winzige Diamantbrosche, die an ihre Kehle gepinnt war.

»Nur unter dem Mikroskop – wenn man weiß, wonach man sucht«, sagte ich. »Der mittlere Diamant ist das Objektiv. Ich trage das Ding normalerweise als Hemdknopf. Ich habe den Zierkram hinzugefügt, damit es etwas exotischer aussieht und von einer

Dame getragen werden kann. Das Diamantobjektiv bündelt das Bild auf nanoformte Aufzeichnungsmoleküle, die durch winzige Bewegungen unter die von der Körperwärme angetriebene Linse befördert werden, so daß keine aufspürbare Kraftquelle existiert. Machen Sie sich keine Sorgen um die Belichtungsniveau, da es, wie das menschliche Auge, sogar noch ein einzelnes Photon wahrnehmen kann. Es sieht alles, was Sie sehen – und zeichnet es auf.«

»Ich habe noch nie von so einem Ding gehört.«

»Inskipp auch nicht«, sagte James stolz. »Es ist eine von Papas Erfindungen.«

»Wie die Sache auch ausgeht, Sie können es behalten«, sagte ich. »Das Entwickler- und Abzugsmodul gebe ich Ihnen später.«

»Es ist das einzige existierende Exemplar«, sagte Bolivar.

»Ich … ich weiß gar nicht, wie ich Ihnen danken soll.« Das Gefühl in ihrer Stimme war nicht vorgetäuscht, das stand fest. Sie ging schnell hinaus.

Kurz darauf sahen wir sie über die Straße und durch die Kirchentür gehen.

4. KAPITEL

Ein heftiger tropischer Regen fiel, wurde von heftigen Blitzen erhellt, und Donner grollte. Die Kirche der Sucher des Weges war unscharf, ihre Umrisse durch das nasse Glas kaum sichtbar. Das Kamerabild war klar genug, doch wenn ich am Fenster stand, sah ich nur wenig oder gar nichts. Sybil hielt sich nun seit über einer Stunde in dem Gebäude auf. Der Raum erdrückte mich allmählich.

»Ich geh raus«, sagte ich und setzte eine Kappe mit der Aufschrift *Koks-Kola* auf.

»Du wirst doch ganz naß«, sagte Bolivar.

»Es wirkt verdächtig, wenn du vor der Kirche rumlungerst«, fügte James hinzu. Ich verzog höhnisch den Mund.

»Danke für eure Tips, aber euer alter Papa ist noch nicht senil. Die Kappe macht nicht nur Werbung für ein ekliges Getränk, sie enthält auch ein Hydroabstoßfeld. Und ich habe schon vor eurer Geburt vor Kirchen rumgelungert.«

Da sie über meinen bemühten Ulk nicht mal lächelten, wußte ich, daß sie ebenso nervös waren wie ich. Ich mußte an die Luft.

Die Empfangshalle des Hotels war leer – das heißt von menschlichem Leben. Der Geschäftsführerboter verbeugte sich und rieb seine behandschuhten Hände für mich trocken. Der Portierboter zog, als ich näherkam, die Tür auf. Regentropfen klatschten gegen seine metallenen Gesichtszüge.

»Jesses, was für ein fieser Abend, Sir«, säuselte

er. »Aber morgen scheint bestimmt wieder die Sonne.«

»Mußt du das programmgemäß sagen, wenn's regnet?« knurrte ich.

»Jesses, Sir, gewiß. Ein fieser Abend, Sir, aber morgen scheint bestimmt wieder die Sonne.«

Wenn ich mich noch länger mit dem schwachköpfigen Roboter unterhielt, würde ich noch einen Anfall kriegen. Ich trat ins Freie und blieb natürlich knochentrocken, da das elektrostatische Feld die Regentropfen abwehrte.

Angelina …

Der Schmerz in meinem Brustkorb und in meiner Kehle war echt. Ich hatte jeden Gedanken an sie bisher zwanghaft aus meinem Geist verbannt, weil ich sonst keinen Schritt hätte tun können. Aber sie befand sich trotzdem ständig am Rand meines Bewußtseins. Ich ließ sie für einen Moment hinein, schwelgte in Erinnerungen. Mir fiel ein, wie oft sie mir das Leben gerettet hatte; das Verstecken von Waffen im Kinderwagen der Zwillinge war mehr als einmal von größter Wichtigkeit gewesen. Mit welchem Vergnügen hatten wir Banken ausgeraubt und die Erregung genossen – vom Geld ganz zu schweigen. Wir hatten zusammen das Universum gerettet und Horden schleimiger Ungeheuer geschlagen! Ach, die Erinnerungen. Natürlich hatten wir auch magere Zeiten erlebt, doch in diesem Augenblick wollte ich sein wie die Inschrift der Sonnenuhr und nur die Sonnenstunden aufzeichnen. Und das Vergnügen …

Ich wischte meine Gedanken beiseite. Wenn ich mir leid tat, brachte es uns nicht weiter. Nur Taten konnten sie zurückholen. Deswegen war ich hier, und ebenso die Jungs, und aus diesem Grund setzte Sybil möglicherweise ihr Leben aufs Spiel. Es würde funktionieren. Es mußte hinhauen.

Mein Spaziergang war nicht ziellos. Ich hatte gegenüber der Kirche der Sucher des Weges ein Café entdeckt. Vor ihm standen mehrere geschützte Tischreihen unter einem Baldachin. Es hatte auch ein Hydroabwehrfeld, wie ich beim Näherkommen bemerkte; es und das meine glitzerten von Lichtfunken, als sie aufeinandertrafen. Ich tippte an den Schirm meiner Kappe, schaltete mein Feld aus und setzte mich an einen Tisch, von dem ich einen klaren Blick auf die Kirche hatte.

»Willkommen, willkommen, Sir oder Madam«, sagte die Tischkerze. Ihr Docht flackerte auf und entzündete sich.

»Sir, nicht Madam.«

»Wie können wir Ihnen zu Diensten sein, Sir, nicht Madam?«

Die Welt war heute abend voll von schwachköpfigen Robotern und Computern.

»Bring mir 'n Bier. Ein großes, kaltes.«

Der Tisch vibrierte, dann öffnete sich eine Klappe und ein Bier tauchte auf. Ich griff danach, konnte es aber nicht anheben.

»Zwei Kropotnik fünfzig«, sagte eine kalte mechanische Stimme. Ich warf drei Münzen in den Schlitz, und das Glas wurde freigegeben. »Danke für das Trinkgeld«, sagte die Stimme und sackte das Wechselgeld ein. Ich spülte das in mir aufsteigende Knurren mit einem großen Schluck Bier hinunter.

Der Regen rauschte auf den Platz nieder; in der Ferne grollte das Gewitter. Hin und wieder fegte ein Fahrzeug an mir vorbei; die Tür der Kirche der Sucher des Weges blieb verschlossen. Das Bier war schal. Ich wartete.

Die Zeit verging. Ich leerte mein Glas und bestellte ein neues.

»Zwei Kropotnik siebzig«, sagte der Tisch.

»Wieso? Das erste Bier hat doch nur zweifünfzig gekostet.«

»Das war noch in der Happy Hour. Zahlen.«

Ich blechte diesmal die genaue Summe, und das Glas wurde freigegeben. »Geizhals«, murmelte der Computer und stieß ein verächtliches elektronisches Prusten aus.

Der Regen nahm endlich ab, dann hörte er auf, und einer der drei Monde Vulkanns tauchte kurz durch ein Loch in den Wolken auf. Dann kam es auf der anderen Seite zu einer raschen Bewegung, und drei Frauen verließen die Kirche. Sie blieben einen Moment stehen und unterhielten sich miteinander, dann trennten sie sich. Sybil kam auf mich zu. Ich empfand eine gewisse Entspannung. Wenigstens war ihr nichts passiert. Sie schaute mich zwar nicht an, aber sie schien sich meiner Anwesenheit bewußt zu sein, denn sie drehte sich um und betrat das Café. Ich gönnte mir ein paar Minuten und nippte an meinem Bier. Sah nicht so aus, als würde ihr jemand folgen. Ich leerte mein Glas, stellte es hin und ging hinein.

Sie befand sich in einer Nische im Hintergrund und saß vor einem Cocktailglas. Sie nickte mir unmerklich zu, und ich gesellte mich zu ihr. Sie nahm einen großen Schluck, dann noch einen – und seufzte.

»Jim, es war ein Erlebnis, das ich nur schwer beschreiben kann. Wir waren zu dritt. Wir gingen zu Pater Marablis – beziehungsweise Slakey –, und ... Ich werde mir einer ganzen Reihe von Dingen allmählich ziemlich unsicher. Es waren keine Gerätschaften da, die ich sehen konnte. Er sprach eine Weile zu uns und legte dann seine Hand auf meine Stirn. Ich habe die Besinnung aber keineswegs verloren. Ich kann nur wiederholen, was Vivilia von Bruhn gesagt hat – es war unbeschreiblich. Aber ich weiß noch genau, was dann passierte. Wir gingen über einen kurzgeschnittenen Rasen und folgten Marablis. Er blieb stehen und deutete nach oben, und im gleichen Augenblick hörte ich ganz deutlich den Klang von Glocken. Er deutete auf eine weiße Wolke, die auf uns zutrieb. Die Glokken, die Musik, es kam aus der Wolke, und als ich ... sie hörte, empfand ich, nun ja, eine Art freudiger Erregung. Irgendeine Art spiritueller Aufwallung. Und dann – lachen Sie nicht, ich schwöre es –, sah ich hinter der Wolke ein kleines fliegendes Geschöpf. Aber nur ganz kurz.«

»Einen Vogel?«

»Nein ... einen winzigen rosafarbenen Säugling mit kleinen Schulterschwingen. Dann war er weg, und es war vorbei.«

»Einfach so?«

»Ich ... weiß nicht. Ich weiß noch, daß er meinen Arm berührte und mich umdrehte, und dann war ich wieder mit den anderen Frauen zusammen in dem Raum in der Kirche. Ich fühlte mich ... nun ja, traurig, als hätte ich etwas sehr Kostbares verloren.«

Was sollte ich dazu sagen? Ihr Blick wirkte, als sei sie nicht ganz da. Sie schaute etwas an, das ich nicht sehen konnte. Eine Träne lief ihr über die Wange, und sie zog die Nase hoch, wischte sich die Träne ab und lächelte.

»Verzeihung. Ich bin Ihnen wohl keine große Hilfe. Ich weiß, daß es irgendein Schwindel ist. Ich glaube nicht an Tagesausflüge in den Himmel. Aber *irgend etwas* ist mit mir passiert. Meine Gefühle sind echt.«

»Ich glaube Ihnen. Aber es gibt nun mal Drogen, die solche Gefühle hervorrufen können.«

»Das weiß ich. Und trotzdem ...« Sie stand auf, glättete ihr Kleid und drückte einen Finger auf die Brosche. »Statt sich mein Gesülze anzuhören, sollten Sie lieber einen Blick auf die Aufzeichnung werfen.«

»Sie haben tolle Arbeit geleistet. Danke.«

Die Zwillinge hatten uns auf der Straße gesehen und öffneten schon die Tür, als wir durch den Korridor kamen. Ich hörte, daß Sybil ihr Erlebnis wiederholte, doch nun hatte sie sich besser im Griff und wurde allmählich wütend, weil sie sich dermaßen hatte vergackeiern lassen. Als sie mit ihrer Geschichte fertig war, hatte ich das elektronische Juwel ans Aktivierungsmodul geklammert. Der Bildschirm erhellte sich, und die Kirche kam näher.

Die Bilder waren ebenso stumm wie wir, als wir Sybil bei der Begegnung mit den beiden anderen Frauen beobachteten. Sie unterhielten sich, und als Slakey eintrat, wandten sie sich zu ihm um. Er hatte in den Pater Marablis-Modus geschaltet und trug eine braune Soutane sowie salbungsvolle Gesten zur Schau. Ich war ziemlich froh, daß ich mir seinen Sermon nicht anhören mußte.

»Bis dahin erinnere ich mich an alles«, sagte Sybil. »Er berichtet von den uns bevorstehenden Genüssen. Seht ihr seine Hand? Er kassiert ein paar Extra-Schecks für die Freuden unseres Ausflugs. Da, nun ist es vorbei. Jetzt geht's los.«

Slakey schien etwas gesagt zu haben, denn alle wandten sich um und folgten ihm. Der Bildschirm wurde dunkel.

»Ist der Recorder kaputt?« fragte Bolivar.

»Das bezweifle ich.« Ich stellte auf Schnellvorlauf, und das Bild kam wieder.

»Wir sind wieder im Raum«, sagte Sybil. »Ohne ein Bild dessen, was ich gesehen habe. Tut mir wirklich leid.«

»Muß nicht sein.« Ich nahm einen schnellen analytischen Test vor. »Sie haben alles getan, was Sie konnten. Und der Recorder ebenfalls. Er hat bestens gearbeitet – nur ist kein Bild da. Ich weiß nicht, warum und wieso das der Fall ist. Die Elektronik scheint funktioniert zu haben, aber sie hat, nun ja, nichts aufgezeichnet.« Ich maß das Gerät mit einem finsteren Blick. »Aber ich glaube nicht an Wunder.«

»Niemand denkt an Wunder«, sagte James. »Wir denken technisch. Das Kraftfeld oder die elektronische Durchdringung, die den Ausflug in den Himmel erzeugt hat … könnte es die Aufzeichnung gestört haben?«

»Was denn sonst?« sagte ich.

»Ich habe eine Idee«, sagte Bolivar. »Unser Versuch war ganz gut – er hat nur nicht hingehauen. Nächster Schritt. Wir müssen uns ganz genau in dem Gebäude umsehen. Ihr wißt doch, daß in der ersten Kirche irgendwelche Gerätschaften in die Luft geflogen sind. Es würde mich interessieren, ob es auch in diesem Haus solchen Schnickschnack gibt …«

»Nein«, sagte ich.

»Warum nicht?«

»Ich meine nicht, daß *wir* es nicht versuchen sollten. Ich meine, daß *du* es nicht machst. Weil *ich* nämlich diesen Job übernehme.« Ich hob die Hand, um ihren Protest zum Verstummen zu bringen. »Das sage ich nicht, weil ich älter und klüger bin, was nun mal stimmt, sondern weil ich in solchen Angelegenheiten größere Erfahrung habe. Bolivar, es würde mir nicht einfallen, hochprofitable und höchst risikoreiche Investitionen vorzunehmen, wenn du da bist, um es für mich zu tun. Nachdem ich mir das letzte Karateturnier angesehen habe, würde ich es nicht wagen, mich mit deinem Bruder auf eine Rauferei einzulassen. Aber jeder Experte hat seine Zeit. Ihr glaubt doch nicht etwa, ihr könntet leichter irgendwo einbrechen und euch umschauen als ich?« Ihre einzige Antwort bestand aus Schweigen. »Danke«, sagte ich mit einiger Herzlichkeit. »Aber ihr werdet mir alle helfen müssen. Und jetzt kommt mein Plan.«

Wir nutzten die Nacht und den folgenden Tag, um unsere Vorbereitungen zu treffen. Es würde ein gemeinsames Unternehmen werden. In der Kirche der Sucher des Weges fing der Gottesdienst in der Mittagsstunde an. Wir trafen uns eine Stunde vorher zur Generalprobe.

»Sie zuerst, Sybil«, sagte ich.

»Ich gehe mit den anderen rein. Ich unterhalte mich, bin natürlich und halte die Augen offen. Wenn alles abläuft wie üblich, habe ich nur eine Aufgabe: Ich weiß, daß die Eingangstür vor der Messe stets abgeschlossen wird. Wenn Pater Marablis mit der Predigt beginnt, drücke ich auf das hier.« Sie hob eine winzige Kunststoffoblate hoch.

»Ein Einmalkommunikator«, sagte ich. »Die Batterie schließt den Chip kurz, der ein Signal von einer Millisekunde Länge abgibt und dann ausbrennt. Er ist sowohl vor als auch nach dem Einsatz unaufspürbar. Ich warte in der Nähe. Sobald das Signal kommt, gehe ich durch den Eingang hinein.« Ich hob einen modifizierten Dietrich hoch. »Sybil hat sich das Schloß genau angesehen – es ist ein Bulldog-Bowser-Fabrikat. Ich kenne es gut, es ist sehr leicht zu knacken. James, dann bist du dran.«

»Ich fahre den Miet-Lieferwagen mit gefälschter Aufschrift und gefälschten Nummernschildern. Wenn Papa reingeht, fahre ich ums Haus und stelle ihn vor der Kirche ab. Bolivar.«

»Ich sitze mit Passivaufspürer, Magnetometer und Wärmedetektor hinten im Wagen. Ich müßte die sich im Innern der Kirche bewegenden Leute orten können. Außerdem habe ich einen Warnalarmempfänger.«

Ich nickte. »Den ich im Notfall auf vier verschiedene Arten aktivieren kann: Indem ich fest auf meinen Backenzahn beiße, zweimal schnell mit dem Fuß auftrete, oder meinen obersten Hemdknopf abreiße.«

»Das sind aber nur drei«, sagte Sybil.

»Über die vierte habe ich keine Kontrolle. Sie wird ausgelöst, wenn … mein Herz stehenbleibt. Sollte der Alarm losgehen, stürmen die Jungs herein und ballern aus allen Rohren. Irgendwelche Anmerkungen oder Fragen?«

»Lähmgranaten, Ohnmachtsgas und Kanonen«, sagte James.

Das war alles. Wir genehmigten uns große alkoholfreie Getränke und diskutierten über das vulkannische Wetter. Dann schaute Sybil auf ihre Armbanduhr, stand auf und ging hinaus. Wir folgten ihr.

Ich wartete außer Sichtweite hinter einer Ecke und gab vor, mir den kitschigen Plunder im Schaufenster eines Souvenirladens anzuschauen. Dabei tastete ich nach und nach die diversen Ausbuchtungen meiner Kleider ab: Waffen, Detektoren, Werkzeuge, Warner und dergleichen. Ich hatte keine Ahnung, worauf ich im Innern der Kirche stoßen würde, deswegen hatte ich eine Reihe von Elektronikläden aufgesucht und mich mit allem eingedeckt, was ich möglicherweise brauchen konnte.

Das hinter mein Ohr geklebte Phon klickte. Ich drehte mich um, schlenderte um die Ecke und ging die zwei Stufen zur Kirchentür hoch. Meine Linke auf dem Türknauf verbarg das schnelle Drehen des Dietrichs in meiner Rechten. Es ging so schnell, als hätte ich einen Schlüssel im Schloß gedreht; in solchen Sachen habe ich einige Erfahrung. Die Tür ging auf, und ich trat ein, ohne den Schritt zu verlangsamen. Ich machte sie hinter mir zu und schloß wieder ab.

Ich stand in einem matt beleuchteten Vorraum, an dessen gegenüberliegender Seite sich Vorhänge befanden. Ich teilte sie um Haaresbreite und schaute hindurch. Pater Slakey-Marablis stand hinter einer hohen Kanzel und überschwemmte die aufmerksam vor ihm sitzende Gemeinde aus voller Kehle mit salbungsvollen Plattheiten.

»... Zweifel von euch genommen und durch Gewißheit ersetzt werden. Im Buch der Bücher steht geschrieben, daß der Weg zum Heil durchs Land der guten Taten führt. Gute Taten und Liebe sollen eure Leitsterne sein, die lockende Hand zum Leben im Jenseits. Ein Jenseits, das vor euch liegt; ein ruhiges, friedliches Jenseits, das überschäumt von gegenseitigem Verständnis.«

Sehr gut. Zwar nicht unbedingt genial, aber auch nicht übel. Aber gut für mich. Denn solange er weiterschwafelte, konnte ich in sein Allerheiligstes vordringen. Die Treppe war links hinter der Tür, wie Sybil es gesagt hatte. Sie hatte jedoch keine Ahnung, wohin sie führte. Es lag an mir, dies herauszufinden. Ich ging hindurch und schloß leise die Tür hinter mir, dabei biß ich leicht auf die Mikroleuchte, die ich zwischen den Zähnen hielt. Eine staubige Treppe führte nach oben. Ich ging hinauf und bewegte mich dicht an der Wand entlang, damit der Boden unter mir nicht knarrte. Am Ende der Treppe befand sich noch eine Tür, die in einen großen Raum führte. Er wurde von einem einzelnen Fenster matt erhellt.

Ich befand mich über dem Hauptsaal und hörte das matte Brummeln der Predigt durch den Boden. Ich ging leise zwischen Kisten und aufgestapelten Stühlen zu einer Tür an der gegenüberliegenden Wand. Sie führte zur Rückseite des Gebäudes und mußte über dem geheimnisvollen Raum liegen, der möglicherweise den Eingang zum Himmel bildete. Er lag auch ungefähr am gleichen Ort, an dem sich die im Tempel der Ewigen Wahrheit der Vernichtung anheimgefallenen elektronischen Gerätschaften befunden hatten. Als ich die Tür öffnete, endete das Stimmengebrummel eine Etage tiefer.

Ich verharrte ebenfalls – mit einem Bein in der Luft. Als dann die Orgelmusik einsetzte und die Frauen anfingen zu singen, entspannte ich mich und ging weiter. Da führte eine Wendeltreppe nach unten. Ich ging langsam und leise abwärts. Blieb vor einer Tür stehen, die, wie ich hoffte, die letzte war.

Es war stickig und warm, ich fing an zu schwitzen. Es lag nur an der Temperatur. Mein Puls war normal, meine Kampfmoral hoch. Ich wollte nicht mehr warten – es war Zeit für Taten. Ich schaltete die Lampe aus, steckte sie ein, öffnete die in die Dunkelheit führende Tür und trat hindurch.

Helle Lichter gingen an. Slakey stand genau vor mir. Er lächelte.

Ich sah ihn nur ganz kurz, weil ich in dem Augenblick, in dem das Licht anging, zur Seite wegtauchte. Und fest auf meinen Backenzahn biß.

Das heißt, ich versuchte es wenigstens. Doch so schnell ich auch gewesen war, irgend etwas anderes war schneller. Ich sah und hörte – doch mehr auch nicht. Mein Leib war schlaff, meine Augen offen, mein Blick stierte. Auf den schmierigen Boden, da ich ziemlich fest auf dem Gesicht gelandet war. Mein Kinn sackte herab, ich sabberte. Ich spürte, daß Panik in mir aufstieg, denn mir wurde klar, daß ich nichts tun, keinen einzigen Muskel steuern konnte. Doch wenigstens atmete ich, und mein Herz schlug noch. Es donnerte laut und kräftig in meinen Ohren. Vor meinen Augen wurde eine Schuhspitze sichtbar, dann wirbelte mein Blick umher, fing sich wieder, schaute nach oben in helles Licht. Slakey schien mich umgedreht zu haben; ich spürte nicht das geringste. Sein Gesicht verhüllte das Licht.

»Sie können mich sehen, nicht wahr? Sie können mich auch hören. Mein Neuralneutralisator erlaubt es Ihnen. Ich weiß alles über Sie, Jim diGriz. Ich weiß alles, denn ich bin allmächtig. Ich weiß, wie Sie in diesen heiligen Ort der Anbetung eingedrungen sind. Ich weiß auch, wen Sie mitgebracht haben.«

Seine Hände griffen nach unten, drehten meinen Kopf. Sybil lag neben mir, hatte alle viere von sich gestreckt und rührte sich nicht. Mein Blick wirbelte erneut, und Slakey richtete sich auf. Ich sah nun, daß er im vollen Ornat dastand. Eine helle Robe mit seltsamen Symbolen hüllte ihn ein. Ein hoher Kragen. Er hatte irgendeine Krone auf dem Kopf. Er hob die Arme und schwenkte triumphierend die Fäuste. Alle beide. Die Rechte funktionierte wirklich gut; ich sah nicht das geringste Anzeichen irgendwelcher Narben an den Gelenken, als seine losen Ärmel herunterrutschten.

»Sie sind ein erbärmlicher Sterblicher. Sie werden vernichtet. Sie suchen Erleuchtung, aber Sie werden sie nicht erhalten. Sie und die weibliche Kreatur, die Sie zum Spionieren hergeschickt haben. Sie möchten den Himmel sehen? Sie werden in den Himmel eingehen. Aber sicher, aber sicher!«

Da war eine Bewegung, mein Blick zuckte hoch. Hielt an. Mein Kopf wurde angehoben, und ich erkannte, daß er mich auf Sybils sich nicht widersetzenden Körper geworfen hatte.

»Gehet hin, alle beide. Geht in den Himmel.«

Er lachte, erstickte fast daran, lachte noch lauter.

»Na ja, es ist *nicht ganz* der Himmel, aber das werdet ihr bald erfahren.«

Weg vom Fenster.

5. KAPITEL

Irgend etwas war passiert.

Ich wußte es nicht mehr, konnte es nicht mal ansatzweise beschreiben. Ich wollte auch nicht daran denken. Ich hatte viel wichtigere Dinge im Sinn. Etwa die Tatsache, daß ich noch immer gelähmt war und mit dem Gesicht nach unten auf irgendwelchem roten Schotter lag. Ich spürte es zwar nicht, aber ich roch es. Es roch vergammelt und nach Schwefel.

Geruch! Ja, ich roch unzweifelhaft etwas, und es wurde immer stärker. Es bedeutete etwas Wichtiges. Nachdem ich erledigt worden war, hatte ich weder etwas gerochen noch gespürt. Jetzt aber sehr wohl. Was bedeuten mußte, daß die Lähmung abklang. Ich war mir schwach eines sehr leichten Drucks an der Wange bewußt. Ich konzentrierte mich, gab mir alle erdenkliche Mühe – und spürte, daß sich meine Fingerspitzen ganz leicht bewegten.

Die Genesung kam nicht schlagartig, nicht so, wie die Lähmung gekommen war. Sie kam langsam und wurde bald sehr schmerzhaft. Rote Schmerzwellen liefen durch meinen wieder erwachten Leib und drohten meinen Blick zu blockieren. Meine Augen tränten. Tränen liefen mir über die Wangen; ich zuckte vor Schmerzen. Langsam, sehr langsam wurde es besser, und es gelang mir, mich wegzurollen.

Ich blinzelte die Tränen fort und starrte eine graue Felsendecke über mir an. Ich hörte ein leises Stöhnen, und so drehte ich unter starker Anstrengung den Kopf und sah, daß Sybil neben mir auf dem Boden lag. Sie hatte die Augen geschlossen, ihr Körper zuckte vor Schmerzen. Sie stöhnte erneut. Ich wußte, was sie durchmachte. Ich kroch langsam und erschöpft mit einer Reihe von Schnaufern und Grunzern zu ihr hin und nahm ihre Hand.

»Der Schmerz ...«, brachte ich heraus, »klingt gleich ab.«

»Jim ...« Sie flüsterte so leise, daß ich sie kaum hören konnte.

»Höchstpersönlich. Sie kommen schon wieder in Ordnung.«

Es war zwar eine hübsch pathetische Versicherung, aber etwas Besseres fiel mir im Moment nicht ein. Wo waren wir? Was war passiert? Wenn dies der Himmel war, sah er ziemlich anders aus als das, was sie beschrieben hatte. Statt Gras spitzige vulkanische Kiesel; statt eines Firmaments nur Felsgestein. Woher kam das Licht? Und was hatte Slakey als Letztes gesagt? Irgend etwas darüber, daß es *nicht ganz* der Himmel sei.

Mit einiger Anstrengung gelang es mir, mich hinzusetzen. Ich sah eine Öffnung in der Felswand: Wir befanden uns in einer Spalte oder einer Art Höhle. Und hinter der Öffnung war ein roter Himmel.

Rot? In der Ferne ertönte ein tiefes Grollen, und ich spürte, daß der Boden unter mir vibrierte. Eine dunkle Rauchwolke zog über den Himmel. Ich klammerte mich an einen Felsen, und es gelang mir, mich auf die Beine zu ziehen. Dann wankte ich zu Sybil hinüber. Ich half ihr, sich hinzusetzen und lehnte sie mit dem Rücken an die Wand.

Sie wollte etwas sagen, fing jedoch plötzlich an zu husten. Endlich quetschte sie Worte hervor. »Slakey – er war uns die ganze Zeit einen Schritt voraus.«

»Was soll das heißen?«

»Er hat mit uns gespielt; er muß gewußt haben, daß Sie im Gebäude waren. Er hat seine Predigt abgekürzt, irgendeine Entschuldigung über einen unerwarteten

Termin abgegeben und dann die Orgel und ein Gesangsband eingeschaltet. Er hat uns gebeten, zu gehen. Alle außer mir. Er nahm mich beiseite und sagte, er müsse mir etwas Wichtiges erzählen. Ich war natürlich neugierig, aber ich konnte auch an nichts anderes denken als an das, worum er mich gebeten hatte. Sobald die anderen gegangen waren, hat er irgend etwas auf mich gerichtet. Ich konnte es nur ganz kurz sehen. Es war etwas, das einem silbernen Spinnennetz glich. Dann fiel ich um. Es war grauenhaft! Ich konnte keinen Muskel rühren, nicht mal die Augen. Ich habe bemerkt, daß er mich in das finstere Hinterzimmer geschleift hat – und das Schlimmste war, daß ich nicht das geringste dagegen unternehmen konnte. Dann ging das Licht an, und Sie waren da und fielen um. Ich weiß noch, daß er mit Ihnen geredet hat. Dann war alles aus.«

»An mehr kann ich mich auch nicht erinnern. Ich bin hier wieder zu mir gekommen.«

Ich berührte meine Seitentasche, spürte die Ausbuchtung des Kommunikators und empfand im gleichen Moment einen Anflug von Hoffnung. Ich hielt ihn ans Ohr und schaltete ihn ein. Nichts. Das gleiche galt für alle anderen Geräte, die ich an meinem Körper verborgen hatte. Sie waren alle tot. Batterien und Netzteil: leer. Ich konnte nicht mal die Klinge meines Schweizer Offiziersmessers herausklappen; es sah aus, als sei es zu einem Klumpen verschmolzen. Ich musterte den kleinen Stapel metallener Trümmer und empfand das Bedürfnis, ihn durch die Höhle zu kicken. Ich gab dem Drängen nach und tat es. Es schepperte ganz schön.

»Es ist nur noch Schrott. Alles ist tot. Nichts funktioniert.« Ich drehte mich um und stolperte dem Licht entgegen.

»Jim, gehen Sie nicht …«

Ich stützte mich mit einer Hand an die Felswand,

damit ich nicht stolperte und machte einen schlurfenden Schritt nach dem anderen, bis ich den Ausgang erreicht hatte. Ich schaute hinaus. Ich spürte, daß meine Kinnlade vor Schreck heruntersackte und fiel auf die Knie. Eine ganze Weile konnte ich nur stieren. Ich wandte mich angestrengt ab. Es gelang mir, wieder aufzustehen, und ich kehrte zu Sybil zurück. Sie hatte sich nun hingesetzt und schien sich besser unter Kontrolle zu haben.

»Was ist da draußen, Jim?«

»Der biblische Himmel ist es bestimmt nicht. Das Firmament ist rot, nicht blau. Es wächst auch nirgendwo Gras. Ein geologisch instabiles Gebiet, und in der Nähe ist ein aktiver Vulkan. Eine Menge Rauch, aber wenigstens keine Lava. Da ist auch eine große, aufgeblähte Sonne, die keinem Stern gleicht, den ich je gesehen habe. Sie ist sattrot, nicht weiß oder blau, was auch die Rostfarbe der Landschaft erklärt.«

»Wo sind wir?«

»Tja …« Ich suchte nach irgend etwas Intelligentem, das ich sagen konnte. »Tja, zumindest wissen wir jetzt, daß wir nicht mehr auf Vulkann sind.« Mehr fiel mir nicht ein. »Und …«

Sie bemerkte mein Zögern. »Und?«

»Ich hab nur kurz hinausgeschaut.«

»Nur kurz? Sie müßten Ihr Gesicht sehen – es ist aschgrau!«

Ich wollte darüber lachen, aber ich brachte nur ein jämmerliches Gurgeln zustande. »Ja, ich habe jemanden gesehen – oder *etwas*. Aber nur ganz *kurz*. Eine Gestalt, sie ging ziemlich schnell. Zweibeiner, aufrechtgehend.« Meine Stimme wurde leiser, und Sybil schaute mich äußerst besorgt an. »Verzeihung. Ich bin einfach dumm. Sie hat sich einfach zu schnell bewegt, um irgendwelche Einzelheiten erkennen zu lassen. Aber ich glaube … sicher bin ich mir nicht … sie hatte einen Schwanz. Und … sie war feuerrot.«

Es dauerte eine ganze Weile, ehe sie wieder etwas sagte.

»Sie haben recht. Im Himmel sind wir bestimmt nicht. Was wissen Sie über Theologie?«

»Nicht allzu viel – aber genug, um zu wissen, daß ich das, was ich glaube, nicht glauben sollte. Vor Ihrer Ankunft habe ich mich kurz mit Theologie befaßt – also, was die Vorstellung vom Himmel und das Leben nach dem Tod angeht. Weil ich eben mehr Fakten wollte, um zu verstehen, worum es überhaupt dabei geht. Ich fürchte, mit meiner religiösen Bildung ist es nicht allzu weit her. Es sieht etwa so aus: Es gibt so viele Vorstellungen vom Himmel, wie es Religionen gibt. Ich habe ihn so skizziert, wie die Jünger des Tempels der Ewigen Wahrheit ihn sehen und nach Vergleichen gesucht. Ich bin auf eine wirklich interessante Ansammlung von Religionen gestoßen, die unter einer Vielzahl von Namen auftreten. Ich habe sie auf jene eingeschränkt, die über eine Dichotomie von Himmel und Hölle verfügen, also Orte, an denen man nach dem Tod landen kann. Es gibt auch einen Gegenstand namens Seele, die man nicht sehen oder aufspüren kann. Oder so. Sie kommt aus irgend etwas, das nicht näher bezeichnet wird. Ihre Beschreibung ist reichlich vage. Die Seele soll angeblich man selbst sein. Oder die Essenz eines Menschen. Schauen Sie mich nicht so an – ich erfinde das nicht! Jedenfalls möchte die Seele gern in dem Himmel kommen. Es wird auch so ein Zwischending erwähnt, das sich Fegefeuer nennt. Und ... ich wette, daß Sie schon mal davon gehört haben ... das genaue Gegenteil des Himmels nennt man Hölle.«

Sie schaute mich entsetzt an. »Dann glauben Sie, daß ... wir vielleicht in der sogenannten Hölle gelandet sind?«

»Tja, solange mir nichts Besseres einfällt – wovon ich aber ausgehe –, scheint dies der Weisheit letzter Schluß zu sein ...«

In der Ferne grollte es brüllend auf, und der Boden bebte unter meinen Füßen. Ein plötzliches Gewicht schien mich nach unten zu drücken. Ich fiel auf die Knie und streckte die Hände aus, um den Sturz zu dämpfen. Ich war plötzlich sehr schwer. Sybil streckte sich wieder auf dem Boden aus.

Dann ging das seltsame Gefühl, so schnell wie es gekommen war, vorbei, und ich stand zittrig wieder auf.

»Was … was war das?«

»Ich habe nicht die geringste Ahnung. Ich habe so etwas noch nie erlebt. Es war, als … Tja, als hätte plötzlich die Schwerkraft zugenommen.«

»Es gibt doch keine Schwerkraftwellen.«

»Jetzt aber doch!«

Sie wollte lächeln, doch sie schüttelte sich.

»Tun Sie's nicht«, sagte ich. »Wir sind an einem seltsamen Ort, und es könnte durchaus der sein, den man als Hölle bezeichnet. Aber wir scheinen lebendig zu sein – also gehen wir aus der Höhle raus und bringen in Erfahrung, wo wir sind, verdammt!«

Sybil stieß sich ab, richtete sich auf und fuhr sich mit den Fingern durchs Haar. Ihr gelang sogar ein kleines Lächeln. »Ich wette, ich sehe zum Kotzen aus«, sagte sie. »Also gehen wir.«

Unser kleiner Ausbruch von Enthusiasmus dauerte nicht lange. Als wir gingen, wurde die Luft immer heißer. Es war unbehaglich. Wir umrundeten einen Geröllhaufen und entdeckten den Grund. Wir fuhren zurück, denn uns knallte eine Hitzewelle entgegen. Wir starrten erschrocken die sich vor uns ausbreitende Landschaft an. Genau vor uns lief ein breiter, anschwellender Fluß Lava dahin. Auf seiner Oberfläche bildete sich geschwärzte Schlacke, die während des Vorbeiströmens knackte und auseinanderbrach und das glühende, flüssige Gestein darunter enthüllte. Wir zogen uns zurück. Auf dem Weg, den wir gekommen waren.

»Wir versuchen es in der Gegenrichtung«, sagte ich hustend. Sybil antwortete nicht, sie nickte nur zustimmend. Ihre Kehle war gewiß so trocken wie die meine; sie mußte ebenso durstig sein. Gab es in dieser ausgedörrten Gegend irgendwo Wasser? Ich wagte nicht, über die Antwort nachzudenken.

Und an noch etwas durfte ich nicht denken. Angelina. Slakey mußte sie ebenso wie uns irgendwohin versetzt haben. Ich hoffte, in den Himmel. Und ich hoffte noch stärker, daß sie nicht auf diesen schrecklichen Planeten gekommen war.

Wir gingen den Weg zurück, am Eingang der Höhle vorbei, aus der wir gekommen waren, dann weiter durch eine Landschaft rollender Kiesdünen. Es war zwar noch immer heiß, aber nicht mehr so wie in dem Backofen-Fegefeuer, das wir gerade hinter uns gelassen hatten.

»Moment mal«, sagte Sybil, blieb stehen und setzte sich auf einen dicken Felsbrocken. »Ich bin etwas müde.« Ich nickte und nahm neben ihr Platz.

»Überrascht mich nicht. Womit er uns auch gelähmt hat, das Ding ist nicht förderlich für die Gesundheit. Ob körperlich oder geistig.«

»Ich fühle mich wie erschlagen. Und niedergeschlagen. Wenn ich wüßte, wie man hier wegkommt, würde ich abhauen.«

Als ich die Verzweiflung auf ihrem Gesicht sah und das Echo der Erschöpfung in ihrer Stimme hörte, wurde ich wütend. Diese tolle, starke, attraktive Agentin hatte es nicht verdient, von irgend jemandem so fertig gemacht zu werden.

»Ich hasse dich, Slakey!« schrie ich. Ich sprang auf die Beine und drohte dem Himmel. Das Grollen des fernen Vulkans war die einzige Antwort, die ich bekam. Ich wurde noch wütender. »Das lassen wir uns nicht gefallen! Wir kommen hier raus, verlaß dich drauf! Die Luft dieses Planeten muß doch irgendwo hergekommen sein, von lebendigen grünen Pflanzen. Wir werden sie finden – und du kannst uns nicht davon abhalten!«

»Sie sind wunderbar, Jim«, sagte Sybil, stand auf und glättete ihr zerknittertes und beschmutztes Kleid. »Natürlich machen wir weiter. Und wir werden natürlich siegen.«

Ich nickte ihr wütend und zustimmend zu. Dann deutete ich durch das Tal. »Dorthin, weg von der Lava und den Vulkanen. Dort wird es uns viel besser gehen.«

Ich hatte recht. Je weiter wir gingen, desto kühler wurde die Luft. Nach einer Weile wurde das Tal breiter, und ich erhaschte weit vor uns einen Blick auf etwas Grünes. Ich wollte es zuerst gar nicht erwähnen – aber Sybil hatte es auch gesehen.

»Grün«, sagte sie mit fester Stimme. »Vor uns sind Gras oder Bäume oder so etwas. Oder ist es nur Wunschdenken?«

»Niemals! Ich sehe es auch, und es ist in der Tat ein erhebender Anblick. Vorwärts!«

Als sich die saftgrüne Landschaft vor uns öffnete, rannten wir beinahe. Wir bewegten uns durch kniehohes, kühles und leicht feuchtes Gras. Weiter vor uns waren Baumgruppen zu sehen, sie wurden immer mehr, fast ein Wäldchen.

»Gutes altes Chlorophyll«, rief ich. »Die Grundlage der Nahrungskette, der alles Leben entspringt. Fängt die Sonnenenergie ein, um Nahrung zu produzieren …«

»Auch Wasser?«

»Wehe, wenn nicht. Hier muß es irgendwo Wasser geben – und wir werden es finden …«

»Pssst! Hören Sie das?« rief sie. »Da raschelt irgend etwas. Erinnert an trockenes Laub.«

Ich hörte es auch, ein leichtes gackerndes Geräusch, das sich uns vom Wald her näherte. Dann trat etwas

Kleines unter den Bäumen hervor und bewegte sich zögernd durch das Gras.

»He, hallo«, sagte ich zu dem winzigen rotbraunen Geschöpf. Es schaute mit schwarzen Knopfaugen zu mir auf und quiekte vor Angst.

Dem Quieken folgte ein lauteres und wütenderes Quieken aus dem Wald. Dann ertönte Hufgedonner, und eine riesige Rächergestalt kam unter den Bäumen hervor und schnaubte in starkem mütterlichen Schutztrieb. Sie maß etwa zwei Meter von der schnüffelnden Nase bis zum zuckenden Schwanz und war am ganzen Leib mit schützenden Stacheln bedeckt, die nun steil hochstanden.

Sybil ächzte vor Entsetzen.

Ich lächelte und rief: »Itibitzi, Schweini, Schweini, Schweini!«

»Jim – was ist das?«

»Eins der liebenswertesten Geschöpfe der ganzen Galaxis! Der Freund meiner Jugend! Der Gefährte des Menschen. – Ein *Stachelschwein!*«

Sie musterte mich, als hätte ich den Verstand verloren.

»Liebenswert? Wird es uns angreifen?«

»Nein, solange wir seinem Ferkelchen nichts tun.« Das winzige Wesen hatte beim Erscheinen des Monster-Muttertiers die Angst verloren und tauchte unter die schützenden Stacheln, um nach erfrischender Milch zu suchen.

Ich ging langsam näher und bückte mich, um einen vom Wind abgerissenen Ast aufzuheben. Runde, argwöhnische Augen folgten jeder meiner Bewegungen.

»Braves Mädchen«, sagte ich, trat vorwärts und machte beruhigende Glucksgeräusche. Die Sau zitterte leicht, rührte sich aber nicht von der Stelle. Als ich näher kam, drehte sie den Kopf. An ihren spitzen vorragenden Hauern formte sich ein Speicheltropfen und fiel zu Boden.

»Da, da, da«, murmelte ich. »Klein-Jimmy tut Stachelschwein nicht weh. Klein-Jimmy *liebt* Stachelschwein.«

Ich schob eine Handvoll Stacheln zwischen den Ohren der Sau beiseite, streckte den Arm aus, stocherte mit dem Ende des Astes und rieb ihn fest zwischen ihren Ohren.

Ihre Augen waren halb geschlossen, und sie brummelte zufrieden.

»Stachelschweine haben es gern, wenn sie hinter den Ohren gekrault werden – sie können die Stelle selbst nicht erreichen.«

»Wieso kennen Sie sich mit diesen schrecklichen Geschöpfen aus?«

»Schrecklich? Niemals! Sie sind Gefährten des Menschen bei der Eroberung der Sterne. Sie sollten sich etwas mehr mit galaktischer Geschichte befassen. Lesen Sie etwas über die seltsamen Viecher und tödlichen Kreaturen, die auf die ersten Siedler warteten. Ungeheuer, die eine ganze Kuh mit einem Haps verschlingen konnten. Ich sage Ihnen, erst das treue Stachelschwein hat ihnen gezeigt, was Angst ist. Sie sind genetische Kreuzung zwischen Riesen- und Stachelschweinen. Hauer und Hufe für den Angriff, Stacheln zur Verteidigung. Sie sind treu wie Gold und hauen, wenn es sein muß, alles zu Klump.«

»Haben sie auch gute Koteletts?«

»Und ob – aber in ihrer Gegenwart spricht man nicht darüber. Ich bin auf einem Bauernhof aufgewachsen, und ich muß Ihnen ehrlich sagen, daß die Stachelschweine meine einzigen Freunde waren. Ah, da kommt auch der Eber!«

Ich rief der gewaltigen Gestalt, die aus dem Wald geschlendert kam, freudige Grüße entgegen. Der Eber musterte mich aus roten, schweinischen Augen. Dann grunzte er voller Genuß, als das Ende meines Stockes an seiner Haut kratzte. Ich grunzte vor Anstrengung – aber auch vor Freude.

»Wo kommen sie her?« fragte Sybil.

»Aus dem Wald«, sagte ich und kratzte weiter.

»Das meine ich doch nicht. Was ist das für ein Ort, an dem es Vulkane, Lavaströme, Schwerkraftwellen und solche Geschöpfe gibt?«

»Ein Planet, der von der Menschheit besiedelt worden sein muß. Wir werden es noch früh genug herauskriegen. Aber zuerst müssen wir dem Schweinepfad in den Wald hinein folgen und etwas Wasser finden. Zuerst trinken, später nachdenken.«

»Einverstanden«, sagte Sybil und ging voraus. Ich folgte ihr, und unsere neuen schweinischen Freunde folgten mir. Sie grunzten erwartungsvoll, weil sie hofften, daß ich sie noch ein wenig kratzen würde. Wir verloren sie erst, als der Pfad über eine von Kunsteichen umgebene Lichtung führte. Der Eber ballerte seine Hauer in den Stamm eines schwer beladenen Baumes und schüttelte ihn gnadenlos. Eicheln, so dick wie mein Kopf, prasselten zu Boden, und die kleine Familie schlug sich fröhlich den Bauch voll.

Wir kamen aus dem Wald heraus und an eine morastige Wiese, die spitze Hufe zertreten hatten. Sie grenzte an einen kleinen Teich. Das andere Ufer lag im Dunst, der alle Einzelheiten verbarg. Wir verließen den schlammigen Pfad und fanden einen Sockel oder Gestein, das zum Wasser führte, setzten uns an den Teichrand und tranken das klare, kühle Wasser aus der Hand, bis unser Durst gestillt war.

»Wenn wir jetzt noch ein paar trockene Zweige finden, können wir sie aneinander reiben und ein Schnitzel essen«, sagte Sybil und schnalzte mit der Zunge.

»Niemals! Sie sind unsere Freunde.« Mein Magen brummte lüstern. »Na ja, vielleicht später, viel später. Und nur dann, wenn wir keine andere Nahrungsquelle finden. Ich glaube, jetzt steht die Erkundung der Umgebung auf dem Programm. Dies ist eine bewohnte Welt. Oder zumindest war sie mal bewohnt. Die

Menschheit hat das Stachelschwein und die Kunsteiche mit zu den Sternen genommen. Hier müßte es also Bauernhöfe geben.«

»Ich weiß nicht mal, wie so was aussieht. Ich bin ein Stadtmensch – oder sagen wir Kleinstadtmensch. Essen war für mich immer etwas, das man im Laden kauft. Meine Eltern – und auch alle anderen – arbeiteten auf Telekonferenzen und programmierten und dergleichen. Keine Fabriken, keine Luftverschmutzung. Dinge dieser Art waren auf die entfernten Robotfabriken beschränkt. Unsere Stadt war eine ganz einfache Sache – nur ein paar an die Landschaft angepaßte Gebäude und grüne Parks. Und absolut langweilig.«

Ich kniff die Augen zusammen und schaute über den Teich, wo der Dunst sich allmählich aufzulösen schien. Ich deutete zum anderen Ufer.

»Ungefähr so wie da drüben?«

6. KAPITEL

»Da drüben?« fragte sie. Sybil stand auf und beschirmte ihre Augen mit der Hand. Ich zeigte es ihr schweigend.

»Wenn man eine gesehen hat, hat man alle gesehen«, murmelte sie stirnrunzelnd. »Sie werden wahrscheinlich fabrikmäßig hergestellt – ausgestanzt wie Frühstücksflockenschachteln. Das Ding wird entfaltet, am Boden angeleimt und aufgestellt. Dann schließt man den Strom an, und sie fängt an zu arbeiten. Ich konnte es nicht mal ertragen, in Heimatstadt – so hieß die Stadt wirklich, können Sie sich das vorstellen? – zur Schule zu gehen. Ich hab den besten Abschluß in der Blagenklasse gemacht, kriegte ein Stipendium, ging zur Schule und bin niemals zurückgekehrt. Hab mich überall ein wenig umgesehen, landete bei der Polizei, und es hat mir gefallen. Dann wurde ich von der Sondereinheit rekrutiert. Und der Rest ist Geschichte.«

»Wollen Sie sich diese Heimatstadt mal ansehen?«

»Nein, will ich nicht.«

»Könnte aber lustig werden – und außerdem gibt's da was zu essen. Oder sind Sie so wild auf Schnitzel, daß Sie bereit sind, ein Stachelschwein mit bloßen Händen zu erlegen?«

»Bitte, keine Scherze. Schauen wir sie uns also an.«

Der Teich war nicht sehr groß, und der Weg nicht sehr weit. Sybil, die guten Mutes ausgeschritten war, wurde jedoch, je näher wir den niedrigen Häusern kamen, immer stiller. Schließlich blieb sie stehen.

»Nein«, sagte sie fest.

»Nein was?«

»Nein, ich möchte den Ort eigentlich nicht aus der Nähe sehen. Ich hab doch gesagt, daß sie alle gleich sind – ihre Gestaltung ist normiert. Man stöpselt sie einfach ein, und sie funktionieren. Ich konnte meine Kindheit nicht ausstehen.«

»Ist das nicht bei allen so? Aber die Stachelschweine waren das Beste daran. Möglicherweise der einzige Teil, an den ich mich mit irgendwelchen Gefühlen erinnere. Wollen wir doch mal sehen, ob wir einen McSchweineburger-Laden finden oder in diesem schmucken Örtchen ein Sandwich kriegen.«

In den vor uns liegenden Straßen und Gebäuden rührte sich nichts. Aus dem Ort führte eine einzige Straße heraus, die abrupt im Gras endete. Daneben ragte eine Art Reklametafel auf, aber was auf ihr stand, konnte man erst lesen, wenn man näher heran war. Wir gingen querfeldein, bis wir es erreichten, um zu sehen, was darauf stand. Sybil blieb plötzlich stehen und ballte so fest die Hände, daß sich ihre Knöchel weißlich färbten. Ihre Augen waren geschlossen.

»Lesen Sie es«, sagte sie.

»Hab ich schon.«

»Was steht drauf?«

»Ist nur 'n Zufall ...«

Sie riß die Augen auf und spuckte die Worte förmlich aus. »Ja, ist es denn zu fassen? Was steht drauf?«

»Da steht ... in roten Großbuchstaben mit Serifen auf weißem Untergrund ... Da steht ...«

»Willkommen in Heimatstadt. Sind wir irre – oder ist es der Planet?«

»Weder noch.« Ich setzte mich hin, rupfte einen Grashalm aus und kaute auf ihm herum. »Hier geht irgend etwas vor. Irgend etwas, das wir noch herauskriegen müssen.«

»Und das tun wir am besten, indem wir uns hinsetzen und auf Grashalmen kauen.«

Sie war nun wütend – was aber viel besser war als verängstigt oder niedergeschlagen. Ich lächelte lieb und tätschelte das Gras neben mir. »Dann zur Sache. Sie setzen sich hin und kauen Gras, während ich die Gegend erkunde. Hinsetzen!«

Sie setzte sich. Wegen der Kraft meiner Persönlichkeit – oder weil sie noch immer müde war. Ich stand ächzend und ermattet wieder auf und schlenderte in Heimatstadt hinein.

Ich brachte alles, was ich wissen mußte, in kürzester Zeit in Erfahrung, kehrte zu ihr zurück, nahm Platz und kaute auf einem Grashalm.

»Es ist das eigenartigste, das ich je gesehen habe«, sagte ich.

»Jim – spannen Sie mich nicht auf die Folter!«

»Verzeihung. Hatte ich nicht vor. Ich bemühe mich noch immer, diese spezielle Realität auf einen Nenner zu bringen. Erstens: die Stadt ist leer. Keine Menschen, Hunde, Fahrzeuge. Nichts. Ein Grund für die Leere ist, daß alles so wirkt, als wäre es aus einem Stück gemacht. Die Türklinken lassen sich nicht bewegen, die Türen sind offenbar ein Bestandteil der Wände. Das gleiche gilt für die Fenster. Man kann auch nicht in die Häuser hineinschauen. Es sieht zwar so aus, als könne man hineinschauen, aber das, was man sieht, befindet sich in Wirklichkeit im Fensterglas. Und nichts sieht richtig oder vollständig aus. Es entspricht eher der Vorstellung einer Heimatstadt als einer echten Heimstadt.«

Sybil schüttelte den Kopf. »Ich habe keine Ahnung, wovon Sie reden.«

»Keine Bange! Ich bin mir auch nicht so sicher. Ich versuche nur, mir einen Weg durch eine Anzahl höchst eigenartiger Ereignisse zu bahnen. Wir sind in einer Art Höhle hier aufgetaucht. Mit Vulkanen und Lavaströmen, ohne Gras oder sonst etwas.« Ich blickte zur aufgeblähten roten Sonne hinauf und deutete auf sie. »Die Sonne ist zumindest die gleiche. Wir haben uns auf den Weg gemacht und sind auf grünes Gras und Stachelschweine gestoßen – auf die Stachelschweine meiner Jugend.«

»Und auf meine Heimatstadt. Es muß etwas zu bedeuten haben ...«

»Hat es auch!« Ich sprang auf und lief in hirnzermarterndem Tempo auf und ab. »Slakey hat gewußt, wohin er uns schickte. Und daß es nicht der Himmel ist, hat er selbst gesagt. Also muß er schon mal hier gewesen sein. *Nicht ganz der Himmel,* hat er gesagt. Vielleicht hat er angenommen, er schickt uns in die Hölle. Die Gegend, in der wir ankamen, war ja auch sehr höllisch – das rote Lebewesen, die Vulkane, die Lava und der ganze Kram. Ist es deswegen höllisch, weil er es so erwartet hat? Weil diese Hölle *seiner* Vorstellung von der Hölle entspricht?«

»Sie sind zwar der Anführer, Jim – aber ich kann Ihnen trotzdem nicht folgen.«

»Ich verüble es Ihnen nicht, weil die Idee zu grotesk ist. Wir wissen, daß irgendwo ein Ort existieren soll, der Himmel genannt wird. Wenn es *einen* solchen Ort gibt, könnte es auch mehrere geben. Dies ist einer der anderen. Er hat bestimmte ungewöhnliche Eigenschaften.«

»Zum Beispiel?«

»Etwa, indem man das zu sehen kriegt, das man zu sehen erwartet. Sagen wir mal, dieser Planet, oder was es auch ist, war nur die Möglichkeit eines Ortes – bis Slakey hier eintraf. Dann erst wurde er zu dem Ort, den er zu finden erwartet hatte. Vielleicht hat ihm die rote Sonne den Gedanken an die Hölle eingegeben. Und je mehr er darüber nachdachte, desto höllischer wurde alles. Ist es nicht logisch?«

»Im Leben nicht! Das ist so ungefähr die beknackteste Theorie, die ich je gehört habe.«

»Da gehe ich jede Wette ein – aber es ist noch nicht alles. Sie ist absolut unmöglich. Und trotzdem sind wir hier, nicht wahr?«

»Wir leben in der Hölle eines anderen?«

»Ja. Es war so, als wir hier ankamen. Aber sie hat uns nicht gefallen. Wir wollten sie verlassen. Mir fällt ein, daß ich diese öde, vulkanische Welt für das genaue Gegenteil der Gegend hielt, in der ich aufgewachsen bin ...«

Nun war ich an der Reihe, mich zu fragen, ob die ganze Sache nicht nur institutionalisierter Irrsinn war. Aber Sybil erwies sich als praktischer.

»Na schön. Gehen wir mal davon aus, daß es wirklich so ist. Wir sind an diesen höllischen Ort gekommen, weil Slakey vor uns hier war und eventuell alles seiner Vorstellung von der Hölle entsprach. Es hat uns nicht gefallen. Sie haben sich fest gewünscht, wir wären nicht hier, sondern an einem Ort mit einem besseren Klima. Dann sind wir weitergegangen und haben ihn gefunden. Wir haben getrunken, sind aber noch immer hungrig. Das heißt, ich war es, und zwar so sehr, daß ich an meine allerersten Schwelgereien gedacht habe. Und die fanden zufällig in Heimatstadt statt. Angenommen, all dies stimmt – was tun wir jetzt?«

»Das einzige, was wir tun können. Wir gehen wieder in die Hölle zurück.«

»Warum?«

»Weil wir dort eingetreten sind – und wir dort sein müssen, wenn wir wieder raus wollen. Slakey weiß als einziger, wie man zwischen diesen Orten wechselt. Und noch etwas ...« Meine Stimme klang plötzlich ergrimmt.

»Was denn, Jim? Was denn?«

»Nur der ernüchternde Gedanke, daß eventuell auch Angelina hier war, bevor wir auf die Reise geschickt wurden. Wenn ja, werden wir sie weder in meiner noch in Ihrer Jugend finden. Sie müßte sich in Slakeys Privathölle aufhalten.«

»Richtig«, sagte sie, stand auf und wischte sich das Gras vom Kleid. »Wenn wir Durst kriegen, können wir jederzeit hierher zurückfinden. Und wenn wir Hunger haben ...«

»Bitte, ersparen Sie uns den Gedanken für eine Weile. Eins nach dem anderen.«

»Natürlich. Sollen wir gehen?«

Wir folgten unseren Spuren über die Wiese in den Wald hinein. Das in der Ferne ertönende fröhliche Grunzen munterte mich ordentlich auf. Solange es Stachelschweine gab, war die Galaxis kein allzu übler Ort. Die Bäume blieben hinter uns, wir gingen über die Wiese. Das Gras wurde spärlicher und kürzer, bis es ganz verschwunden war. Wir waren wieder auf vulkanischem Boden, und es stank nach Schwefel. Je weiter wir gingen, desto höher wurden die Hügel, und wir mühten uns sogar ab, einen der höheren zu erklimmen. Als wir den Gipfel erreichten, hatten wir klare Aussicht auf einen rauchenden Vulkan. Er schien nur der erste einer ganzen Kette zu sein. Und dahinter war die rote Sonne, sie hing ein Stückchen über dem Horizont.

Die Dünen endeten an einem Vorgebirge aus Geröll und zerbröseltem Gestein. Es war natürlich auch rot. Der Spalt einer schmalen Schlucht schnitt in es hinein, und diesen Weg nahmen wir. Es war einfacher als das Besteigen des Hügels. Dann hörten wir gleichzeitig ein kratzendes Geräusch und hielten inne.

»Warten Sie«, sagte ich leise. »Ich schaue mal nach.«

»Ich gehe mit, diGriz. Es ist unser gemeinsamer Fall – bis zum Ende.«

Sie hatte natürlich recht. Ich nickte und legte einen Finger an die Lippen. Wir gingen so langsam und leise wie möglich weiter. Das Kratzen wurde lauter – dann hörte es auf. Wir blieben stehen. In der Nähe erklang ein schlürfendes, schmatzendes Geräusch, dann ging das Kratzen wieder los. Wir schlichen weiter und schauten nach.

Ein Mann stand auf den Zehenspitzen, hob einen Felssplitter über den Kopf und kratzte an etwas Grauem an der Oberfläche des Gesteins. Ein Stück davon löste sich, und er schob es in den Mund und fing laut an zu schmatzen.

Wie interessant. Noch interessanter war freilich die Tatsache, daß auch er feuerrot war. Seine einzige Kleidung bestand aus einer uralten verblaßten Hose, deren Beine fast zur Gänze abgerissen waren. Am Hinterteil der Hose mußte sich ein Loch befinden, weil dort sein feuerroter Schwanz heraushing.

Und dann sah er uns. Er drehte sich sofort um und riß einen feuchten Mund mit abgebrochenen schwarzen Zähnen auf – dann schleuderte er den Stein in unsere Richtung. Wir duckten uns, und er krachte an die Felswand neben uns. Und schon war der Kerl verschwunden. Er fegte überraschender agil den Felshang hinauf und verschwand oben hinter dem Rand.

»Rot ...«, sagte Sybil.

»Sehr rot. Sind Ihnen die kleinen roten Hörner an seiner Stirn aufgefallen?«

»Schwer zu übersehen. Sollen wir mal nachschauen, was er macht?«

»Machen ... und essen.«

Ich hob ein scharfes Steinbruchstück auf und ging an die Stelle, an der der Fremde gearbeitet hatte. Aus einem Felsspalt wuchs ein graues, gummiartig aussehendes Gewächs hervor. Ich war größer als unser rosiger Freund und konnte es leicht erreichen. Ich riß und zerrte daran herum, bis ein Stück abbrach.

»Was ist es?« fragte Sybil.

»Keine Ahnung. Irgendein Gemüse, nehme ich an. Und wir haben gesehen, daß er es gekaut hat. Wollen Sie mal beißen?«

»Würde mir nicht einfallen, Ihnen etwas vorzuenthalten.«

Es schmeckte äußerst grau und schleimig und ließ sich nur sehr mühsam kauen. Es war ungefähr so schmackhaft wie eine Plastiktüte. Aber es war feucht. Ich schluckte ein Stück hinunter. Es blieb unten. Mein Magen beschwerte sich mit einem Rumpeln.

»Versuchen Sie mal«, sagte ich. »Es schmeckt zwar wie Hund ganz hinten, aber es enthält Wasser und hat möglicherweise irgendwelche Nährwerte.« Ich riß ein Stück ab und hielt es ihr hin. Sie schob es sich sehr argwöhnisch in den Mund. Ich schaute auf – machte einen Satz, packte sie und schubste sie zur Seite.

Ein Felsbrocken krachte an die Stelle, an der sie gerade noch gestanden hatte.

»Er ist sauer, weil wir ihn beim Dinner gestört haben«, sagte ich. »Wir gehen lieber von den Felsen weg, damit wir sehen können, was passiert.«

Wir schauten kurz hoch und sahen ihn noch höher klettern. Dann war er außer Sichtweite.

»Sie bleiben hier«, sagte ich. »Behalten Sie die Rothaut im Auge. Ich hol noch etwas von dem Fraß.«

Als wir unsere Mahlzeit beendet hatten, stand die Sonne nicht wahrnehmbar höher am Himmel. Doch da unser Magen voll und unser Durst im Moment gestillt war, ruhten wir uns im Schatten aus, da der Tag nun merklich wärmer wurde.

»Zwar nicht gut, aber es füllt den Magen«, sagte Sybil und bemühte sich, mit einem Fingernagel einen knorpeligen Bissen zu entfernen, der zwischen ihren Zähnen klemmte. Als er sich löste, schaute sie ihn angewidert an und warf ihn zu Boden. »Haben Sie irgendeine Vorstellung, was wir jetzt machen?«

»Zuerst sollten wir mal das Hirn einschalten. Seit wir hier zu uns gekommen sind, sind wir von einer Katastrophe in die nächste gestolpert. Fassen wir doch mal zusammen, was wir wissen.«

»Erstens«, sagte sie. »Wir sind in Slakeys Version der Hölle gelandet. Und so nennen wir sie auch, bis wir mehr wissen. Er hat uns an einen anderen Ort versetzt – auf einen anderen Planeten – es sei denn, wir sind irre.«

»Das letzte kann ich nicht hinnehmen. Wir sind *irgendwo anders.* Wir wissen, daß Maschinen in diese Sache involviert sind – da sie in dem Gebäude auf Lussuoso sorgfältig zerstört wurden. Angelina wurde vom dortigen Tempel aus irgendwo hingeschickt. Wir wurden aus der Kirche auf Vulkann irgendwo hingeschickt. Das wissen wir genau – und wir wissen noch etwas viel Wichtigeres. Rückkehr ist möglich. Sie waren im Himmel und sind zurückgekehrt. Und wir müssen die Möglichkeit bedenken, daß Angelina vor uns hier war.«

»Was bedeutet, daß wir der Aufklärung bedürfen – im militärischen Sinn des Wortes.«

»Und ob. Was wiederum bedeutet, daß wir die gehörnte und geschwänzte Rothaut finden müssen, um alles in Erfahrung zu bringen, was sie weiß. Über Angelina, diesen Ort, wie er – und wir – hierhergekommen sind. Und wie wir wieder von hier fortkommen …«

Ein Geräusch drang auf uns ein, ein leises Schlurfen, das langsam lauter wurde. Es kam aus der Schlucht zu uns herauf. Dann hörten wir das Gebrabbel murmelnder Stimmen.

»Da ist jemand …«, sagte ich, als unser erst kürzlich abgereister Freund ins Blickfeld trat. Ihm folgte eine kleine Gruppe von Gefährten. Es waren mindestens zwölf. Männer und Frauen. Alle feuerrot. Alle schleppten angespitzte Steine. Ich hatte keinen von ihnen je gesehen – und ein Blick sagte mir, daß Angelina nicht zu dieser bunt zusammengewürfelten Meute gehörte. Als sie uns sahen, blieben sie stehen. Und als ihr Anführer sie weiterwinkte, setzten sie sich wieder in Bewegung.

»Ihr könnt fliehen, wenn ihr wollt, aber wir werden euch verfolgen. Lauft oder bleibt. Es ist kein Unterschied.« Er schwenkte einen Stein.

»Wir werden euch umbringen. Umbringen und fressen. In der Hölle hat man immer Hunger.«

7. KAPITEL

Ich hob die Hand, mit der Handfläche nach vorn, und machte das (unter Umständen) in allen Universen übliche Zeichen des Friedens. »Wartet«, sagte ich. »Wenn ihr uns angreift, sind wir gezwungen, uns zu verteidigen. Wir sind sehr gefährlich. Wir werden euch wehtun. Ihr werdet sterben, wenn ihr es wagt, euch uns zu widersetzen. Wir sind keine normalen Menschen, sondern rücksichtslose Meuchelmörder …«

»Abendessen!« schäumte der Anführer. »Kaltmachen!«

Ich bildete mit meiner erhobenen Hand eine Schale, hob die andere in Angriffs-Verteidigungshaltung und balancierte auf den Fußballen nach vorn.

Sybil war neben mir und hielt die Hände ebenso. »Sie haben es doch nicht ernst gemeint, sie umzulegen, oder?«

»Nein, aber ich will ihnen Angst einjagen, damit wir die Sache schnell hinter uns kriegen. Jetzt!«

Wir schrien einstimmig auf und griffen an. Die Oberrothaut kreischte auf und ließ ihre Waffe fallen, denn ich traf ihr Handgelenk mit einem Karateschlag und semmelte ihr dann mit harten Fingerspitzen eins in den Solarplexus. Ich machte weiter, ohne anzuhalten, und trat den beiden Typen, die hinter ihr standen, die Beine unter dem Arsch weg.

Mir war bewußt, daß Sybil sich zur Seite wandte, um ihre Gegenspieler zu überraschen und aus dem Gleichgewicht zu werfen. Zwei scharfe Nierenhaken schickten die beiden Frauen schreiend zu Boden.

Ein Stein schwang herab, ich duckte mich unter ihn, traf den Werfer an der Halsseite und trat beiseite, als er umfiel.

Noch ein paar kernige Hiebe, und alles war vorbei. Der Boden war von zuckenden und stöhnenden Rothäuten bedeckt. Eine Hand griff nach einem Stein, aber ich stellte mich auf das Gelenk. Es war der letzte Widerstand.

»Was für eine jämmerliche Bande«, sagte Sybil und staubte angewidert die Hände ab.

»Tja, die verstehen keine andere Sprache. Soweit ich sehe, haben wir aber keinem die Knochen gebrochen, und es blutet auch niemand.« Wir nahmen die Steinwaffen an uns und warfen sie beiseite. Dann schauten wir uns die erschlafften Angreifer näher an. Sie waren, falls man es so nennen kann, mit den Fetzen diverser Lumpen bekleidet. Da und dort sah man ein Teil ihrer Anatomie. Sie waren alle feuerrot, hatten hübsche Hörnchen und – nun erschlaffte – Schwänze. Als ich zwischen ihnen herging, wichen sie feige beiseite. Ich schnappte mir den besinnungslosen Anführer, lehnte ihn an die Felswand und wartete darauf, daß er wieder zu sich kam. Er öffnete stöhnend die Augen – kreischte, fiel um und wollte wegkriechen. Ich richtete ihn wieder auf.

»Hör zu«, sagte ich. »Die Sache mit dem Umbringen und Fressen war doch deine Idee. Wir haben uns nur verteidigt. Wollen wir also mit dem Scheiß aufhören? Nick einfach nur, das reicht. Ich schätze, wir haben auf dem falschen Bein angefangen, also versuchen wir's noch mal. Ich heiße Jim …«

Hinter mir ertönten ein Klatschen und ein Schmerzensschrei, der Beweis, das Sybil mir den Rücken freihielt.

»Mein Name ist … Ronibald Podpisy, Professor der Vergleichenden Anatomie, Universität Wyfawnietwo.«

»Freut mich, Sie kennenzulernen, Professor. Sind Sie nicht 'n bißchen weit weg von zu Hause?«

Er rieb seinen wunden Bauch und schaute mit verschleierten roten Augen zu mir auf. Und seufzte.

»Ich schätze wohl. Ich habe in letzter Zeit nicht oft darüber nachgedacht. Hunger und Durst neigen nämlich dazu, irgendwann das Bewußtsein zu beherrschen. Wir wollten nur ein paar Proteine.« Er winselte leise, tat sich wohl selbst ziemlich leid. »Das Essen ist hier sehr eintönig und nicht sonderlich sättigend. Ich wette, ihm fehlen eine Menge Aminosäuren. Mineralien und Vitamine natürlich auch.«

»Das graue Zeug, das Sie da am Felsen gegessen haben. Ernähren Sie sich davon?«

»Gewiß. Man nennt es Atzmich. Ich weiß auch nicht, was es bedeutet. Ich habe das Wort erstmals gehört, als ich hier ankam.«

»Wie sind Sie hierher gekommen?« fragte Sybil, die nun herüberkam, um sich neben mir aufzubauen – freilich ohne das geschlagene Exekutionskommando aus den Augen zu lassen.

»Ich habe keine Ahnung. Es war in den Semesterferien. Ich flog zu einem Urlaubsplaneten. Um mich ein wenig an den Stränden Vulkanns zu erfreuen. Es war alles sehr schön, und ich bin auch braun geworden – nicht rot, wie jetzt. Ich hatte auch zugenommen, weil ich zuviel aß und meine Leber mit zu vielen Getränken kaputtmachte … Ich kann mich nur daran erinnern, daß ich eines Abends zu Bett ging – und hier aufwachte.«

»Und was ist mit den anderen?«

»Die, mit denen ich gesprochen habe, haben fast alle das gleiche erlebt. Die anderen sind verrückt, die reden nicht. Es scheint, je länger man hier ist … Bringen Sie mich um?«

»Seien Sie nicht albern. Ich habe zwar in meinem Leben schon manch komisches Ding gegessen, aber auf Professoren stehe ich absolut nicht.«

»Das sagen Sie *jetzt,* aber …«

»Ich verspreche es, in Ordnung? Und da wir gerade von Professoren sprechen: Haben Sie je von einem Professor namens Justin Slakey gehört?«

»Nein. Da klingeln bei mir keine Glocken. Ich war aber auch an einer kleinen Universität beschäftigt.«

»Na schön. Erzählen Sie mir jetzt mal was über Ihre hiesigen Rothaut-Beziehungen. Sie sagen, daß die Leute einfach so hier ankommen. Geht auch schon mal jemand wieder?«

»Nur als Abendessen!« Er gackerte, sabberte und fletschte seine geschwärzten Zähne. Er wirkte nun nicht mehr ganz so geistig gesund wie zuvor. Ich wechselte das Thema.

»Wenn Sie Professor für Anatomie sind, können Sie doch vielleicht Ihre interessante Hautfarbe erklären. Ganz zu schweigen von den Hörnern und dem Schwanz.«

Er zwickte in eine Handvoll lose Bauchhaut und blinzelte sie an. »Sehr interessant«, sagte er mit geistesabwesender Stimme. »Früher habe ich diese Phänomene studiert, mir Notizen gemacht – versucht, mir Notizen zu machen. Überhaupt keine Pigmentierung. Ich glaube, die Farbveränderung hat mit erhöhtem Kapillarwachstum unter der Haut zu tun. Ah, und der Schwanz!« Er packte und streichelte ihn. »Könnten dem Steiß zugefügte Knochen sein. Nicht möglich, Knochenwachstum, obwohl, ja, oder Knorpel ...«

Ich ließ ihn brabbeln und winkte Sybil zur Seite, so daß wir die anderen im Auge behalten konnten. Nicht, daß sie uns als Bedrohung erschienen. Einige waren noch ohnmächtig, andere lagen flach, weil sie keine Kraft mehr hatten. Ein junger Mann hievte sich auf die Beine und musterte uns mit deutlicher Furcht. Da wir nichts gegen ihn unternahmen, stolperte er von dannen und verschwand hinter der Biegung der Schlucht und aus unserem Blickfeld.

»Das gefällt mir überhaupt nicht«, sagte Sybil.

»Mir hat's noch nie gefallen – und je länger wir hier sind, desto weniger kann ich es ausstehen. Slakey hat uns hergebracht. Aus irgendwelchen unerfindlichen Gründen an diesen Ort versetzt. Wenigstens wissen wir, wer dafür verantwortlich ist. Wir müssen den Rückweg finden – bevor wir so werden wie die da. Werde ich etwa schon rot?«

»Nein, aber Sie haben recht. Wir müssen Widerstand leisten. Aber was können wir machen? Gibt es irgendeinen Grund, nach Heimatstadt oder zu Ihren Stachelschweinen zurückzukehren?«

»Im Moment fällt mir keiner ein.«

Der Himmel verfinsterte sich kurz, und wir taumelten, weil wir plötzlich schwerer wurden. Das Phänomen war so schnell wieder vorbei, wie es eingetreten war. Schwerkraftwellen? Ich dachte nicht sehr lange darüber nach. Was konnten wir unternehmen, um uns zu retten?

»Wir sammeln soviel Atzmich, wie wir tragen können«, sagte ich entschlossen. »Essen und Trinken erhalten uns am Leben und geben uns eine Chance, den nächsten Schritt zu tun …« Mir gingen die Ideen aus, aber Sybil hatte auch mitgedacht.

»… der darin besteht, daß wir zu der Höhle gehen, in der wir zu uns gekommen sind. Wir waren so fertig, daß wir sie nicht sehr gründlich untersucht haben. Wonach wir suchen, weiß ich freilich auch nicht.«

»Ihre Idee ist aber gut. Das, was uns hergebracht hat, hat uns eben dort abgesetzt. Man muß die Stelle unbedingt genauer untersuchen.« Ich deutete auf die ausgestreckten scharlachroten Gestalten. »Was machen wir mit der Bande?«

»Wir können nichts für sie tun – jetzt jedenfalls nicht. Vielleicht bekommen wir ein paar Antworten, wenn wir zurückkehren. Vielleicht können wir dann irgend etwas tun. Sie leben doch noch, und sie wissen wenigstens, wie man hier überlebt. Außerdem wollten sie uns umbringen.«

»Einverstanden. Dann also los.«

Wir spürten noch etwas mehr Atzmich auf und rissen die gummmiartigen Klumpen aus den Felsspalten. Sie waren schwierig zu tragen, bis Sybil ihr langes Kleid in ein Minikleid verwandelte, indem sie einen Großteil des Textils abriß. »So ist es auch kühler«, sagte sie und verknotete die Nahrung in ein Bündel. Ich nahm es ihr ab und deutete nach vorn.

»Sie gehen zuerst.«

Ich wagte mir nicht vorzustellen, wie lang hier die Tage waren, da die Sonne so wirkte, als stünde sie nicht höher am Himmel als in dem Augenblick, als wir sie zum ersten Mal gesehen hatten. Vielleicht rotierte der Planet gar nicht um seine Achse, und ein Tag dauerte hier eine Million Jahre. Wir latschten weiter. Der Öffnung im Fels entgegen, hinter der unsere ganze deprimierende Aktion angefangen hatte.

Wir gingen eine Gerölldüne hinauf, und ich stolperte über ein längliches Bruchstück und fiel hin.

Sah die Splittereruption aus der plötzlich auftauchenden kleinen Senke und hörte etwas an mir vorbeizischen.

»Bewegung!« schrie ich. »Jemand schießt auf uns!«

Sybil rannte auf einige zerborstene Felsbrocken zu, und ich machte eine Rolle zur Seite und rappelte mich wieder auf. Weitere Schüsse folgten uns, aber sich schnell bewegende Ziele sind schwer zu treffen. Ich rutschte keuchend in den Schatten eines riesigen Felsens und sah, daß Sybil ebenfalls in Deckung war.

»Wo ist der Scharfschütze?« rief sie.

»Oben auf dem Hang, den wir bestiegen haben. Ich hab ihn nur kurz gesehen, war eigentlich nur 'ne Bewegung.«

»Irgendeine besondere Farbe?«

»Die örtlich Beliebteste.«

»Und jetzt?«

»Erst mal Luft holen. Dann trennen wir uns und

jagen den Jäger. Tut mir leid, aber ich habe unseren Proviant verloren. Wir können uns später Sorgen darüber machen. Nachdem wir die Rothaut gefunden haben. Alles klar mit Ihnen?«

»Einverstanden. Wer es auch ist – ich möchte ihn lieber vor als hinter mir haben.«

Ich machte den ersten Vorstoß, indem ich im Zickzack über den Hügel preschte und mich hinter einem anderen Felsen versteckte. Ein Schuß traf ihn und fegte Steinsplitter durch die Luft; ein weiterer ging in den Boden. Noch während der Heckenschütze feuerte, tat Sybil genau das, was ich zuvor getan hatte.

Stück für Stück arbeiteten wir uns bergauf. Der Angreifer schoß weiter; er schien über eine Menge Munition zu verfügen.

Als wir den Gipfel erreichten, sah ich ihn. Groß, rot. Er suchte eine bessere Deckung, hatte einen Sack auf der Schulter und schleppte irgendeine langläufige Waffe mit sich herum. Ich folgte ihm auf dem Fuße, und zwar schnell. Als er sich umdrehte und feuerte, warf ich mich hinter einem Felsen in Deckung. Während er einen Schuß nach dem anderen auf mein Versteck abgab, eilte Sybil im Zickzack hinter mir her.

Das Ende kam plötzlich. Ich hörte, daß er in die andere Richtung schoß. Er mußte sie gesehen haben. Ich duckte mich und fegte, so schnell ich konnte, den Hang hinauf. Da war er, wenige Meter von mir entfernt, und richtete das Gewehr auf mich. Dann traf ihn ein Stein im Kreuz. Er quiekte und sprang – versuchte zu zielen.

Und ich stürzte mich auf ihn. Ich entriß ihm die Waffe und trat ihm fest in den Brustkorb. Als er fiel, kreischte er erneut auf; der Sack fiel von seiner Schulter und spuckte glänzende Munition aus.

Sybil stolperte zu uns herauf, sie war ebenso erschöpft wie ich. Sie warf einen Blick auf unseren gestürzten Gegenspieler. Er war dick und rot, hatte Hörner und einen Schwanz. Aber er war uns sehr vertraut. Er taumelte zurück, drehte sich um, hielt nach einem Fluchtweg Ausschau, und ich sah ihn im Profil.

»Das kann nicht sein! Aber er sieht aus wie ...«

Sybil beendete den Satz für mich. »Es könnte Slakey sein!«

»Oder Meister Fanyimadu beziehungsweise Pater Marablis.«

Er kam uns wirklich bekannt vor. Aber natürlich konnte er es nicht sein. Er schaute uns aus großen Augen an, zitterte und hatte Angst. Dann sprach er.

»Sind wir uns ... schon mal begegnet?«

»Kann sein«, sagte ich. »Mein Name ist diGriz. Kommt er Ihnen bekannt vor?«

»Eigentlich nicht. Sind Sie mit den Grodzynskis verwandt?«

»Meines Wissens nicht. Und Sie heißen ...?«

»Eine wirklich gute Frage. Vielleicht ... Einstein?« Er schaute hoffnungsvoll drein, doch als ich den Kopf schüttelte, erstarb sein Lächeln. »Stimmt also nicht. Kommt Ihnen Michelsen oder Morley bekannt vor? Epinard?«

»Ja, ich kenne diese Namen«, sagte Sybil. »Es waren Physiker. Sie sind alle tot.«

»Physik!« Seine Miene erhellte sich, und er deutete in Richtung der aufgeblähten Sonne. »Ständiges, fortwährendes Brennen. Der Neukleus ist jedoch instabil. Der Kern, eine Fermisphäre. Dann der Nukleus, Lithium instabil ...«

»Professor ...?« rief ich.

»Ja? Was? Aber die Nuklei zerfallen einfach wieder.« Er schloß die Augen, wiegte sich hin und her und brabbelte pausenlos leise vor sich hin.

»Er ist verrückt«, sagte Sybil entschieden. Ich nickte zustimmend.

»Wie die anderen – nur noch mehr. Aber er hat etwas über Physik gesagt. Und er hat reagiert, als ich ihn Professor nannte.«

»Es gibt hier eine Menge Professoren.«

»Das ist nur allzu wahr.« Ich nahm das Schießeisen an mich und drehte es in den Händen. »Und wo hat er das her? Es ist in gutem Zustand und schießt auch sehr gut.« Ich tippte auf eine Anzeige am Knauf. Voll geladen. Dann deutete ich auf die am Boden verstreuten Patronen. »Erkennen Sie die Waffe?«

»Natürlich. Lineares Beschleunigungsgewehr. Beim Militär nennt man es Gauss-Flinte.«

»Genau. Keine beweglichen Teile, ein Haufen Saft in der Nuklearbatterie – und jede Menge Stahlmantelgeschosse im Lauf. Wie ist es hierhergekommen? Wissen Sie noch, was aus dem ganzen mechanischen und elektronischen Zeug geworden ist, das ich mitgebracht habe? Nichts davon hat funktioniert. Wir haben bisher keine anderen Artefakte gesehen – nur dies hier.«

Unser dämonischer Freund hörte nun mit dem Gebrabbel auf, sah das Schießeisen und sprang auf, um es zu packen. Sybil stellte ihm ein Bein. Er fiel aufs Maul. Ich hob die Waffe, damit er sie sehen konnte.

»Wo haben Sie die her, Professor?«

»Ist meine. Ich hab sie mir geschenkt …« Er schaute sich verwirrt um. Legte sich hin, schloß die Augen und schien einzuschlafen.

»Nicht gerade eine Informationsquelle«, sagte Sybil.

»Ich glaube, der Wahnsinn ist ansteckend – oder wächst in einem heran, wenn man sich länger hier aufhält.«

»Glaube ich auch. Also zurück zu unserem ursprünglichen Plan. Die Höhle.«

»Die Höhle.« Ich packte den Sack, warf ihn mir über die Schulter, nahm das Schießeisen und die Munition. Als wir losgingen, warfen wir einen Blick zurück, aber der Professor rührte sich nicht.

»Haben Sie auch das Gefühl, daß die Fragen immer zahlreicher werden, je länger wir in der Hölle sind –

und die Antworten immer geringer?« Sybil nickte in finsterer Zustimmung. Dann deutete sie nach vorn.

»Ist es nicht da vorn? Die Felsspalte?«

»Sieht so aus.«

Ich empfand größere Niedergeschlagenheit als je zuvor in meinem Leben. Was eine Menge sagt, da ich schon in manch niedergeschlagener Situation gewesen war. Die Suche nach der Höhle war eine symbolische, aus Verzweiflung geborene Geste. Wenn es in der Höhle irgendeine Gerätschaft, irgendeine Maschine gegeben hätte – wir hätten sie vor dem Abmarsch sehen müssen. Wir befanden uns in einer Sackgasse.

Als wir uns dem Höhleneingang näherten, ertönte im Innern eine Explosion, der ein plötzlicher Ausbruch von Licht folgte. Sybil hechtete zur Seite, und ich hob die Knarre und schaltete die Energie ein.

Scharrende Schritte kamen aus dem Höhleninnern, irgend etwas Grauenhaftes kam auf uns zu. Ich peilte über den Lauf der Waffe hinweg und legte den Zeigefinger auf den Auslöser, als ein Mann im Eingang auftauchte.

»Wirf es weg, kommt mit – schnell!« sagte mein Sohn.

»Wir kommen, Bolivar!« rief Sybil und rannte los. »Wir sind genau hinter dir!«

8. KAPITEL

Ich ließ das Schießeisen und den Munitionssack fallen und rannte los – Sybil folgte mir. Bolivar führte uns an und blieb am anderen Ende der Höhle stolpernd stehen. Er schaute sich um, scharrte mit den Füßen. »Nein, weiter links«, murmelte er. »Zurück. Zurück. Gut.«

»Schnell!« schrie er dann und hob die Arme. »Nehmt meine Hände!«

Wir stritten uns nicht. Er packte unsere Hände und zog uns mit einer kräftigen Muskelkontraktion eng an seinen Brustkorb. Ich öffnete den Mund, um etwas zu sagen ...

Es war ein absolut unbeschreibliches Gefühl. Es war anders als alles, was ich je zuvor empfunden hatte. Es stand in keiner Beziehung zu Hitze, Schmerz, Kälte, Gefühlen oder elektrischen Schlägen.

Dann war es zu Ende; helles Licht flammte auf, und es gab ein donnerndes Geräusch.

»Runter!« rief jemand, und Bolivar schleifte uns über den Boden des Raums hinter sich her. Ich hörte schnelle Explosionen und Schußwaffenfeuer. Ich erhaschte einen raschen Blick auf einen Mann, der schwerfällig mit einer Handfeuerwaffe schoß, und als das Schießeisen zurückzuckte, ließ er es fallen. Aus der linken Hand. Seine rechte war bandagiert. Er drehte sich um und lief weg, verfolgt von anderen raschen Schritten.

»James!« schrie Bolivar.

»Schön, schön«, erwiderte eine gedämpfte Stimme.

James trat hinter den Ruinen der brennenden Maschine hervor. Sein Gesicht war schwarz eingeschmiert, und er wischte sich Glut vom Hemd. »War ziemlich knapp. Gut, daß er nicht auf mich geschossen hat. Er hat aber bei der Elektronik ganze Arbeit geleistet.«

»Danke, daß ihr uns zurückgeholt habt, Jungs«, sagte ich und hustete rasselnd. »Meine Kehle tut mordsmäßig weh.«

Ich vernahm das Zischen weißen Rauchs, aber der Brand wurde von automatischen Löschern erstickt. In der Ferne heulte eine Alarmsirene.

»Erklären alles später«, sagte James. »Laßt uns verschwinden, bevor sonst noch jemand kommt.«

Ich hatte nichts dagegen. Ich war von den Ereignissen des Tages noch immer benommen. Tages? Wir rannten aus der Kirche, es war Nacht, der Lieferwagen stand noch am Bordstein, wo ich ihn zuletzt gesehen hatte. Wie lange war es her?

»Hinten rein«, befahl James. Er warf den Motor an, und wir hechteten durch die Hecktür hinein. Wir hatten kaum Zeit, die Tür zu schließen, als er auch schon Zunder gab. Wir flogen durcheinander, rollten umher und hörten die näherkommenden Sirenen. Der Lieferwagen fegte um eine Ecke, und das Geräusch erstarb. James wurde langsamer, er fuhr nun mit normaler Geschwindigkeit. Er bog mehrmals ab und hielt dann an. Dann schwang er den Fahrersitz herum und lächelte uns zu.

»Hat jemand Durst?«

Durch die Windschutzscheibe war ein großes rotierendes Schild zu sehen. *Rodneys Robot-Tränke.* Darunter stand in kleineren Buchstaben *Die billigsten und hochprozentigsten Getränke der Stadt.* Ein robotisches Gesicht tauchte am Fenster auf. »Willkommen im Säuferparadies«, knirschte es. »Bitte, bestellen Sie.«

»Vier große Bier«, sagte ich und jämmerlich hustend.

»Erzählt uns, was passiert ist«, sagte Sybil, als ich wieder ruhiger geworden war.

»Klar«, sagte Bolivar. »Aber zuerst ... Seid ihr auch in Ordnung?« Er musterte uns eingehend und entspannte sich erst, als wir nickten. »Gut, ausgezeichnet. Du hast uns ganz schön Angst eingejagt, als der Alarm losging, Papa.«

»Ich dachte, ich hätte ihn nicht mehr auslösen können.«

»Hast du auch nicht. Wir wußten erst, daß etwas nicht stimmte, als dein Herz aussetzte. Und dann haben wir draufgehauen.«

»Es ist doch nicht stehengeblieben!« sagte ich abwehrend und tastete am Handgelenk nach meinem Puls. Na, bitte. Tick, tack.

»Das ist gut zu hören. Aber damals wußten wir es nicht. Wir sind wahrscheinlich ein paar Sekunden, nachdem ihr in der Hölle gelandet wart, eingebrochen. Marablis stand noch in irgendwelchen komischen Klamotten an den Kontrollen. Als er sich umdrehte, hat Bolivar ihm eins mit dem Lähmer verpaßt.«

»Ich hab ihn niedergestreckt – aber ihr wart beide weg. Das hat uns den angehaltenen Herzschlag erklärt. Er hatte dich versetzt, transportiert, gebeamt, fortgeschickt – in die Hölle, wie wir dann erfuhren. James hat sich darum gekümmert. Fortgeschrittene Hypnose, darin ist er sehr gut.«

»Ja, ist seit ein paar Jahren mein Hobby. Marablis war leicht zu übertölpeln. Litt unter Stress und hatte einen Schock. Ich hab ihn mir vorgenommen und die Kontrolle über ihn erlangt. Er hat uns erzählt, er hätte euch beide zur Hölle geschickt. James wollte euch folgen. Ich hab Marablis an die Maschine gestellt, und den Rest kennt ihr. Es waren zwar lange fünf Minuten, aber am Ende haben sie sich doch gelohnt.«

Inzwischen hätte ich gegen Überraschungen immun sein müssen. War ich aber nicht. »Fünf Minuten?! Wir waren mehrere Stunden in der Hölle – fast einen ganzen Tag!«

»Unterschiedliche Zeitabläufe?« sagte Bolivar. »Ich werd dir etwas erzählen, auch wenn's überspannt klingt. Als ich in der Hölle war, war ich gleichzeitig hier. Das heißt, ich konnte alles sehen, was Bolivar sah, ich konnte ihn auch sprechen hören.«

»Und umgekehrt ...«

»Bier«, sagte eine blecherne Stimme. Sybil und ich stürzten uns darauf.

»Noch mal vier«, sagte Bolivar, als wir die Gläser leerten. Er reichte uns die beiden restlichen vollen.

Die kalte Flüssigkeit half. Vor Freude keuchend kam mein Gehirn wieder in die Gänge, und mir fiel etwas anderes ein. »James! Die Schießerei bei unserer Ankunft – was war da los?«

»Eben das. Als ihr zurückkamt, stürzte ein Typ mit einem Schießeisen herein. Ich ging in Deckung, und er ballerte auf die Maschinerie. Dann ist er mit Marablis zusammen abgehauen.«

»Ich hab ihn kurz gesehen«, sagte ich. »Es ist zwar kaum zu glauben, aber ...«

James nickte ernst. »Ich habe ihn ganz deutlich gesehen. Es war Professor Slakey – und er hatte den Stumpf des rechten Handgelenks in einer Bandage.«

»Und wer ... wer ...?« sagte ich fassungslos.

»Wer an den Kontrollen stand, meinst du? Wer dich in die Hölle geschickt und zurückgeholt hat? Es war ebenfalls Professor Slakey. Er hat die Kontrollen mit der unversehrten rechten Hand bedient.«

»Ich habe noch mehr Neuigkeiten«, sagte ich. »Auch in der Hölle gibt es einen Slakey. Er ist knallrot, hat Hörner und einen langen Schwanz.«

Die Stille weitete sich immer mehr aus, als wir über die Implikationen dieser Information beziehungsweise den Mangel an denselben nachdachten. Dann ergriff Sybil das Wort. »James, kannst du bitte mal dem Kellner pfeifen? Bestell für die nächste Runde irgend etwas Stärkeres.«

Niemand hatte etwas dagegen. Es war alles so schnell gegangen – und so unbegreiflich gewesen, daß ich Schwierigkeiten hatte, meine Gedanken zusammenzuhalten. Dann kam mir schlagartig eine Erinnerung.

»Angelina! Wo ist sie?«

»Nicht in der Hölle«, sagte James. »Danach habe ich Marablis zuerst gefragt, als ich ihn am Wickel hatte. Er hat es unter der Anspannung gestanden. Er hat sich sehr dagegen gewehrt, meine Frage zu beantworten; er wäre fast aus der Trance erwacht. Ich habe ihn unter starken hypnotischen Druck gesetzt, damit er euch aus der Hölle zurückholt. Nach eurer Befreiung wollte ich ihn mir noch mal vorknöpfen. Aber … Ihr wißt ja, was geschehen ist. Tut mir leid.«

»Braucht es nicht!« rief ich glücklich. »Angelina ist nicht tot – er hat sie anderswohin geschickt. Vielleicht in den Himmel. Wir kriegen es raus. Immerhin sind wir schon wieder hier. Wir werden schwer arbeiten müssen, um in Erfahrung zu bringen, was eigentlich passiert ist und was all diese Rätsel und Paradoxa bedeuten. Aber nicht jetzt. Jetzt müssen wir nur zwei Dinge schnellstens erledigen: Wir brauchen Unterstützung. Man hat uns oft genug reingelegt. Als Slakey uns zur Schnecke machte, wußte er von Sybil und mir. Und jetzt weiß er, daß die ganze Familie hinter ihm her ist. Vielleicht macht er einen Versuch zu einem Gegenschlag, deswegen sollten wir unserem Hotelzimmer fernbleiben. Außerdem müssen wir sofort Kontakt mit der Sondereinheit aufnehmen.«

»Ich brauche nur ein Telefon«, sagte Sybil. »Ich habe die örtliche Kontaktnummer, die uns sofort mit Inskipp verbindet.«

»Ausgezeichnet. Wir erzählen ihm, was passiert ist. Sagen Sie ihm, er soll rings um die Kirche einen engen

Cordon aufstellen. Niemand darf rein oder raus. Und er soll so schnell wie möglich Professor Coypu herschicken. Jemand, der neben einer funktionierenden Zeitmaschine auch alle möglichen sonstigen wissenschaftlichen Wunderwerke bauen kann, müßte doch herauskriegen können, wie diese Himmels- und Höllenmaschinen arbeiten. Bis der Professor mit der Raummarine hier ist, verdünnisieren wir uns. Vergeßt eins nicht: Wir waren in der Hölle und sind zurückgekehrt. Wir werden auch Angelina finden und sie zurückholen.«

Ich nehme an, ich hätte die Tage der erzwungenen Entspannung im Vaska Hulja-Ferienparadies genießen sollen, aber ich war über zu viele Dinge besorgt. Hinter den Freuden des Schwimmens, Sonnenbadens, Essens und Trinkens lauerte ständig das Wissen, daß Angelina noch immer verschwunden war. Daß ihre Entführer gestanden hatten, daß sie lebte, war zwar beruhigend, doch wir wußten nicht, wo sie war. Ein schwacher Trost, denn sie war noch immer weg, und das konnte man nicht bestreiten. Eine finstere Erinnerung, die nicht weichen wollte. Ich wußte, daß die Zwillinge meine Gefühle teilten, denn hinter all ihrem Herumgekasper, das dazu diente, Sybils Aufmerksamkeit zu erringen, stand das gleiche Wissen. Wenn die Burschen sich unbeobachtet wähnten, sah ich leisen Kummer in ihren Gesichtern.

Es war auch nicht alles Vergnügen und Spiele. Wir machten uns an die Arbeit. Nachdem wir unter falschen Namen in einem anderen Hotel abgestiegen waren, listeten wir alles auf, was wir wußten, gesehen und erlebt hatten. Zwar wirkte nichts davon logisch, doch wir hatten keine andere Wahl. Wir gaben das gesamte Material an die Sondereinheit weiter, denn wir hofften, daß ein paar klügere Köpfe vielleicht irgendwelche Schlüsse daraus ziehen konnten.

Und so war es auch. Es gab mindestens einen klügeren Kopf. Unser kleiner Ausflug in die Hölle schien befruchtende Wirkung auf mein Gehirn gehabt zu haben, so daß meine Gedanken hin und wieder abschweiften. Außerdem blickte ich fortwährend in den Spiegel, um nachzuschauen, ob ich mich nicht auch schon rot verfärbte. Nach einer Weile hörte ich zwar damit auf, aber beim Duschen tastete ich ständig mein Steißbein ab, um nachzuprüfen, ob mir nicht etwa ein Schwanz wuchs. Irritierend. Dieser ziellose Zustand endete am nächsten Morgen, als ich früh zum Frühstück herunterkam und an unserem Tisch ein vertrautes Gesicht erblickte.

»Professor Coypu – endlich!« rief ich froh anstelle eines Grußes. Coypu lächelte kurz, und seine wie große Grabsteine wirkenden Hasenzähne grinsten mich an.

»Ah, Jim, ja. Sie sehen gut aus. Gut gebräunt, aber nicht rot. Irgendwelche Anzeichen eines Schwanzes?«

»Danke, nein, ich achte ständig darauf. Und wie geht's Ihnen?«

»Bestens, bestens. Auf dem Flug hierher habe ich die Überreste der zerstörten Instrumente aus der Kirche untersucht, Ihre gesamten Notizen analysiert und die Kleider untersucht, die Sie in der Hölle getragen haben. Es sieht alles ganz normal aus.«

»Normal?! Ich sehe nur Chaos und Verwirrung, und Sie ...«

»Ich sehe den Wald ebenso wie die Bäume. Ich kann Sie voller Zuversicht informieren, daß die Erfindung der Temporalhelix meiner Zeitmaschine viel schwieriger war.« Seine Zähne bissen ein Stück Toast ab, und er verzehrte es mit dem flinken Enthusiasmus eines Nagetiers.

»Es macht Ihnen wohl nichts aus, ein bißchen von Ihrem metaphorischen Holz für mich zu hacken, was?«

»Aber nein.« Er tupfte seine Lippen mit einer Serviette ab und polierte bei dieser Gelegenheit gleichzeitig seine Zähne. »Sobald ich wußte, daß Jazzer Justin mit der Sache zu tun hat, wurde mir die Form der zukünftigen Dinge sogleich klarer.«

»Jazzer Justin?« murmelte ich mit absolutem Mangel an Verständnis.

»Ja«, gackerte er und blitzte mich mit seinen Zähnen an. »So haben wir ihn früher an der Universität genannt.«

»Wen? Wen denn?« Ich war völlig von den Socken.

»Justin Slakey. Er spielte damals in unserem kleinen Jazzquartett die Posaune. Ich muß gestehen, daß ich persönlich auch ganz schön was drauf hatte – mit dem Banjo ...«

»Professor! Hier geht es doch um ... Würden Sie bitte zum Thema zurückkehren?«

»Natürlich. Schon als ich Slakey kennenlernte, war er ein Genie. Er war viel älter als die Zahl seiner Jahre. Er könnte, wenn man den aktuellen Stand der Geriatrie kennt, viel älter gewesen sein als er aussah. Er stellte die galaktische Fasertheorie auf, die, wie Ihnen zweifellos bekannt ist, lange Zeit Furore machte. Niemand wagte sie auch nur anzugehen, bis Slakey die Mathematik erfand, die ihre Existenz bewies. Ihm waren sogar die theoretischen Wurmlöcher zwischen den Galaxien klar. Er hat einiges über sie publiziert, aber nie alles zu einem kohärenten Ganzen zusammengefügt. Jedenfalls habe ich bis jetzt angenommen, daß er seine Theorie nie vervollständigt hätte. Aber nun ist offensichtlich, daß er es doch getan hat.«

Er spülte ein weiteres Stück zerkauten Toast mit einem flinken Schluck Kaffee hinunter. Ich widerstand einem fassungslosen Haareraufen.

»Hören Sie sofort auf!« schlug ich vor. »Fangen Sie noch mal an. Ich habe nicht die geringste Ahnung, wovon Sie reden.«

»Wieso auch? Die Realität der Wurmlöcher zwischen

zwei Universen kann mit einer Mathematik der negativen Zahlen beschrieben werden. Ein nicht-mathematisches Modell wäre nur eine primitive Entsprechung …«

»Dann primitiven Sie mal eine Entsprechung für mich.«

Er kaute weiter, legte die Stirn in nachdenkliche Falten und schob geistesabwesend eine Strähne des glatten Haars beiseite, das vor seinen Augen hing. »Primitiv ausgedrückt …«

»Ja?«

»*Sehr* primitiv ausgedrückt ist unser Universum wie ein schlecht gebratenes Spiegelei in einer Pfanne von ebenso schlecht gebratenem Rührei.« Das Frühstück hatte seine Phantasie offenbar inspiriert. Ich hatte die hiesigen Eier auch schon gegessen. »Die Bratpfanne stellt Raum/Zeit dar. Aber es muß eine unsichtbare Bratpfanne sein, weil sie keine Dimensionen hat und nicht gemessen werden kann. Sind Sie bis jetzt mitgekommen?«

»Nun jaaaa …«

»Gut. Die Entropie wird stets der große Gegner sein. Alles nutzt sich ab, kühlt ab, bis zum Hitzetod des Universums. Könnte man die Entropie umkehren, wäre das Problem einfach lösbar. Doch es geht nicht. Aber …« Es war ein großes *Aber,* da er einen ausrufenden Finger hob und ihn gegen seine Zähne tippte. »Aber obwohl die Entropie nicht umkehrbar ist, kann man das Tempo des entropischen Zerfalls messen und anzeigen – natürlich nur mathematisch –, und man kann beweisen, daß sie in anderen Universen in einer anderen Geschwindigkeit abläuft. Ist Ihnen die Wichtigkeit dieser Sache klar?«

»Nein.«

»Denken Sie nach! Darüber, daß die Entropie in unserem Universum schneller verliefe als die im – sagen wir mal – Universum X. In einem solchen Fall müßte einem theoretischen Beobachter im Universum X das unsere so erscheinen, als löste es sich schneller auf. Richtig?«

»Richtig.«

»Dann wird auch offensichtlich, daß einem Beobachter in unserem Universum der Entropieverlauf im Universum X so erscheinen müßte, als verliefe es in Gegenrichtung. Dies könnte man eventuell Entropie*umkehr* nennen. Obwohl es nicht existiert, würde man es so sehen. Deswegen ist die Gleichung geschlossen.«

Er lehnte sich zurück und belächelte glücklich seine Schlußfolgerungen. Ich hatte nicht die geringste Ahnung, wovon er überhaupt redete. Das sagte ich ihm auch, und er runzelte die Stirn.

»Manchmal wäre es mir wirklich lieber, Sie hätten in der Schule im Matheunterricht etwas besser aufgepaßt, aber Sie haben ja wohl nur geschwänzt. Um es noch einfacher auszudrücken: ein Phänomen, dessen Existenz man beobachtet, existiert *wirklich* und kann mathematisch beschrieben werden. Und auf das, was man beschreiben kann, kann man auch Einfluß ausüben. Das, worauf man Einfluß ausüben kann, kann man auch verändern. Das ist das Schöne daran. Man braucht keine Energiequelle, um die Wurmlöcher zwischen den Universen zu manipulieren, obwohl man natürlich Energie benötigt, um die Schnittstelle zu installieren. Die Wurmlöcher selbst werden vom Unterschied ihrer Entropiegeschwindigkeit angetrieben. Das hat Justin Slakey entdeckt, und ich werde der erste Mensch sein, der den Hut vor ihm zieht.«

Er nahm einen unsichtbaren Hut vom Kopf und setzte ihn wieder auf. Ich blinzelte flink, zermarterte mir heftig das Gehirn und versuchte zu verstehen, was er eigentlich meinte. Unter großen Schwierigkeiten tauchte allmählich eine Art Ordnung in seinen hochgeistigen physikalischen Kauzereien auf.

»Sagen Sie mir, ob ich es richtig verstanden habe. Es gibt verschiedene Universen, ja?«

»Ja und nein ...«

»Bleiben wir – im Augenblick – mal beim *Ja.* – Es gibt also verschiedene Universen. Wenn es sie gibt, könnten sie durch die Wurmlöcher im Weltraum miteinander verbunden sein. Dann könnte man die unterschiedliche Entropie zwischen diesen Universen eventuell auch dazu einsetzen, durch Wurmlöcher von einer Galaxis in die andere zu reisen – und Slakey hat ein Gerät erfunden, das genau dies ermöglicht. Richtig?«

Er hob den Finger, runzelte die Stirn und schüttelte den Kopf in einem sehr negativen *Nein.* Ich dachte weiter nach, dann zuckte ich die Achseln. »Richtig«, sagte er auf äußerst resignierte Weise. Ich beeilte mich, bevor er es sich anders überlegte.

»Die Hölle ist ein Planet in einem anderen Universum, in dem andere physikalische Gesetze herrschen. Die Hölle hat vielleicht auch eine andere Chemie, und die Zeit vergeht dort in einem anderen Rhythmus. Wenn es so ist, ist der Himmel auch ein anderes Universum, das durch Wurmlöcher in Raum und Zeit mit unserem Universum verbunden ist. Es könnte noch weitere ...«

»Die Anzahl der theoretischen Universen ist unendlich.«

»Aber mit Slakeys Gerät kann man sie offenbar erreichen, und zwar immer und immer wieder. Und was er tun kann – können Sie ebenfalls tun?«

»Ja und nein.«

Ich widerstand der Verlockung, mir eine Handvoll Haare auszureißen. »Was soll das heißen, *Ja und Nein?*«

»Ich meine, ja, es ist theoretisch möglich. Und nein, ich kann es nicht tun. Nicht ohne die mathematische Beschreibung der Entropie-Beziehungen, die in dem Gerät aufgezeichnet sind. In dem, das er vernichtet hat.«

»Es wird andere Geräte geben.«

»Besorgen Sie mir eins, dann baue ich Ihnen eine intergalaktische Wurmloch-U-Bahn.«

»Genau das werde ich tun«, versprach ich. Nicht etwa voreilig, sondern weil ich es tun mußte, um Angelina zurückzukriegen. Was mich zur nächsten Frage führte. »Wer hat diese Geräte?«

»Slakey.«

»Welcher Slakey?«

»Es gibt nur einen Slakey.«

»Das kann ich nicht glauben. Ich habe mindestens drei gesehen. Einen Knallroten mit Schwanz. Einen anderen ohne rechte Hand. Und einen dritten mit einer rechten Hand.«

»Sie haben immer den gleichen Mann gesehen. Nur zu verschiedenen Zeiten. Als wären Sie mit einer Zeitmaschine gereist, um einen gerade geborenen Säugling zu besuchen; als wären Sie weitergereist, um den Säugling als Erwachsenen und dann als alten Mann zu sehen. Die Mathematik ist eindeutig. Es ist ihm irgendwie gelungen, sich in verschiedenen Zeiten seiner Existenz zu duplizieren. Er ist immer das gleiche Individuum, das man zur gleichen Zeit sieht, obwohl sie aus verschiedenen Zeiten stammen. Da alle der gleiche Mensch sind, müssen sie auch die gleichen Vorstellungen haben. Deswegen wußte Slakey ohne Hand, daß Slakey mit Hand in Schwierigkeiten war – und ist zu seiner Rettung angetanzt. Sie haben das gleiche Phänomen bei Ihren Söhnen erlebt, den Zwillingen. Da sie biologische Zwillinge sind und sich im gleichen Ursprungsei geteilt haben, waren sie irgendwann einmal die gleiche Person oder das gleiche Ei. Als sie sich in verschiedenen Universen aufhielten, hatten sie identische Gedanken. Es ist alles ziemlich klar.«

»Was ist klar?« fragte Sybil, die eben in den Frühstücksraum kam.

»Klar ist«, sagte ich, »daß wir jetzt wissen, wie man

in den Himmel oder in die Hölle kommt. Unser braver Professor scheint alles über die verschiedenen Universen zu wissen.«

Sie nickte. »Wenn Sie das wissen, Professor, wissen Sie dann auch, daß Jim in der Hölle auf Stachelschweine gestoßen ist?«

»Sicher. Ich habe Ihre Notizen bezüglich des Besuches dort gelesen und stimme absolut mit Ihren ersten Schlüssen überein. Die Hölle ist offenbar ein formbares, ungeformtes Universum. Als Slakey es gefunden hat, muß es geologisch aktiv gewesen sein. Er hat es fälschlich für die Hölle gehalten – also wurde es zur Hölle. Sie haben die Hölle zu zweit gefunden, und auch Sie haben Sie ein wenig nach den Welten geformt, an die Sie sich erinnerten.«

»Darf ich dann bitte eine Frage stellen?« fragte Sybil. »Wenn wir es getan haben – warum haben die anderen Leute, auf die wir dort gestoßen sind, nicht das gleiche getan?«

»Auch das ist offensichtlich«, dozierte der Professor, der sich immer freute, wenn er ein erwartungsvolles Publikum hatte. »Diese Leute waren normale Menschen – keine übernormalen Agenten der Sondereinheit. Die Kraft Ihrer Persönlichkeit und Ihre geistige Stärke hat Sie befähigt, dem Gewebe dieses Universums Ihre Erinnerungen aufzuzwingen und es nach Ihrem Willen zu formen. Dort, wo normale Menschen vor Angst davonrennen, drehen Sie sich um, grollen wütend und machen den Gegner nieder.«

»So, wie Sie es sagen, klingt es, als wären wir wilde Köter!« knurrte ich wütend.

»Sind Sie auch. Sonst noch Fragen?«

»Ja«, sagte Sybil. »Was tun wir jetzt?«

»Das kann ich beantworten«, erwiderte ich. »Mit Professor Coypus Hilfe werden wir ein Gerät bauen, um in ferne Universen zu reisen. Und wir holen Angelina zurück.«

»Welch wundervolle Neuigkeit«, sagte Sybil und fügte mit weiblichem Pragmatismus hinzu: »Aber lassen Sie uns bis nach dem Frühstück damit warten. Ich bin sicher, wir werden dafür all unsere Kräfte brauchen.«

9. KAPITEL

Ich wartete, bis James und Bolivar sich zu uns an den Frühstückstisch gesellt und ihre Rühreier verzehrt hatten, dann machte ich allen Beine.

»Die Sitzung ist eröffnet.« Sie schauten mich alle konzentriert an – bis auf Professor Coypu, der etwas vor sich hinmurmelte und mathematische Gleichungen auf einen großen Notizblock kritzelte. »Der Professor hat nichts dagegen, daß ich das, was er heute morgen enthüllt hat, drastisch vereinfache. – Himmel und Hölle befinden sich in verschiedenen Universen, aber sie sind zugänglich. Außerdem gibt es noch weitere erreichbare Universen – und in einem von ihnen hält sich Angelina auf. Mit unserer Unterstützung kann der Professor eine Maschine bauen, die wir einsetzen können, um sie zurückzuholen. Verstanden?«

Alle nickten und lächelten. Außer Coypu, der schniefte, als hätte man ihm auf den Schlips getreten. Er konnte allem Anschein nach zwei Dinge zu gleicher Zeit tun, da er während des Gleichungenkritzelns sprach.

»Ihre Vereinfachung ist purer Unsinn. Die Gleichungen beweisen …«

»… daß Sie wissen, was Sie tun«, unterbrach ich ihn, bevor er wieder alles zerquatschte. »Und wir wissen auch, was wir tun. Wir werden einen der Slakey-Klone aufspüren. Wenn sie ihr Maschinchen nicht eingesetzt haben, um zu verschwinden, müßten sie noch hier sein. Ich habe über die Sondereinheit Druck auf das planetare Militär ausüben lassen, um den Planeten abzuschotten. Es ist wie in einem Kakerlaken-Hotel: Man kann rein, aber nicht raus. Und genau in diesem Augenblick wird eine ausgedehnte und gründliche Suche durchgeführt …«

»Laßt die Slakeys ziehen«, sagte Sybil.

Es wurde still. Sogar Coypu hörte auf zu schreiben. Sybil lächelte ihre gelähmten Zuhörer lieb an. »Modern denken«, sagte sie. »Subtil denken. Das Problem mit euch Männern ist, daß das Testosteron und die anderen Hormone, die in euch sind, dazu beitragen, eure Handlungen vorhersehbar zu machen. Versucht doch mal, etwas verschlagener vorzugehen. Nur dieses eine Mal. Die Männer, die ihr sucht – Slakey und Co. – sind ebenso maskulin wie ihr. Mithin werden sie auch erwarten, daß ihr genau das tut, was ihr jetzt vorhabt.«

»Was sollen wir denn sonst tun?« fragte ich.

»Entspannt euch, laßt mal Schlupflöcher und menschliche Fehler zu. Laßt sie an der Tür rattern, bis sie erkennen, daß sie nicht verschlossen ist. Und wenn sie sich davonmachen, laßt sie verfolgen.«

»Das wird nicht leicht sein …«

»Aber ja doch«, sagte Coypu. »Ich habe mir eine neue und einmalige Theorie ausgedacht, die die Auswirkungen von Interuniversumreisen betrifft.« Er hob ein Blatt mit Gleichungen hoch. »Und jetzt kann ich zu meiner Zufriedenheit beweisen, daß sie stimmt. Ich nenne sie Entropische Eingrenzung.«

Er lächelte in wissenschaftlicher Zufriedenheit und war so erfreut über sich, daß er fröhlich mit den Fingerspitzen an seine Hasenzähne tippte und unsere glasigen Augen musterte.

»Ich werde es erläutern. Als Sie in der Hölle waren, haben Sie beobachtet, daß gewisse Veränderungen mit den dort Lebenden vor sich gegangen sind. Ihre Hautfarbe hat sich karminrot verfärbt; ihnen sind neue Gliedmaßen gewachsen; ihr Wahnsinn hat zugenommen. Diese Gleichungen beweisen positiv, daß die Veränderungen nicht in dem Sinne physisch sind, daß sie von Chemikalien in der Atmosphäre etcetera hervorgerufen wurden. Keineswegs. Die Veränderungen werden durch entropische Eingrenzung hervorgerufen, der grundsätzlichen Inkompatibilität von Material, das von einem Universum in ein anderes gebracht wird. Nachdem ich dies erkannt hatte, war es eine Kleinigkeit, ein E-Meter zu bauen – ein Gerät, das gewaltige Möglichkeiten verkörpert, obwohl sie eine ganz simple Konstruktion ist. Hier ist sie.«

Er wühlte in seiner Hemdtasche herum, entnahm ihr einen kleinen Gegenstand und legte ihn vorsichtig auf den Tisch. Wir beugten uns alle vor.

»Sieht aus wie ein Steinchen, das an ein Stück Schnur gebunden ist«, sagte ich.

»Ist es auch. Als ich Ihre Meldungen analysiert hatte und sah, in welche Richtung meine Forschungen gehen würden, habe ich mir vorsichtshalber etwas Höllenmaterie besorgt. Aus Ihrer alten Kleidung, Jim. In den Taschen waren kleine Steinchen; ich nehme an, vom Herumrutschen auf dem Boden. Und jetzt: Probieren geht über studieren.«

Er hob die Schnur am losen Ende hoch, stand auf und kam zu mir herüber. Er blieb stehen und hielt das komplizierte wissenschaftliche Instrument von sich, so daß der Stein genau vor meiner Nase hing. Ich schielte ihn an.

»Bewegt er sich?« fragte er.

»Er scheint mir entgegenzuschwingen.«

»Tut er auch. Sie waren lange genug in der Hölle, damit die entropische Eingrenzung auf Ihren Körper einwirken konnte, wenn auch nur sehr geringfügig.« Er hielt das Ding über Sybils Hand und nickte fröhlich. Dann ging er zu den Zwillingen und hielt ihn hinter ihren Kopf. Dann deutete er auf James.

»Sie sind der Bruder, der die Maschine bediente; Sie waren nicht in der Hölle.«

James konnte nur schweigend nicken. Coypu bewunderte seine Erfindung. »Wenn man schon nach einem so kurzen Besuch solche Reaktionen erzeugen kann – stellen Sie sich vor, wie Jazzer-Justin im Dunkeln leuchten muß! Sobald ich ein paar tausend E-Meter gebaut habe, was ja ganz einfach ist, sind alle Begrenzungen der freien Bewegung aufgehoben. Es wird kein Versuch gemacht, die Lumpen festzunehmen oder daran zu hindern, diesen Planeten zu verla …«

»Großartig!« brüllte ich. »Sie können zwar wegrennen, aber sie können sich nicht verstecken. Jeder Zug, Bus, jedes Raumschiff, jeder Skooter, jede Rikscha, jedes Transportmittel wird ein Meßgerät in der Nähe haben. Wir verfolgen sie, und sie werden uns zu ihren Geräten führen, die wir dann klauen, damit die Guten gewinnen können!«

Natürlich war es *so* leicht nun auch wieder nicht. Statt einen Fluchtversuch zu machen, waren Slakey und Slakey wohl in den Untergrund gegangen. Da sie in keine unserer Fallen tappten, kehrte der brave Professor Coypu an die Werkbank zurück und entwickelte sein Ursprungsmodell weiter, das ja, wenn man es insgesamt betrachtet, doch recht primitiv war. Er baute größere Modelle mit verstärkten Stromkreisen, die über größere Entfernungen funktionierten. Dann suchten militärische Düsenmaschinen den Himmel über den Inseln ab – und fanden innerhalb von Stunden eine Spur.

»Da«, sagte der Techniker der Sondereinheit, schlug eine große Landkarte auf und deutete mit dem Finger auf eine rot markierte Stelle. Wir beugten uns vor. »Der Pilot der Suchmaschine startete, nahm Höhe auf – und alle Glocken gingen los.«

»Das ist ja mitten in einer Stadt«, sagte ich.

»Ja, eben. Es ist sogar das Zentrum der Hauptstadt dieses Planeten, Hammar City. Bei der ersten Messung ist die Nadel fast aus dem Kompaß gesprungen. Aber sie hat sich seither nicht bewegt. Es gibt noch zwei weitere, schwächere Spuren in der Stadt. Und eine davon bewegt sich.«

»Ist es möglicherweise … ein weiteres Gerät, was die starke Spur erklären würde? Und könnten die anderen Kontakte ein paar Slakeys sein?«

»Professor Coypu ist der gleichen Meinung. Er sagt, Sie sollen zuerst mit ihm sprechen, falls Sie irgendwelche offensiven Handlungen vornehmen wollen.«

»Kein Problem. Wo ist er?«

»Im Nachtclub, eine Treppe tiefer. Macht Forschungsarbeit.«

»Forsch …?« Mein Hirn tat einen erneuten Hüpfer. »Aber in welchem Lokal? In diesem Haus sind sieben.«

»In der *Grünen Eidechse.* Sehr völkisch.«

Ich fragte mich, was an Eidechsen völkisch sein konnte. Ich fand es bald heraus. Der Klang von Urwaldtrommeln erfüllte die feuchtheiße Luft, und das Halbdunkel war voll vom Gekreisch und Geschnatter von Nachttieren. Ich duckte mich unter niedrighängende Baumäste und wäre beinahe von einer Schlingpflanze erwürgt worden.

»Kann ich Ihnen zu Diensten sein, menschlicher Gast?« fragte eine große grüne Eidechse und grinste mich mit spitzen Fängen an. Ihr Kopf war der eines Reptils, aber der grüne Leib war menschlich und knackig weiblich. Ebenso sichtbar war die noch interessantere Tatsache, daß sie nur mit der Farbe auf ihrer Haut bekleidet war. Ich fragte mich, welche Art Forschungen der Professor hier betrieb.

»Coypu«, sagte ich. »Ich möchte zu ihm. Ein kleiner Mann mit grauem Haar und schönen Zähnen …«

»Hierher, bitte, geliebter menschlicher Gast.« Die Eidechse geleitete mich durch den Dschungel – eine tolle Figur, der man gern folgte! – an einen Tisch aus Baumstämmen. Coypu saß ebenso nackt wie meine Führer-

Eidechse, aber weniger attraktiv, auf einem abgesägten Baumstamm. Er saugte an einem Strohhalm, der in einem riesigen Bambusbehälter steckte und kritzelte Gleichungen auf ein großes Blatt.

»Ich will das gleiche haben, wie er«, sagte ich und konzentrierte meinen Blick auf den Professor. Die knackige Eidechse huschte davon.

»Ah, Jim, nehmen Sie Platz.«

»Ich möchte Ihre Arbeit nicht unterbrechen.«

»Tun Sie nicht. Ich habe meine Forschungen gerade abgeschlossen. Morgen kann ich meinen wissenschaftlichen Aufsatz beenden. Er heißt *Reptilische Substitution zur erneuten Steigerung subliminaler sexueller Hemmungen.*«

»Klingt faszinierend.«

»Kann man wohl sagen. Ich schreibe auch eine kürzere und einfachere Version für eine Internet-Newsgroup, die sich *Die hungrigen Hasenjäger* nennt.«

»Sie kommen noch mal ganz groß raus. Worüber wollten Sie mit mir reden?«

»Pläne. Wir brauchen eine narrensichere Methode, um in den Besitz eines intakten Modells von Slakeys Universenunterscheider zu gelangen. Meine Forschungen können erst weitergehen, wenn dies geschehen ist. Seine Instrumente sind jetzt schon zweimal in Flammen aufgegangen, bevor wir sie untersuchen konnten. Das darf nicht mehr passieren. Ich habe ein Gerät konstruiert, das uns dies ermöglichen wird.«

»Was für ein Gerät?«

»Einen Temporalhemmer. Es ist ein geistiger Ableger meiner Temporalhelix, an die Sie sich bestimmt erinnern, da Sie mit ihr gereist sind, als sie in der Vergangenheit waren und ein paar interessante Abenteuer erlebten, als Sie die Welt retten mußten. Außerdem steht Ihnen hinsichtlich dieser Erfindung noch eine besondere Erwähnung zu. Wie Sie bestimmt noch wissen, schenkten Ihnen diese Zeitreisenden aus der Zukunft, als Sie die Sondereinheit vor dem Zeitangriff bewahrten, ein Gerät, das alles in Ihrer Umgebung hat zeitlich erstarren lassen. Als ich wußte, wie sie arbeitet, war der Rest einfach.«

»Sie sind ein großer Mann, Professor.«

»Weiß ich. Trinken Sie aus und machen Sie sich auf. Sie finden den Temporalhemmer – kurz: TH – auf dem Tisch in meinem Zimmer. Er funktioniert wie der, den Sie schon mal verwendet haben. Man schaltet ihn ein, und rings um einen her erstarrt alles in der Zeit. Außer Ihnen natürlich. Gehen Sie, Jim, nehmen Sie den TH und setzen Sie ihn ein, um die Dimensionsmaschine zu holen. Lassen Sie mich nun allein, denn ich muß wichtige Forschungen betreiben, und Sie sind schließlich verheiratet.«

Ich ging. Ich knackte das Schloß seiner Suite und musterte die Taschenlampe auf dem Tisch. Ich nahm sie an mich und schaltete sie ein. Doch statt Licht zu spenden, summte sie nur geschäftig. Sonst geschah nichts, das mir aufgefallen wäre. Ich schaltete sie aus, nahm eine Münze aus der Tasche, warf sie in die Luft und schaltete die Lampe erneut ein. Die Münze blieb in der Luft hängen; sie fiel erst herunter, als ich den TH ausschaltete.

»Nächster Bahnhof Hammar City!«

Ich nahm das Zimmerphon, um die Suite anzurufen, in der die Jungs herumhingen. Eine aufgezeichnete Botschaft lud mich ein, mich in einer Örtlichkeit namens *Wasserwelt,* dem beliebtesten Nachtlokal des Hauses, zu ihnen zu gesellen. Ich schob den TH in die Tasche und ging. Es war kein Problem, das Lokal zu finden, ich brauchte nur der feuchten Musik und dem Wogengeklatsche zu folgen. Doch am Eingang zögerte ich, denn nach der *Grünen Eidechse* hatte ich von Nachtclubs mehr als genug. Dieser war jedoch besser beleuchtet und sorgte für klarer umrissene Vergnügungen. Mit den Lichteffekten und dem Fast-Null-G-Feld war die Illusion, sich unter Wasser aufzuhalten, sehr gut. Die Kellnerinnen hatten Meerjungfrauenschwänze und schwammen mit beladenen Tabletts voller Getränke und Essen zu den schwimmenden Tischen. Die fröhlichen Gäste tanzten einen Meter über dem Boden und wanden sich geschmeidig in einem fröhlichen Rhythmus. Ich sah, daß Bolivar mit Sybil tanzte; sie schienen großen Spaß zu haben. Es machte ihm offenbar auch nichts aus, als James sie abschoß – oder war es umgekehrt? Es spielte keine Rolle. Sie waren jung und gut gelaunt und hatten jede Entspannung verdient, die sie kriegen konnten. Ich konnte mich auch allein darum kümmern, die Maschine zu erbeuten, solange sie die Nacht durchtanzten.

Ich war gerade dabei, ein paar benötigte Dinge aus meinem Zimmer zu holen, als das Phon pingte und sich von selbst einschaltete. Inskipp glotzte mich vom Bildschirm herunter an.

»Was haben Sie vor, diGriz?«

»Nur eine Besorgung erledigen. Ich muß etwas für Professor Coypu holen«, sagte ich unschuldig. Inskipps Glotzen wurde durch eine finstere Miene ersetzt.

»Nein, das tun Sie nicht. Zumindest nicht allein. Vergessen Sie nicht, daß ich alles weiß. Einschließlich dessen, was Sie gerade für Coypu besorgen wollen. In letzter Zeit sind zu viele Fehler gemacht worden. Schlampige Arbeit. Das hört jetzt auf. Captain Grissle von der Raummarine und seine Staffel erwarten Sie in der Lobby.«

»Danke, danke, Sie sind die Freundlichkeit in Person. Ich werde sofort zu ihm gehen.«

Natürlich wollte ich aus dem Hintereingang des Hotels entweichen und den Kommißköpfen aus dem Weg gehen. Doch schon donnerte jemand laut an meine Tür.

»Die Staffel wartet unten, aber der Captain kommt zu Ihnen rauf. Gehen Sie.«

Ich schnappte mir den TH und fragte mich, ob ich

ihn gegen die Marine einsetzen sollte, aber das Fauchen aus dem Phon veränderte alles.

»Ich schaue zu, diGriz – keine schrägen Züge!«

Ich öffnete die Tür und murmelte ein paar Obszönitäten. Ein stämmiger Raumoffizier mit tückischen roten Augen und einem Amboßkinn stand vor mir. Er salutierte zackig. Ich hielt den TH an meine Schläfe.

»Der Kopter zum Flughafen wartet«, schrie er. »Nach Ihnen, Sir!«

Es war alles sehr gut organisiert. Wenigstens solche Dinge bekam die Sondereinheit bestens hin. Ich sah auf der Stelle tretende Raumsoldaten, die ihre Kracher schwenkten, hörte heulende Sirenen; das übliche. Captain Grissle informierte mich unterwegs, wobei er die einzelnen Punkte mit erhobenem Finger abhakte.

»Erstens. Die Polizei von Hammar City hält das Gebiet, in das wir uns begeben, unter strenger Beobachtung. Die Ermittlungen haben ergeben, daß das Gerät, das Sie suchen, sich im Gemeindesaal einer Organisation befindet, die sich Frommenzirkel nennt. Sehr exklusiv, hohe Tiere, Politiker und Industriekapitäne. Einige Mitglieder der Gruppierung werden in diesem Moment verhört.«

»Wissen Sie, worum es bei diesem Unternehmen geht?«

»Natürlich, Agent diGriz. Ich wurde von Anfang zu den Ermittlungen hinzugezogen. Punkt zwei: Im Gegensatz zu den anderen Kirchen, mit denen unsere Ermittlungen bisher zu tun hatten, scheint dieses Unternehmen nur männliche Anhänger zu haben. Statt einen Blick in den Himmel zu werfen, hat die Bande mehr mit Geld und Macht zu tun. Offenbar wird sie von einem Industriellen namens Baron Schräg angeführt.«

»Sie werden reich, aber er wird reicher.«

»So ist es.«

»Identifikation?«

»Positiv. Etwas älter, dicker und kahlköpfiger. Aber es ist Slakey, daran besteht kein Zweifel.«

Noch eine Inkarnation. Wie viele von ihm trieben sich in der Galaxis herum? Welch niederschmetternder Gedanke – es konnte jede Menge dieser Männer geben; ganze Armeen; zu unterschiedlichen Zeitpunkten aufgenommene Bilder. Und sie alle hatten die gleichen Gedanken und Erinnerungen. Es kam mir unmöglich vor – ich beschloß, nicht mal darüber nachzudenken.

»Wie möchten Sie das Unternehmen durchführen?« fragte der Captain.

»Führe ich es an?«

»Absolut. Befehl von ganz oben.«

»Inskipp?«

»Höchstpersönlich.«

»Er wird auf seine alten Tage wohl weich.«

»Das bezweifle ich. Wir folgen genau Ihren Anweisungen. Solange ich und meine beiden Sergeanten bei Ihnen sind. Zu jeder Zeit.«

10. KAPITEL

Der Flug in die ballistische Kreisbahn dauerte nicht sehr lange. Ein Haufen Gravos in allen Ecken, Beschleunigung und Abbremsung, dazwischen freier Fall. Ich schlief, als wir gewichtslos waren, und fand es tatsächlich sehr entspannend. Ich mußte eine Menge Schlaf nachholen. Der Bodentransport, ein weiterer Marineoffizier, diesmal ein Lieutenant, erwartete uns. Man schlug pausenlos die Hacken zusammen und salutierte. Es war genau das, was ich am Kommiß so liebte. Ich wartete ungeduldig, bis sämtliche Daumen wieder an den Biesen der Hosenbeine waren.

»Sagen Sie mal, Lieutenant, hat sich seit der letzten Meldung irgend etwas verändert?«

»Negativ, Sir. Die Detektoren behalten die beiden Individuen wie zuvor im Auge. Sie haben sich nicht mehr bewegt, und wir lassen eine gewisse Entfernung zwischen ihnen und uns. Keiner unserer Leute befindet sich in der näheren Umgebung des Geräts.«

»Haben die Slakeys irgendeine Ahnung, daß wir ihre Spur aufgenommen haben?«

»Negativ. Wir haben uns ihnen nie genähert. Wir haben sie nicht einmal getroffen. Unser Befehl lautet, sie aus der Ferne zu beobachten, bis sie das Gerät beschlagnahmt haben.«

»Und das tue ich jetzt. Nach Ihnen.«

Ich hielt das Unternehmen so einfach wie möglich, da ich keine dritte Dösbartelei wollte. Der Eingang des Gebäudes war schon offen und gesichert; weitere Soldaten hielten sich innen auf, außer Sichtweite. Mein bewaffneter Leibwächter trottete hinter mir her, wenn ich trottete, und er blieb stehen, wenn ich stehenblieb.

»Erzählen Sie's noch mal«, sagte ich leise. Der Lieutenant deutete auf die hohe Flügeltür am Ende des Saales.

»Dort treffen sie sich. Es ist ein Konferenzraum, kreisförmig, durchmißt etwa zwanzig Meter.« Er reichte mir eine kleine Metallschachtel, auf der sich ein Haufen Knöpfe befand. »Ihr Detektor, Sir.«

»Der Captain soll ihn tragen. Ist die Tür unverschlossen?«

»Weiß ich nicht. Wir sind ihr nicht nahe gekommen. Aber ich habe hier den Schlüssel.«

»Gut. Wir machen folgendes. Wir gehen *leise* zur Tür. Sie stecken den Schlüssel ins Schloß. Versuchen Sie, sie aufzuschließen. Ist sie abgeschlossen, schließen Sie sie auf. Sobald Sie genau wissen, daß sie unverschlossen ist, nicken Sie – und ziehen die Tür auf.« Ich hob den TH hoch. »Dies ist keine Taschenlampe, sondern ein Temporalhemmer. Sie öffnen die Tür, ich schalte ihn ein. Dann wird alles, was sich in dem Raum befindet, in der Zeit erstarren. Nichts in seinem Innern, egal ob Mensch oder Gerät, ist dann noch in der Lage, sich zu rühren. Es sei denn, ich schalte ihn ab. Und das tue ich erst, wenn wir das Gerät haben. Haben Sie alles verstanden?« Die Augen der Leute waren glasig – und zwar aus gutem Grund. Ich zuckte die Achseln.

»Braucht ihr auch nicht. Seid ihr bereit?« Sie nickten begeistert. »Dann also los!«

Sie salutierten wie ein Mann, aber sie waren wenigstens leise und schlugen diesmal nicht die Hacken zusammen. Grissle und seine beiden Sergeanten keuchten in meinen Nacken, als wir voranpirschten. Ich bereitete den TH vor. Der Lieutenant schob den Schlüssel ins Schlüsselloch, drehte ihn langsam – zog dann fest, und die Tür flog auf.

»Patsch!« schrie ich, als ich den TH einschaltete.

Drinnen war es pechschwarz. Ich konnte nicht das geringste sehen.

»Können Sie Licht machen?« fragte ich. Keine Antwort. Erstarrt in der Zeit. Der Lieutenant hatte Probleme mit dem Gleichgewicht und zog noch immer an der Türklinke. Meine glasäugige Staffel war so still wie Statuen. Ich trat ein Stück zurück, und sobald mein Feld sie einhüllte, konnten sie sich wieder bewegen.

»Wir gehen da rein«, sagte ich. »Aber ich kann nicht das geringste sehen. Und ich wage es nicht, das Ding auszuschalten, um nach einem Lichtschalter zu suchen. Vorschläge?«

»Kampfleuchten«, sagte Captain Grissle, wechselte den Detektor in die linke Hand und löste eine von seinem Koppel. Ein heller Strahl schoß hinaus, dem eine Reihe anderer folgten.

»Dicht zusammenbleiben«, sagte ich. »Haltet euch an den Händen, an meinen Armen – sonst seht ihr aus wie er.« Ich deutete auf den unbeweglich geduckten Lieutenant. Alle drängten sich aneinander. Wir schlurften langsam voran, wie Wettstreiter beim Viermannsackhüpfen, dem anderen Ende des Raumes entgegen.

»Ortung konstant«, meldete Grissle, »die Nadel deutet auf die Tür da drüben.«

Die Tür war offen, so daß ich mir zumindest um sie keine Gedanken zu machen brauchte. Schlurf, schlurf machten wir, und erhellten das Innere des Nebenraums.

Wir enthüllten Regale voller Elektronik. Ein Duplikat des letzten, das ich gesehen hatte – ausgenommen, daß es intakt war.

»Da!« Ich zeigte darauf. »Das will ich haben. Knuddeln, umklammern und schlurfen. Schön, jetzt anhalten. Weil wir ein Problem haben. Ich werde den TH ausschalten, wenn wir das Ding vom Strom nehmen.« Ich deutete auf das leuchtende Licht der Steuerarmatur. »Wenn wir es mitnehmen wollen, müssen wir auch seine Kraftquelle ausschalten. Irgendwelche Vorschläge?«

»Die Sergeanten ziehen die Waffen, um uns zu schützen«, sagte Grissle. »Sie und ich schnappen uns die Maschine, bewegen sie, suchen nach Schaltern, Stromleitung und so weiter. Sonst können wir nichts machen.«

Ich dachte kurz darüber nach, aber mir fielen keinerlei Alternativen ein.

»So machen wir's. Die Kanonen gezückt. Schreit, wenn ihr etwas seht. Oder noch besser – schießt zuerst. Ich schalte jetzt den Zeiterstarrer aus und kehre zum Status quo zurück. Fertig?«

Alle nickten grimmig und zustimmend. Die Sergeanten mit den Schießeisen schauten sich um. Der Captain faßte die Maschine fest an.

»Auf geht's ...«

Ich betätigte den Schalter.

Und alles geschah gleichzeitig.

Die Maschine schaltete sich ein, die Lämpchen flackerten in schnellen Mustern auf. Mit einem entsetzlichen Schrei tauchte neben mir jemand auf, packte mich und warf mich aus dem Gleichgewicht. Ich packte ihn mit der freien Hand ...

Wir gingen. Wir gingen irgendwohin, irgendwie, die Gefühle waren auch diesmal keine Gefühle. Gingen.

Ich wußte nur, daß mein Herz in der leeren Stille immer lauter klopfte. Angst? Wieso nicht? In die Hölle zurück? Oder in den Himmel ...?

Weißes Licht, feste, wärmere Luft. Und das Klirren von berstendem Glas.

Ich lag am Boden, etwas Spitzes unter meinem Nacken, und eine dickere und ältere Version Slakeys stolperte von mir fort. Den Temporalhemmer hielt ich noch in der Hand.

»Ich hab dich, Slakey«, rief ich, deutete auf ihn und drückte den Knopf.

Er lief weiter, hielt an, drehte sich, taumelte, als sei ihm schwindlig, und lachte.

»Die Waffe – oder was es auch ist – funktioniert hier nicht. Hier funktioniert kein importiertes Gerät. Haben Sie es noch immer nicht kapiert, Sie Trottel?«

Ich kapierte, wenn auch sehr langsam. Und meine lädierten Beine schmerzten. Ich legte den nicht funktionierenden TH auf das zerborstene Kristall am Boden, verwendete ihn dazu, mich von den Scherben abzustützen und stand auf. Ich zog eine Glasscherbe aus meinem Bein und schaute zu, als das Blut den Stoff färbte.

»Wir sind nicht in der Hölle«, sagte ich und schaute mich um. »Ist das Ihr Himmel?«

Er hätte es gut sein können, denn es war – unglaublich. Ich gaffte und empfand große Ehrfurcht. Allerdings nicht so viel, um den feisten Slakey aus den Augen zu lassen. Das, was ich sah, sah so aus wie … nun ja, nichts, das ich schon mal gesehen oder mir vorgestellt hatte.

Eine Welt von transparenter Schönheit, kristallin, strotzend, bunt, durchsichtig und sich überall um mich erhebend. Gläserne Sträucher, ebensolche Bäume und Blätter, durchsichtig und geädert, breiteten sich an allen Seiten aus.

Aber, wurde mir klar, nicht da, wo ich stand. Hier gab es nur Glasscherben, einen Kreis der Zerstörung. Zerbrochen und zersplittert.

»Nein, nicht der Himmel«, sagte Slakey.

»Wo dann?«

Da er nicht antwortete, machte ich einen Schritt auf ihn zu, und er hob die Hände.

»Stehenbleiben! Kommen Sie nicht näher! Wenn Sie bleiben, wo Sie sind, beantworte ich Ihre Frage. Einverstanden?«

»Im Moment ja.« Ich machte keine Versprechungen. Aber ich wußte so wenig, daß alles, was er sagen würde, mir eine große Hilfe sein konnte. »Wenn wir nicht im Himmel sind – wo sind wir dann?«

»Woanders. Ich komme nicht oft hierher. Ich kann mit all dem hier nur wenig oder nichts anfangen. Ich habe es mal aus einer Laune heraus Silicon Valley genannt. Nun … nenne ich es Glas, einfach nur Glas.«

»Sie sind Professor Slakey. Und Sie sind möglicherweise auch derjenige, der das Unternehmen leitet, das wir gerade verlassen haben – Baron Schräg.«

»Wenn Sie so wollen …« Er schaute sich verdrießlich um. Ich machte einen zaghaften Schritt, was er sofort bemerkte. »Nein!«

»Ich bewege mich doch gar nicht. Entspannen Sie sich. Und erzählen Sie mir, worum es überhaupt geht …«

»Ich erzähle Ihnen nichts.«

»Nicht mal was über Sie in der Hölle?«

Als ich dies sagte, schrumpfte er irgendwie zusammen. »Ein tragischer Irrtum. Fehler dieser Art mache ich nie wieder. Ich kann natürlich nicht dort weg. War zu lange da. Zu lange in der Hölle. Wenn ich jetzt ginge, wäre mir der Tod gewiß.«

»Und das Schießeisen? Was soll das Schießeisen?«

»Was es soll? Welch dämliche Frage. Es dient natürlich zum Überleben. Man muß essen. Das Atzmich hat keinen großen Nährwert. So stirbt man langsam. Das Schießeisen dient der Jagd. Ein Jäger braucht ein Schießeisen.«

Es war ein Übelkeit erzeugender Gedanke, denn in der Hölle gab es außer dem Atzmich nur *eine* Art von Nahrung. Ich befand mich in der Gesellschaft eines Irren – und ich verstand nur wenig von dem, was geschah. Aber er redete, und ich hatte die wichtigste Frage ausgelassen. Nun sprach ich sie so beiläufig wie möglich aus.

»Die Frau auf Lussuoso. Wohin haben Sie sie geschickt?«

»Die Frau?« Er lachte, aber völlig humorlos. »Also wirklich, diGriz, halten Sie mich für so dämlich? Ihre Frau? Ihre Angelina? Sie nennen sie *die Frau?*«

Er sah den Ausdruck auf meinem Gesicht, drehte sich um und lief fort. Über einen Pfad aus Kristallscherben, durch einen Zauberwald. Und ich war gleich hinter ihm und holte auf.

Aber er wußte, wohin er lief. Er rannte – dann hielt er an, schaute zu Boden, schlug einen Haken. Ich griff nach ihm. Und dann verschwand er. Er hatte sich gerettet, sich aus diesem Universum verzogen.

Und ich war sehr allein. Gestrandet auf einem fremden Planeten, in einem fremden Universum. Und nicht zum ersten Mal. Ich versuchte mich mit dem Gedanken aufzumuntern, daß ich in der Hölle gewesen und trotzdem zurückgekommen war.

»Du schaffst es auch noch mal, Jim. Du gewinnst doch immer. Du bist 'n guter Typ, und gute Typen gewinnen immer.«

Derart aufgemuntert schaute ich mich um. Der Kristallwald glitzerte im Sonnenschein, in der warmen Stille bewegte sich nichts. Der Scherbenpfad führte von der Lichtung fort. Ich hatte keine Ahnung, wohin. Ich schritt ihn langsam unter den Glasblättern ab. Er führte um eine Biegung und am Rand einer Klippe vorbei. Unter mir war Wasser, das sich bis zum Horizont erstreckte. Linkerhand, in der Richtung, die der Pfad nahm, befanden sich einige vorgelagerte Inseln. Über mir ragten kristalline Äste übers Wasser hinaus. Wogen brachen sich unter mir an den Felsen. Der Wind trieb das Wasser vor sich her, schlug Schaum und brandete.

Ich blieb stehen. Slakey war weg, und ich war sehr allein. Es war kein sehr schöner Gedanke, und ich verdrängte ihn. Es war alles nur eine Frage der Zeit. Captain Grissle und seine Soldaten hatten das Gerät inzwischen bestimmt schon mitgenommen und eilten zu unserem geliebten Genius Coypu. Er würde es analysieren und vermessen, das Ding aktivieren und mich retten. Hoffte ich.

Doch was nun? In diesem kristallinen Universum war ich in der Tat sehr allein. Ich lächelte über diesen Gedanken und fing an zu lachen. Worüber? So komisch war es nun auch wieder nicht. Ich schüttelte den Kopf, und mir wurde plötzlich sehr schwindlig.

»Sauerstoff – in Massen«, sagte ich laut, um mich zu trösten.

Es gab überhaupt keinen Grund, daß die Atmosphäre des fremden Planeten dem einer terraformten und besiedelten Welt entsprach. Ganz im Gegenteil. Slakey suchte und besuchte offenbar bewußt Welten, auf denen Menschen leben und atmen konnten. Ich hielt kurz die Luft an, dann atmete ich flach weiter. Der Sauerstoffrausch ebbte ab, und ich schaute mich in dem gläsernen Wald um, durch den ein ausgetretener Pfad führte. Der Pfad, der nun am Rand der Klippe vorbeiführte. Sollte ich ihm wirklich folgen? Ich war Unentschlossenheit nicht gewöhnt, deswegen war ich in dieser Frage unentschlossen.

Aber es war wirklich Zeit, Entschlüsse zu fassen. Mein Ausflug in die Hölle hatte bewiesen, daß eine kartografische Koordination zwischen An- und Abreise-Positionen bestand, wenn man zwischen Universen umherflitzte. Sybil und ich waren in einer Höhle angekommen – und von dort aus zurückgekehrt. Sollte ich also an die Stelle zurückkehren, an der ich angekommen war? Oder sollte ich versuchen, mehr über Glas herauszufinden?

»Die Antwort auf diese Frage ist doch wohl klar, di-Griz«, sagte ich vor mich hin. Ich nahm gern Ratschläge von jemandem an, der intelligent war und dem ich vertraute. »Setz dich auf den Hintern und warte darauf, daß man dich rettet. Und stirb langsam an Hunger und/oder Durst. Setz dich in Bewegung und bring mehr über diesen Ort in Erfahrung. Fürs erste – enthält das Meer da Trinkwasser oder von Chemikalien verseucht? Ist die Flüssigkeit überhaupt Wasser? Geh hin und erforsch es!«

Das tat ich auch. Über den Glasscherbenpfad. Ich freute mich, daß meine Schuhe aus Seringera bestanden, einer elastischen Masse, die angeblich so fest wie Stahl ist. Wäre sie besser gewesen.

Die kristallinen Bäume waren an der Küste höher, und dazwischen lagen wiesenartige Gebiete aus bläulichem Gras. Ich umrundete eine Biegung, und in der Mitte der nächsten Wiese stand die Statue eines gläsernen Tiers.

Bis jetzt hatte ich die Anwesenheit gläserner Gewächse hingenommen. Seit meiner Ankunft war zu viel geschehen, um die Landschaft zu hinterfragen. Ich hinterfragte ihre Existenz nicht; sie war einfach da. Vielleicht waren es natürliche Mineralablagerungen, vielleicht hatte irgendeine lebendige Kreatur – wie eine Koralle – sie abgesondert.

Oder war all dies von irgendeinem unglaublichen Künstler erschaffen worden? Das orangegelbe Kleintier auf der Wiese war eindeutig ein Kunstwerk. Es war von glasigem Fell bedeckt, jedes Haar war deutlich zu erkennen. Das offene Maul enthielt zwei Reihen winziger und präzise geformter Zähne. Ich schaute unter dem Baum daneben und sprang zurück.

Ein Tier, doppelt so groß wie ich, stand sprungbereit da. Ohne sich zu rühren. Ich entspannte mich. Bewunderte die messerartigen Zähne mit den gezackten Rändern; gigantische Klauen ragten aus jedem Fuß. Gläsernes Gras knirschte unter meinen Füßen, als ich näher heranging. Ich schaute hoch und bewunderte die künstlerische Gestaltung. Die Augen des Viehs waren mit den meinen auf einer Höhe und wirklich realistisch geformt.

Speziell deswegen, weil sie sich unmerklich bewegten, um mich anzusehen.

Die Viecher waren lebendig!

Ich ging zurück und beugte mich über das Kleinere, das Gejagte. Ja, eins seiner Beine stand eindeutig tiefer, das andere war um einen Bruchteil erhoben.

Es waren keine Skulpturen oder Artefakte. Ich war auf einer Welt sich langsam bewegenden kristallinen Lebens.

»Tja, warum auch nicht?« sagte ich vor mich hin. »Du bist nicht verrückt, Jim, du hast deine außerordentliche Beobachtungsgabe endlich dazu eingesetzt, etwas zu sichten, was dir von Anfang an hätte klar sein müssen.«

Ich versuchte mich an den Chemieunterricht zu erinnern. Glas in ungeordnetem Zustand war im Grunde weder flüssig noch fest. War Wasserglas nicht eine Flüssigkeit? So wie wir auf Kohlenstoff basieren, könnte es doch auch – es gab sie ganz sicher! – Lebensformen geben, die auf Silizium basieren. Dabei kam es sicherlich zu manchen exotischen chemischen Gemischen und Reaktionen. Doch rings um mich her war der lebendige Beweis, daß so etwas geschehen konnte.

Ich schob mit der Schuhspitze soviel Glasscherben vom Weg, um mir einen Sitzplatz zu schaffen. Ich stützte das Kinn auf die Arme, umschlang die Knie und blieb in dieser Stellung, so lange ich konnte.

Ja – die beiden Tiere bewegten sich. Langsamer Metabolismus, ein langsames Leben. Die Entropie verlief hier offenbar in einem anderen Tempo, zumindest bei den Glaskreaturen. Zu schade, daß ich nicht bleiben konnte, um zu sehen, wer das Rennen gewann. Wäre ich einen oder zwei Tage später zurückgekommen, hätte ich es vielleicht erfahren. Aber vor der Besichtigung steht nun mal die Erkundung. Mir war heiß, und allmählich verspürte ich auch Durst.

Der am Klippenrand entlangführende Pfad fiel zum

Meer hin leicht ab, und schließlich kam ich an ein glasiges Ufer. Bei all dem komischen Glas hatte der Planet wahrlich einen großartigen Strand. Das Wasser – falls es Wasser war – war hier klarer. Es war gerade Ebbe, es zog sich zurück. Vor mir, in einem Ausläufer erodierten Gesteins, befanden sich glitzernde Gezeitentümpel. Ich ging hin, beugte mich über den ersten – und irgend etwas verschwand in einer Spalte.

Ich war nicht das einzige Lebewesen in der Wasserlache. Winzige fischähnliche Geschöpfe mit schwanzähnlichen Anhängseln flitzten vor meinem Schatten davon. Aber sie sahen nicht wie Glas aus. Sie lebten in einem Wasser, das vielleicht gar keins war.

»Probier mal, Jim, vielleicht schmeckt es ja«, riet ich mir. Ich schaufelte eine Handvoll Wasser und roch daran. Es roch wie Wasser. Ich nahm einen Tropfen auf die Fingerspitze und benetzte zögernd meine Zunge. Wasser. Leicht salzig, aber dennoch Wasser. Ich schlürfte etwas davon, und es ging ohne irgendwelche Probleme runter.

Doch das mußte für jetzt genug sein. Das Salz konnte alles mögliche sein – und ich war noch nicht wahnsinnig durstig. Ich wollte warten und sehen, ob es zu irgendwelchen üblen Reaktionen kam. Ich ging am Strand entlang auf die dem Ufer vorgelagerten Inselchen zu. Es waren kaum mehr als Sandbänke. Aber es gab auch größere, ebenfalls grün und weiter entfernt. Sie waren in einigen Einzelheiten gut zu erkennen. Irgend etwas wuchs auf ihnen. Grün, ganz anders als der Kristallwald und sonstigen Gewächse. Chlorophyll? Warum nicht – möglich war alles. Wasser, möglicherweise auch Nahrung. Die Lage sah allmählich besser aus.

Die Gewächse wirkten wie Büsche auf mich – und irgend etwas bewegte sich zwischen ihnen. Nicht der Wind. Das, was hier wehte, war eine Kleinigkeit.

Lebewesen? Irgendwelche Tiere? Eßbar oder intelligent? Beides wäre mir recht gewesen. Ich marschierte bis an die Knie ins Meer und näherte mich der nahesten Insel. Das Wasser war sehr seicht; vielleicht konnte ich sie erreichen, ohne zu schwimmen.

»Hallo!« rief ich. »Ist da jemand? Ich bin ein netter und friedliebender Fremder, komme von weit her und will nichts Böses! *Mi vidas vin. Diru min – parolas Esperanto?*«

Die Gestalt trat aus dem Schatten, winkte und rief.

»Wurde aber auch Zeit, daß du kommst!«

»Angelina!«

11. KAPITEL

Ich war vor Freude gelähmt, vor Entzücken versteinert. Und grinste dämlich, während sie winkte und mir ein Küßchen zublies.

Dann tauchte sie ins Wasser, denn sie war weitaus praktischer veranlagt als ich und stand nicht nur winkend rum. Ein halbes Dutzend lange Züge, und sie tauchte wie eine Meeresgöttin vor mir aus den Fluten auf. Feucht, fest und mit klatschnassen Kleidern hing sie in meinen Armen. Sie lachte voller Freude und küßte mich in einem Exzeß liebender Begeisterung.

Bis wir gezwungen waren aufzuhören, weil wir keine Luft mehr bekamen. Aber wir hielten uns weiter fest, da wir nicht getrennt werden wollten.

»Du fühlst dich gesund an – sogar großartig«, sagte ich schließlich. »Du bist doch in Ordnung, oder?«

»Könnte mir nicht besser gehen, besonders jetzt, wo du hier bist. Wie geht's Bolivar und James?«

»Sind noch immer die alten. Wir haben uns unheimlich abgerackert, um dich zu finden. Ich will dich nicht belügen, indem ich sage, wir hätten uns keine Sorgen gemacht. Ich wette, du kannst dir vorstellen, was wir durchgemacht haben.«

»Und ob ich es kann! Aber du warst so schnell hier. Es ist doch noch gar nicht viel Zeit vergangen. Wie lange war ich denn weg? Es können doch nicht mehr als zwei, drei Tage gewesen sein. Die Tage sind hier kurz, da verliert man leicht den Überblick.«

Wir kehrten an den Strand zurück. Ich schüttelte

den Kopf. »Aus deiner Position betrachtet waren es vielleicht nur ein paar Tage. Ich bin froh darüber, weil es bedeutet, daß du kaum eine Chance hattest, dir wirklich Sorgen zu machen. Wir haben herausgefunden, daß die Zeit in unterschiedlichen Universen unterschiedlich verläuft. Eine andere Entropiegeschwindigkeit, sagt Professor Coypu.«

»Ich verstehe nicht – andere Geschwindigkeiten? Und unterschiedliche Universen?«

»Darum scheint's bei der ganzen Sache zu gehen. Slakey hat eine Methode gefunden, sich zwischen den Universen zu bewegen. Während für dich nur ein paar Tage vergangen sind, sind bei uns seit deinem Verschwinden Monate vergangen. Ich erzähle dir später in allen Einzelheiten, welch phantastische Dinge während dieser Zeit geschehen sind, aber zuerst bitte – was ist mit dir passiert?«

Nun lächelte sie nicht mehr. »Ich habe einen Fehler gemacht, Jim. Es tut mir wirklich leid, daß ihr euch alle so große Sorgen gemacht habt. Ich dachte, ich könnte es allein hinkriegen. Ich glaubte wirklich, daß der Himmel, an den die anderen Frauen glauben, nichts anderes ist als ein von einem Gauner inszenierter Humbug. Und ich verstehe nun mal etwas von Gaunern und inszeniertem Humbug. Dieser Fanyimadu erschien mir als dermaßen öliger Schleimer, daß ich nie mit einer derartigen Reaktion gerechnet hätte. Oder daß er mit seinem Zwillingsbruder unter einer Decke steckt.«

»Warte, meine Teure – fang noch mal von vorn an, und diesmal ganz am Anfang, wenn ich bitten darf. Setz dich neben mich in den Sand, so ist's richtig, schling die Arme um mich. Jetzt einen dicken Schmatz – genau so. Und jetzt bitte von Anfang an. Ich weiß nur von der Botschaft, die du mir im Computer hinterlassen hast.«

»Ich war wohl ziemlich anmaßend, als ich sie aufnahm. Rowena und die anderen waren so aufgeregt, weil sie den Himmel gesehen hatten, daß ich … Tja, ich wollte ihn auch mal sehen. Es hat mich eine Menge Überzeugungskraft gekostet – und natürlich auch Geld –, den Ausflug zu arrangieren. Und weil ich nicht wollte, daß mir etwas passiert, habe ich mein Schießeisen und ein, zwei Granaten mitgenommen – das übliche eben. Ich wollte einen Blick in den Himmel werfen und dann rauskriegen, welche schrägen Züge Fanyimadu macht. Aber dazu kam es nie. Wir trafen ihn im Tempel, er laberte irgendeinen religiösen Sermon und sagte, es wäre Zeit zu gehen. Er nahm unsere Hände, und Rowena und ich folgten ihm. Dann kam es zu einer Art Bewegung, ich kann's nicht besser beschreiben, und irgend etwas passierte.«

»Ich kann's auch nicht beschreiben. Es ist wohl der Moment, in dem man von einem Universum ins andere wechselt.«

»Dann weißt du ja, was ich meine. Aber es war plötzlich zu Ende, und wir waren noch im Tempel, als plötzlich ein Fremder auftauchte, der genau so aussah wie Fanyimadu. Er schrie irgendeine Warnung und deutete auf mich. Tja, du wirst es verstehen, ich habe sofort reflexartig reagiert …«

»Zu dem Reflex gehörte eine gewisse Menge an Schußwaffengebrauch, Explosionen, ein bißchen Selbstverteidigung?«

»Natürlich, du weißt doch, wie es ist. Rowena kreischte und fiel in Ohnmacht. Ich wurde niedergeschlagen, aber ich habe trotzdem eine Menge Schaden angerichtet, was du gewiß gern hörst. Dann, ich weiß nicht, wie es passierte, waren wir alle drei auf dieser Kristallwelt. Die beiden Männer und ich. Sie ignorierten mich, der eine schien verletzt zu sein und wurde von dem anderen verbunden. Ich wollte mich gerade auf sie stürzen, als sie verschwanden. Ganz einfach so. – Peng. – Und als ich allein war, habe ich mich umgeschaut.«

»War sonst noch jemand hier?«

»Ich habe niemanden gesehen. Ich war natürlich einsam, und du hast mir sehr gefehlt, und am Anfang hatte ich auch irgendwie Angst und war niedergeschlagen. Aber nachdem ich angefangen hatte, mich hier umzusehen, vergaß ich es. Ich hatte wirklich nichts anderes zu tun. Ich bin dem Glasscherbenpfad zum Meer gefolgt – es ist wirklich der unglaublichste Ort, den ich je gesehen habe! Ich habe Meerwasser getrunken; es scheint in Ordnung zu sein. Auf den Inselchen gibt's eine Grasart und irgendwelche Büsche. An ihnen wachsen kleine Orangen, aber sie sind giftig. Ich hab's auf die harte Tour rausgefunden ...«

»Aber – sonst bist du gesund?«

»Jetzt ja. Ich war hungrig, also habe ich an den Früchten gerochen, und sie rochen ganz normal. Dann hab ich einmal zugebissen, und anschließend war mir ziemlich lange übel. Also bin ich auf der Insel geblieben und hab mich ausgeruht, bis es mir wieder besser ging. Sobald ich genug Kräfte hatte, wollte ich mir anschauen, was es auf den größeren Inseln gibt. Hier gibt es zwar ein Meer von Wasser, aber nichts zu essen. Ich machte mir allmählich Sorgen – und dann hörte ich dich rufen. Und jetzt erzählst du mir, was hier vor sich geht, was es alles zu bedeuten hat.«

Sie hatte sich allmählich Sorgen gemacht! Jede andere Frau außer meiner Angelina wäre nach einem solchen Erlebnis reif für die Zwangsjacke gewesen. Ich küßte sie leidenschaftlich, was uns sehr gut tat.

»Seit deinem Verschwinden ist eine Menge passiert. Die Jungs haben mir zwar geholfen, aber allein kriegten wir den Job doch nicht hin. Also haben wir die

Sondereinheit benachrichtigt, und Inskipp hat Truppen geschickt. Dazu noch Professor Coypu und eine Agentin namens Sybil, die sich in eine andere Blufferkirche eingeschlichen und einen weiteren Slakey kennengelernt hat. Er hat sich möglicherweise mehrmals multipliziert. Wir wollten eins der Geräte finden, mit denen er arbeitet, aber Sybil und ich wurden geschnappt, bevor wir auch nur den Anfang machen konnten. Wir wurden an einen Ort namens Hölle verschlagen. Coypu ist der Ansicht, daß all diese Orte sich in anderen Universen befinden. Der Himmel gehört dazu, die Hölle und Glas sind andere. Dann haben wir den Plan ausgetüftelt, in ein anderes von Slakeys Fassaden-Unternehmen einzudringen, um ein Gerät zu erbeuten, damit Coypu es analysieren kann. Es ging nicht ganz so aus wie geplant – deswegen bin ich nun hier.«

»Du hast wirklich viel getan. Erzähl mir noch was über die Hölle und deine Kollegin. Wie heißt sie? Sybil?«

Ich erkannte den Tonfall ihrer Stimme und berichtete ihr die Einzelheiten unseres Besuches in der Hölle. Ich erwähnte Sybil nur kurz und glaube, daß ich ganz schön aus der Sache rauskam, weil es in der Hölle weder Zeit noch den Ort für irgendeine Romanze gegeben hatte.

»Gut«, sagte sie schließlich. »Und als du die Jungs zum letzten Mal sahst, kasperten sie gerade mit dieser Agentin herum. Wie alt ist die eigentlich? Wie alt *schätzt* du sie?«

Hinter ihren Worten lauerten Dolche, und ich ging so vorsichtig wie nur eben möglich vor. Ja, es war kaum zu glauben, genau im gleichen Alter wie die Jungs. Gemeinsame Interessen, ein hübscher Anblick. Aber es war noch schöner, mit ihr hier zu sein. Was zu weiterem Geschmuse und keiner weiteren Erwähnung Sybils führte.

»Genug«, sagte sie schließlich, stand auf und klopfte sich den Sand aus den Kleidern. »Wenn James und Bolivar gesund sind und sich vergnügen, Inskipp das Unternehmen leitet, und Coypu damit beschäftigt ist, sich das Gehirn wegen einer Erfindung zu zermartern, brauchen wir uns um keinen von ihnen Sorgen zu machen.«

»Genau. Sorgen wir uns um uns selbst. Aber das tun wir nicht. Man kann zwar in drei Tagen verdursten, aber da wir ein Meer voll Wasser haben, wird es dazu nicht kommen.«

»Ja, aber man kann auch in einem Monat verhungern. Und ich werde allmählich hungrig.« Angelina deutete auf die größeren Inseln. »Vielleicht gibt es dort etwas zu beißen. Sollen wir mal rübergehen? Ich hatte eine Menge Zeit, um über meine hiesige Lage nachzudenken, und genau das wollte ich ohnehin tun. Ist dir aufgefallen, daß sämtliche kristallinen Lebensformen sich vom Ufer fernhalten?«

War mir nicht aufgefallen – jetzt aber doch. »Ich wette, du kennst den Grund.«

»Und ob. Ich habe ein einfaches Experiment gemacht. Was die lebendigen Kristalle auch sein mögen, sie sind nicht aus Glas. Sie lösen sich im Wasser auf. Nicht sofort, es dauert eine Weile. Sie werden irgendwie weich und quellen auf, und irgendwann schmelzen sie vollständig.«

»Und was passiert, wenn es regnet?«

»Es regnet hier nicht. Schau mal – keine Wolken.«

»Und das Wasser stört die anderen einheimischen Lebewesen nicht. Ich habe Fische in einem Felsteich schwimmen sehen.«

»Und einige der grünen Gewächse strecken Wurzeln oder so was ins Wasser hinein. Was bedeutet, daß sie, so wie wir, eine auf Wasser basierende Lebensform sind …«

»Weswegen sie möglicherweise eßbar sind«, sagte

ich mit zunehmender Begeisterung. »Da wir die Glaswesen nicht essen können – vielleicht finden wir auf den Inseln etwas zu futtern.«

»Ganz meine Meinung.«

Ich rieb mir das Kinn und schaute über den sandigen Strand zur nächsten Insel hinüber. Sie war keine zweihundert Meter entfernt. Hinter dem Strand waren irgendwelche grünen Gewächse, viel größer als die Sträucher, die das Inselchen bedeckten, das Angelina erforscht hatte.

»Aber wir müssen auch daran denken, Glas zu verlassen«, sagte ich. »Wir sollten an die Stelle zurückkehren, an der wir angekommen sind. Damit Coypu uns findet, wenn er sein Gerät zum Laufen gebracht hat.«

»Er kann es erst zum Laufen bringen, nachdem er es erfunden und gebaut hat«, sagte sie, praktisch wie sie nun mal war. »Ich schlage vor, wir hinterlassen eine Nachricht, damit er weiß, wo wir sind. Dann schauen wir uns ein wenig um. Wenn wir länger hierbleiben müssen, brauchen wir etwas zu essen.«

»Mein Genie«, sagte ich und küßte sie begeistert. »Ruh dich aus und spar deine Kräfte. Ich wetze mal eben zurück und erledige es.«

Während ich wetzte, und dann langsamer wurde, weil der Sauerstoff mich zum Kichern brachte, dachte ich über ein lebenswichtiges Problem nach: Meine Geldbörse hatte ich noch in der Tasche; sie war voll mit nutzlosem Geld und wertlosen Kreditkarten. Und alle trugen meinen gegenwärtigen Namen.

Auf der Lichtung setzte ich meine Schuhe ein, um einen kleinen Kreis im Sand freizutreten. In die Mitte legte ich die Geldbörse. Dann nahm ich sehr vorsichtig einige bunte Scherben und einen Fetzen meines Hemdes und bastelte einen Pfeil, der auf den Pfad zeigte. Mit anderen Scherben bastelte ich das Wort *INSELN.*

»Ein echtes Kunstwerk, Jim«, sagte ich und trat zurück, um meine Arbeit zu bewundern. »Ein wirklich echtes Kunstwerk. Wenn unsere Retter auftauchen, wissen sie sofort Bescheid.«

Ich trat über meine Bekanntmachung hinweg und kehrte zu Angelina zurück. Es wurde dunkel; sie war fest eingeschlafen. Es war warm, der Sand weich – und ich hatte einen geschäftigen Tag hinter mir. Ich nahm neben ihr Platz und muß wohl auf der Stelle eingeschlafen sein, denn als ich wieder zu mir kam, war hellichter Tag und sie tätschelte sanft meine Schulter.

»Erhebe dich und strahle, mein wackerer Held, der dringend einer Rasur bedarf. Erhebe dich und trink ein Schlückchen aus dem Ozean, dann laß uns rüberschwimmen, um zu sehen, ob wir ein Frühstück erbeuten können.«

»Ich muß dir etwas zeigen«, sagte ich und nahm ein Stoffbündel aus der Tasche. »Ich hab meinen Hemdzipfel umfunktioniert. Hab ein Stück davon drumgewickelt, um einen Griff zu basteln.«

»Du bist so praktisch, Liebling«, sagte sie, nahm den Glasdolch in die Hand und bewunderte ihn. Dann gab sie ihn mir zurück. »Aber löst er sich im Wasser nicht auf?«

»Nicht, wenn ich ihn über den Kopf halte und mit einem Arm schwimme.«

»Mein Gatte, der Kunstschwimmer. Sollen wir gehen?«

Sie brauchte nur ein paar Schwimmzüge, um die erste kleine Insel zu erreichen. Dort wartete sie geduldig, bis ich bei ihr war. Als wir zur anderen Seite hinüber wollten, blieb sie stehen und deutete mit der Hand.

»Da«, sagte sie, »unter dem Ding, das aussieht wie eine Kreuzung zwischen einem kranken Tintenfisch und einem toten Kaktus. Das sind die Büsche, von denen ich dir erzählt habe. Die mit den Orangenfrüchten. Das reine Gift.«

»Mal sehen, ob wir auf der größeren Insel etwas Besseres finden.«

Die Schwimmerei war ermüdend für mich, aber ich schaffte es, ohne daß ein Tropfen Wasser an die Klinge kam. Als ich ächzend und schnaufend aus dem Wasser auftauchte, schaute ich mich um.

»Vielleicht gibt es hier Beeren oder Früchte, die nicht allzu giftig sind«, sagte ich. »Das da drüben sieht wie ein Pfad aus.«

»Wenn es hier einen Pfad gibt, hat irgend etwas ihn angelegt. Und dieses Etwas könnte gefährlich sein.«

»Vergiß mein treues Messer nicht«, sagte ich, packte es aus und schwang es fröhlich.

»In dem Fall darfst du als erster gehen.«

Der Pfad war tatsächlich ein Pfad, festgetreten, und schlängelte sich durch seltsame Gewächse. Es gab Entsprechungen zu Bäumen, Sträuchern und Büschen, und sogar eine grüne Bodenbedeckung, eine Kreuzung zwischen Gras und Moos. Aber nichts war uns irgendwie vertraut. Oder sah irgendwie eßbar aus. Angelina sah schließlich als erste eine Möglichkeit.

»Da«, sagte sie und teilte die Wedel eines federigen Gewächses. »Die bläulichen Buckel da auf dem Stamm.«

Die Buckel hatten eine fiese Ähnlichkeit mit blauen Geschwüren. Ich bückte mich und stupste eine mit dem Fingernagel an. Die dünne Haut riß; blauer Saft quoll heraus.

»Möglicherweise eßbar?« fragte Angelina.

»Möglicherweise«, sagte ich mit heftigem Widerwillen. »Es gibt nur eine Möglichkeit, es herauszukriegen. Jetzt muß ich mal als Versuchskaninchen dienen.«

Ich streckte forsch die Hand aus und schob einen

Finger in den Saft. Hielt ihn an die Nase und roch daran.

»Würg!« sagte ich. »Selbst wenn es eßbar ist – es kommt schneller wieder hoch, als es runtergegangen ist. Laß uns weitersuchen.«

Ich wischte den Finger am Boden ab, bis er schmutzig, aber saftfrei war, dann nahmen wir den Pfad wieder in Angriff. Er wand sich um größere Gewächse, wich jedoch nicht von seiner allgemeinen Richtung ab. Bergauf, fort vom Ufer.

»Warte mal«, sagte Angelina. »Hörst du was?«

Ich blieb stehen, legte den Kopf schief, dann nickte ich. »Irgendein dröhnendes Geräusch. Irgendwo vor uns.«

»Urwaldtrommeln. Vielleicht sind die Eingeborenen unruhig.«

»Das kriegen wir bald raus.«

Ich bemühte mich, freudiger zu klingen, als mir zumute war. Gestrandet auf einem fremden Planeten eines fremden Universums. Nichts zu beißen, unbekannte Gefahren voraus. Es war höchst niederdrückend. Aber wenigstens war Angelina wieder bei mir – und dies war ein unglaublicher Jubel. Ich packte die gute Laune, die in mir hochstieg und bemühte mich, sie beizubehalten. Ich ging noch immer langsam und schweigend und hielt das Messer vor mich gerichtet.

Das Donnern wurde lauter, der Rhythmus sehr unregelmäßig; einmal verlangsamte er, dann wurde er plötzlich wieder schneller. Na ja, warum auch nicht? Die Klangfülle einer Bigband konnte man hier wohl kaum erwarten. Die größeren Gewächse wurden nun seltener, und ich erblickte hinter dem Stamm des letzten etwas, das eine Lichtung zu sein schien. Dort wendete der Pfad und schien weiterzuführen; am Rand der Lichtung vorbei, die er jedoch nicht berührte.

»Äußerst verdächtig«, sagte Angelina. »Welches Lebewesen diesen Pfad auch getrampelt hat, es sieht so aus, als habe es die Lichtung nicht überqueren wollen.«

»Vielleicht ist es schüchtern – oder ein Nachtwesen oder so was.«

»Es könnte aber auch sein, daß auf der Lichtung etwas ist, dem es nicht nahe kommen wollte. Und das stößt die Geräusche aus.«

Wir blieben hinter dem großen, ausgebeulten Gewächs stehen, das so aussah, als sei es von dickem grünen Haar bedeckt, dann schauten wir uns vorsichtig um.

»Boah!« sagte Angelina plötzlich.

In der Tat. Auf der Mitte der Lichtung befand sich ein einzelnes gräuliches, klumpiges Ding, das wie ein großer Haufen zusammengesackter Matsch aussah. Ein langes Gewächs ragte aus seinem höchsten Punkt auf und hing fast bis zum Boden herab. Darauf wuchsen, wie Obst an einem Ast, leuchtend rote Kugeln.

»Könnte Obst sein«, sagte ich. »Ist möglicherweise eßbar.«

»Könnte möglicherweise auch gefährlich sein«, sagte Angelina. »Es gefällt mir nicht, daß das Ding so allein dort rumhängt. Und die Art, wie der Pfad es umgeht.«

Mir gefiel es auch nicht. »Dann haben wir zwei Möglichkeiten. Wir folgen dem Pfad und halten uns von dem Ding fern. Oder wir gehen näher und erforschen es.«

»Da ich dich kenne, Jim diGriz, hast du schon längst einen Entschluß gefaßt. Aber ich gehe mit.«

»Ist gemacht – solange du hinter mir bleibst.«

Als wir auf die Lichtung traten, hörte das trommelnde Geräusch auf. Das Ding wußte, daß wir da waren. Doch kurz darauf fing das Geräusch wieder an, schneller und leiser als zuvor. Er hörte auch nicht auf, als ich langsam auf das Ding zuging. Ich blieb stehen, schaute es mir an und schüttelte den Kopf. Eiwei, dachte ich, es ist potthäßlich.

Ein feuchtes Loch öffnete sich in der Mitte der aufgeblähten Form und eine tiefe, rasselnde Stimme sagte:

»Eiwei … es ist potthäßlich.«

12. KAPITEL

»Es kann sprechen!« sagte Angelina.

»Es kann nicht nur sprechen, sondern auch Gedanken lesen. Denn genau das habe ich gedacht, bevor es etwas sagte.«

»Ich frage mich, ob es auch meine Gedanken lesen kann«, sagte das Ding kehlig.

Angelina trat zurück. »Und *das* habe *ich* gedacht. Mir gefällt das Ding nicht. Es gefällt mir überhaupt nicht. Laß uns von hier abhauen.«

»Moment noch. Ich möchte trotzdem gern rausfinden, was das für Kugeln sind.«

Ich fand es heraus – und zwar viel schneller als ich wollte. Mit ungeheurer Geschwindigkeit peitschte der astartige Auswuchs auf mich zu. Bevor ich zurückspringen konnte, wickelte er sich um meinen Hals und zerrte mich nach vorn.

»Grrrk ...«, war alles, was ich sagen konnte, als ich mit dem Scherbenmesser an dem Ding herumsäbelte. Gelber Sabber tropfte aus der Wunde; es war unglaublich schwer zu zerschneiden, und ich wurde weiter nach vorn gerissen.

»Hack es ab!« schrie Angelina, umklammerte meine Taille und zog mich zurück, so gut sie konnte. Es half ein wenig, aber ich wurde noch immer auf die Öffnung zugezogen, aus der die Stimme erklungen war.

Nun, da sie immer weiter aufklaffte, hörte das Ding mit dem Sprechen auf. Sie war feucht und mit spitzen, dunklen Rändern versehen.

Ich sägte und würgte. Ich sah nicht sehr gut. Ich sägte weiter.

Die Öffnung war genau vor meinem Gesicht, als ich den letzten faserigen Strang zerschnitt und nach hinten fiel.

Ich war mir dessen kaum bewußt, daß Angelina mich über den Boden fort von dem Ding zog, das nun laut und heiser dröhnte.

»Ich frage mich … Eiwei … lesen kann … häßlich …«

Ich setzte mich hin und rieb meine wunde Kehle. »Das war … verdammt knapp.«

»Wie geht's dir?«

»Verschrammt, aber sonst in Ordnung.« Ich schaute nach unten und erkannte, daß das Messer in meiner Rechten mit einer dicken, klebrigen Flüssigkeit bedeckt war. Ich umklammerte mit der anderen Hand noch immer das abgetrennte Ende des Stengels, an dem sich eine rote Kugel befand.

»Laß uns wieder ans Meer gehen«, sagte ich so heiser wie unser noch immer redender Gegenspieler, der uns verbal eine Mischung unserer Gedanken vorsetzte. »Ich möchte mir die Schmiere abwaschen und nachschauen, was das rote Ding ist.«

»Ich werde es tragen«, sagte Angelina. »Beweg dich – bevor das Ungeheuer sich aus dem Boden zieht und hinter uns herkommt.«

Sie meinte es als Scherz, aber es setzte mich ganz schön in Bewegung. Als wir wieder am Ufer waren, schrubbte ich mir die gerinnende Flüssigkeit vom Leib. Angelina stand neben mir und tauchte die Kugel ins Wasser.

»Gib mir mal das Messer«, sagte sie. »Jetzt bin ich mit der einheimischen Küche dran.«

»Das Messer wird schon weich.«

»Ich mach's schnell.«

Bevor ich sie aufhalten konnte, hatte sie das Ding

durchgeschnitten und enthüllte sein feuchtes und noch roteres Innenleben. Es sah geradezu schaurig nach Menschenfleisch aus. Sie schnitt ein Scheibchen ab und roch daran.

»Riecht nicht allzu übel.«

»Nicht!« sagte ich, aber es war zu spät. Sie hatte es in den Mund gesteckt, kaute schnell darauf herum und schluckte es hinunter.

»Das hättest du nicht tun sollen ...«

»Warum denn nicht? Irgend jemand muß es ja tun. Und wie gesagt – diesmal war ich an der Reihe. Und mir geht's noch immer gut.«

»Nun, wenigstens wissen wir jetzt, warum der Weg um die Lichtung herumführt. – Autsch!« Ich hatte meinen wunden Hals berührt. »Von jetzt an bleiben wir auf dem Weg. Du hattest recht. Das Ding ist wie ein Anglerfisch.«

»Ein was?«

»Ein in Meeresuntiefen lebender Fisch. Er hat eine Art Angelrutenorgan, das oben aus seinem Kopf herauswächst und vor seinem Maul baumelt – daher der Name. Am Ende des Organs ist ein Klumpen, der in der Dunkelheit leuchtet und andere Fische anlockt. Wenn sie danach schnappen, werden sie selbst gefressen.«

»Aber was sollte die Gedankenleserei?«

Ich zuckte seufzend die Achseln. »Weiß der Henker. Aber bei den einheimischen Lebensformen scheint es zu funktionieren. Was machst du da?«

Sie hatte noch ein Stück von der roten Kugel abgeschnitten und kaute darauf herum.

»Ich esse. Mir geht's noch immer gut, und ich habe inzwischen wirklich großen Hunger.«

Ich schaute den sich verziehenden Schatten zu und versuchte abzuschätzen, wieviel Zeit vergangen war. Angelina blickte mich an, dann streckte sie eine Hand aus und tätschelte die meine.

»Armer Jim. Du siehst so besorgt aus. Mir geht's gut, aber ich habe noch immer Hunger.«

»Laß es mich erst mal probieren, bevor du noch mehr davon ißt. Vielleicht ist es ein Gift, das den Sexualtrieb steigert.«

»Welch entzückende Vorstellung«, sagte sie und setzte eine finstere Miene auf.

»Verzeihung, so was dürfte ich jetzt nicht sagen. Wahrscheinlich macht die Umgebung mich fertig.« Ich schnitt etwas ab, kaute darauf und schluckte es hinunter. »Nicht übel. Aber wenn wir die Frucht gegessen haben, gehe ich nicht noch mal zu dem Ding.«

»Einverstanden. Hast du schon bemerkt, daß es wieder dunkel wird?«

»Habe ich. Ich schlage vor, wir dösen hier bis zum Morgengrauen und gehen dann über den Pfad weiter. Einverstanden?«

»Voll und ganz.«

Als die Sonne uns weckte, lebten wir noch. Es ging uns gut, aber wir hatten Hunger. Wir teilten uns den Rest der Frucht und aßen sie auf. Nachdem ich mir den Saft abgewischt, gegähnt und mich gereckt hatte, schaute ich mir den Pfad an.

»Kann ich heute das Messer haben?« fragte Angelina. »Dann kann ich die Führung übernehmen.«

»Es ist weg«, sagte ich und deutete auf einen feuchten, messerförmigen Fleck im Sand.

»Mal sehen, ob ich einen Faustkeil finden kann.«

Sie fand einen Stein, der fast wie ein Beil geformt war, das traditionelle Werkzeug der Menschheit. Ich hielt nach einem zweiten Ausschau, dann steckte ich zusätzlich ein paar Steine in die Taschen. Angelina führte, da sie ebenso stark und fit war wie ich und möglicherweise die besseren Reflexe hatte. Ich war unter keinen Umständen bereit, mit ihr eine Diskussion über die Gleichheit der Geschlechter anzufangen.

Mit gefülltem Magen und ausgeruhtem Körper kamen wir gut voran. Wir folgten dem Pfad um die Lichtung herum. Ich blieb gerade so lange stehen, um dem Ding einen Stein an den Kopf zu werfen. Ich hatte ihn nur für diesen Zweck den ganzen Weg vom Strand mitgeschleppt. Er klatschte hübsch auf, und der Tentakel zuckte wütend umher.

»Ach, hätte ich doch eine ... Motorsäge«, sagte das Ding.

»Hast du das gedacht?« fragte ich.

»Und ob.«

Wir kämpften uns den letzten und steilsten Teil des Weges hinauf und kamen oben an einen Kamm. Dort blieben wir stehen.

»Hier sieht's ja ganz anders aus«, sagte Angelina.

Sämtliche grünen Gewächse endeten abrupt. Als hätte man eine Linie über den Gipfel gezogen. Vor uns in den Hügeln breitete sich eine Senke aus. Bar allen Lebens. Sand, Fels, sonst nichts. Eine leere, öde Wüste.

»Hast du nicht gesagt, daß es auf diesem Planeten nie regnet?« fragte ich.

»Niemals.«

»Würde es regnen, wäre es ein schwappendes Ende für die gläsernen Lebensformen. Es bedeutet ebenso, daß das Kohlenstoff- und Chlorophyll-Leben sich nicht zu weit vom Meer entfernen kann. Ich wette, sie stecken die Wurzeln hinein oder entziehen der Luft den Tau. Deswegen ist es hier oben so – kein Wasser, kein Leben.«

»Aber der Pfad geht weiter«, sagte sie und deutete nach vorn.

»Interessant. Ich schätze, das werden wir auch tun.«

Wir folgten ihm. Er schlängelte sich zwischen haushohen Felsbrocken dahin. Wir kamen an eine flache Sandwüste.

»Was, in aller Welt, ist *das?*« fragte Angelina. Mir fiel keine Antwort ein.

Im Sand stand eine kleine, offenbar aus Stein erbaute Pyramide. Sie wies keine Fugen auf, war aber hohl. Es war offensichtlich, weil die Spitze abgebrochen war und man hineinschauen konnte. Sie war leer. Aber das Interessanteste war eine etwas größere Pyramide in der Nähe. Auch sie hatte eine Öffnung an der Spitze. Ebenso die nächste und übernächste. Sie verliefen in einer geraden Linie durch die Wüste. Alle hatten eine Öffnung an der Spitze, und jede Pyramide war größer als die davor.

»Ein außerirdisches Rätsel«, sagte ich gutgelaunt. Angelina rümpfte nur die Nase, weil sie es keiner Antwort für würdig hielt. Wir wichen vom Weg ab und gingen an der Pyramidenreihe entlang. Es waren über dreißig, und die letzte war größer als wir.

»Die letzte«, sagte Angelina und deutete auf sie. »Die Spitze. Sie läuft spitz zu – und ist geschlossen. Irgendwelche Erklärungen?«

Ich schwieg, was nur selten vorkam.

»Soll ich dir sagen, was hier abläuft?« sagte sie.

»Ich bitte darum, sprich.«

»Die Pyramiden sind allem Anschein nach von einer Silizium-Lebensform erbaut worden. Sie verdaut Sand, scheidet Gestein aus und baut die Pyramiden um sich herum. Wenn sie zu groß für die Pyramide wird, bricht sie aus, geht weiter und baut eine neue.«

»Höchst interessant«, sagte ich, von ihrer Logik benommen. »Aber wie hat sie dann die erste gebaut – und wie baut man eine Pyramide *von innen?*«

»Du kannst doch nicht erwarten, daß ich *alles* weiß«, sagte Angelina mit makelloser Logik. »Laß uns zum Weg zurückgehen.«

»Nein, jetzt noch nicht«, sagte ich und deutete auf

ihn. »Kommt da nicht etwas über den Pfad und verfolgt uns?«

»Etwas ist kein Ding.«

»Du hast recht. Gibt es irgendeinen Grund, warum wir uns nicht verstecken sollten, bis wir sehen, wer es ist?«

Sie nickte, und wir traten in den Schatten der größten Pyramide, wo wir eventuell etwas sehen konnten, ohne gesehen zu werden. Angelina legte den Kopf schief, dann drückte sie ein Ohr an die Seite der Pyramide. »Hör mal«, sagte sie. »Kommt da nicht irgendein knirschendes Geräusch von innen?«

»Bitte, jetzt nicht. Später vielleicht. Ein Geheimnis nach dem anderen, wenn du nichts dagegen hast.«

Die marschierende Reihe der Lebewesen war schon geheimnisvoll genug. Es waren elf, und sie waren ungefähr menschengroß. Doch damit endete die Ähnlichkeit auch schon. Ein Gewirr von Beinen, Tentakeln oder sonst was trommelte schnell auf den Boden und trug jede einzelne Kreatur voran. Die beweglichen Teile schleppten einen festen Rumpf von der Farbe und Beschaffenheit von Baumrinde. So, wie es aussah, konnte es sich um wandelnde Baumstämme handeln. Ein einzelner Stengel, das ähnlich aussah wie der des Geschöpfs, das mich hatte fressen wollen, war an der Spitze des Stammes zu sehen. An seinem Ende saß etwas, das wie ein Glotzauge wirkte. Die Augen der Wesen wippten und schauten sich um, schienen uns, die wir im Schatten der Pyramide lauerten, jedoch nicht zu sehen.

Sie schlurften schweigend vorbei, wirbelten eine sich schnell wieder legende Staubwolke auf, kletterten über den Kamm und verschwanden auf der anderen Seite des Hügels.

»Hörst du dir jetzt die Pyramide an?« fragte Angelina.

»Ja, natürlich, sicher.« Ich lauschte und glaubte ein fernes Knirschen zu vernehmen. »Ich höre etwas …«

»Sie kommen zurück«, sagte Angelina.

Und so war es auch. Ob es die gleiche Gruppe von Wesen oder eine andere war, war natürlich unmöglich zu sagen. Verändert freilich hatten sie sich, denn nach der kurzen Zeit, die sie außer Sichtweite gewesen waren, wirkten sie wie ausgewechselt. Die gerippten Stämme waren nun kugelförmig und transparent, von innen gedehnt, so daß das Gerippte an der Oberfläche nun unregelmäßige Streifen bildete.

»Sie sind voll Wasser«, sagte Angelina baff. Ich nickte zustimmend.

»Wahrscheinlich, wahrscheinlich«, murmelte ich.

»Sie kommen aus der Wüste und füllen sich mit Wasser aus einer Quelle oder dem Meer. Dann marschieren sie damit zurück. Warum?«

»Es gibt nur eine Möglichkeit, es herauszukriegen – wenn man ihnen folgt.«

Vielleicht war es nicht klug. Vielleicht war es sogar gefährlich. Aber auf diesem Planeten gab es zu viele Neugier erregende und unlösbare Rätsel. Wir wollten beide sehen, ob wir wenigstens eins davon lösen konnten. Als sie außer Sicht waren, folgten wir ihnen über den Pfad.

Wir brauchten nicht mal weit zu gehen. Der Weg führte zu einer Reihe großer Felsen und verschwand zwischen zweien von ihnen.

»Verdächtig«, sagte ich. »Die Felsen wirken wie hingestellt.«

»Sie könnten auch eine natürliche Formation sein.«

»Sie könnten … aber das Problem bleibt das gleiche. Bleiben wir hier – oder gehen wir rein, um zu ermitteln? Du weißt doch bestimmt noch, was passiert ist, als ich das letzte Mal neugierig war …«

»Hinter dir!«

Ich schaute mich um – und sprang beiseite. Eine

weitere Reihe von Wasserträgern näherte sich – hatte uns fast erreicht. Wir standen angespannt auf dem Weg und bereiteten uns auf einen Kampf vor.

Doch obwohl sie sich unser sichtlich bewußt waren, ignorierten sie uns völlig. Die Reihe schlurfte schweigend vorbei, und jedes an uns vorbeiziehende Auge schaute uns an.

»Wir scheinen sie nicht zu interessieren«, sagte ich.

»Tja, aber ich bin an *ihnen* interessiert. Gehen wir.«

Wir gingen. Wir schlüpften zwischen den beiden großen Felsen hindurch, dann folgten wir dem Weg durch eine zweite Reihe und kamen in ein kreisförmiges, von Gestein umgebenes Terrain. Wo wir stehenblieben – und unser Bestes taten, nicht mit offenem Mund zu gaffen und unsere Augen daran zu hindern, aus den Höhlen zu springen. Wir wollten nämlich nicht so aussehen, als sei unser Intelligenzquotient nicht höher als unsere Körpertemperatur.

Es war so fremdartig, daß man nur schwer verstehen konnte, was da geschah. Die Geschöpfe, denen wir gefolgt waren, schlenderten durch ein grünes Labyrinth, versprühten Wasser und schrumpften dabei gleichzeitig körperlich ein. Als sie damit fertig waren, ließ einer von dem Gewächs ab, dann ein zweiter und ein dritter. Als hätte man urplötzlich einen Beschluß gefaßt oder gehorche einem unsichtbaren Zeichen, sammelten sie sich in einem Grüppchen, bildeten eine Reihe, schlurften durch den Ausgang und verschwanden.

Wir traten näher an das verwirrende Gewächs heran und blieben stehen, als wir eine Bewegung unter den breiten, blattartigen Strukturen sahen. Im Halbdunkel kletterten spinnenartige Lebewesen herum, die sich offenbar um das Gewächs kümmerten. Grüne Fragmente fielen zu Boden, andere Geschöpfe schafften sie fort. Ein anderes Lebewesen seilte sich am Ende einer Kordel oder eines Tentakels ab, der etwas Rotes umklammert hielt.

»Fast so wie die Frucht, für die du beinahe deinen Hals gelassen hättest«, sagte Angelina.

»Könnte sein, könnte sein – und schau mal, wo es hingeht.«

Eine große Öffnung im Gestein führte zu irgendeiner Höhle. Ich bückte mich gerade, um den Versuch zu machen hineinzuschauen, als ich ein leichtes Zupfen an meinem Bein spürte, eine federige Berührung.

»Was ist das?« fragte Angelina.

Und wie immer gab es auf dieser Welt keine einfache Antwort. Es war wie ein weiches Bündel aus Stöckchen oder ein kompliziertes, aus Zweigen gemachtes Insekt. Was es auch war, es zupfte an meinem Hosenbein. Dann hörte es auf und schlurfte auf die Höhle zu. Blieb stehen und wartete. Dann kehrte es um und zupfte wieder an mir herum.

»Es will sich verständigen«, sagte ich. »Ich glaube, es will, daß ich ihm folge. Tja, warum nicht?«

»Keine Streitereien. Immerhin sind wir schon mal bis hierher gekommen.«

Als wir losgingen, lief das Wesen weiter. Blieb stehen, wartete, setzte sich erneut in Bewegung. Der Sonnenschein fiel durch den Höhleneingang, mehr als genug, um das sprießende Geschöpf zu sehen, das in der Höhle ausgebreitet war.

Anders kann man es nicht beschreiben. Es war von verzwickten Strukturen bedeckt, die offenbar aus seiner grünen Haut wuchsen. Einige erkannte ich. Da war die obere Hälfte eines Wasserträgers. Ein anderes war ein Gestoppel von Gewächsen, die wie unser Führer zusammengebündelt waren. Und es gab noch weitere, die völlig undefinierbar waren. Dann eilte eins der Arbeitsgeschöpfe mit einer roten Kugel heran, die es an der Seite des Dings in eine Öffnung fallen ließ.

»Es schaut uns an«, sagte Angelina und streckte den Arm aus. Eine Reihe peitschenartiger Tentakel, die allesamt in einem Glotzauge endeten, hatte sich uns zugewandt.

»Hallo«, sagte ich.

»*Hallo*«, antwortete es dröhnend.

13. KAPITEL

»Reden oder Zeichensprache?« sagte Angelina.

»Reden ... reden ... reden.«

Auch nicht gerade eine Antwort. Die Augenstengel fuhren noch immer in unsere Richtung – und ebenso ein anderes Organ oder pilzartiges Gewächs, das sich unter den Augen zu bilden begann. Es fing wie eine Schwellung an, dann öffnete es sich zu einer Art trompetenförmiger Blüte. Es bewegte sich vor und zurück, als suche es nach irgend etwas, dann drehte es sich und wandte sich mir direkt zu. Ich trat zurück ...

Farbe, Geräusch, Bewegung, Schreck.

Schmerz und rote Töne, klare Erinnerungen.

Ein Schrei ... Ein Aufschrei ...

Dann hörte es auf, und mir wurde klar, daß ich der war, der geschrien hatte. Hände waren auf meinen Armen. Ich blinzelte meinen Blick frei, sah, daß Angelina mich festhielt.

»Was ist passiert?« fragte sie.

»Ich ... weiß es nicht. Was hast du gesehen?«

»Du hast die Augen zugemacht, und, tja, bist zu Boden gefallen. Dann hast du rumgezappelt und geschrien. Es hat nur einen Augenblick gedauert.«

»Das Ding«, sagte ich und atmete schwer. »Es war in meinem Gehirn. Es wollte sich verständigen oder so was. Ist groß und stark ...«

»Wollte es dir wehtun?«

»Nein, gar nicht. Im Gegenteil. Ich habe Neugier empfunden, aber keinerlei Gefühl einer Bedrohung oder Gefahr. Was es auch gesucht hat, es hat es nicht gefunden. Es hat sich einfach zurückgezogen. Vielleicht spiele ich intellektuell nicht in seiner Liga.«

Während wir uns unterhielten, schloß sich das Blumengewächs und verschwand. Der im Wachsen begriffene Wasserträger neben ihm stockte und nahm irgendwelche Drehbewegungen auf. Dann riß er sich mit einem ploppenden Geräusch von der Gesamtheit los, sprang zu Boden und eilte davon.

»Es ist wohl eine Art Königin«, sagte Angelina. »Auf ihr wachsen die Teile der Kolonie.«

»Vielleicht ist sie auch die Kolonie.«

Nach dem einen Versuch, eine Verständigung herbeizuführen, kam keiner mehr. Die Augen zogen sich zurück, schienen alles Interesse verloren zu haben. Aber das Wesen wußte, daß wir da waren, weil eins der Beingeschöpfe eilig mit zwei roten Früchten in die Höhle kam, die wir draußen hatten wachsen sehen. Es ließ eine in eine Öffnung an der Oberfläche des gigantischen Wesens fallen, dann warf es die andere vor unsere Füße und eilte davon.

»Danke, Majestät«, sagte ich. »Sehr freundlich von Ihnen. Ist jetzt Kauzeit? Sieht so aus wie die, die wir gestern gegessen haben – und unsere Freundin hat gerade eine verzehrt. Sollen wir es mal versuchen?« Ich kniete mich hin, um die Frucht näher zu betrachten. Ich tippte sie mit einem Finger an, und sie platzte. Ich leckte mir den Saft von der Hand. »Schmeckt fast genau so wie die, um die wir uns gerauft haben.«

»Warum auch nicht? Wenn das mörderische Ding auf der Lichtung verlockende Leckereien feilbietet, müssen sie auch eßbar sein. Bitte, gib mir ein Stück.«

Wir aßen die Frucht. Dann verließen wir die Höhle, da wir uns ziemlich ignoriert vorkamen, und gingen in den eigenartigen Garten hinaus.

»Wie wär's mit noch einer?« fragte ich.

»Du bist dran.«

Keine der umhereilenden Kreaturen kam in unsere

Nähe – sie beachteten mich auch nicht, als ich mich auf die Zehenspitzen stellte und noch eine rote Frucht pflückte. Wir setzten uns bequem an einen Felsen und verzehrten sie. Sie war breiig und flüssig, Essen und Trinken gleichzeitig.

»Und jetzt?« fragte Angelina und leckte sich den letzten Safttropfen von den Fingern.

»Ich schlage vor, daß wir diese Frage erst mal überschlafen.«

»Aber einer hält Wache. Ich traue der Königin dieser merkwürdigen Bienenstockkultur noch nicht.«

»Dann laß uns von hier verschwinden und eine sichere Stelle abseits vom Weg suchen. Wenn wir Hunger haben, können wir zurückkommen.«

Angelina gähnte verhalten. »Du bist dran, werter Gatte. Es war ein verdammt langer Tag.«

Und so verfuhren wir für zwei kurze Tage und Nächte. Wir schliefen, kehrten zurück, um etwas Obst zu besorgen, überdachten unsere Möglichkeiten – die in der Tat sehr begrenzt waren – und bemühten uns einzuschätzen, was wir als nächstes tun sollten. Trotz großer Nachdenkensbemühungen gelang es uns nie, irgendwelche wichtige Entschlüsse zu fassen. Dann schliefen wir ein wenig und fingen die ganze Sache wieder von vorn an. Am dritten Tag machte Angelina eine Beobachtung, die uns schließlich zu einem Entschluß zwang. Sie war länger auf dieser exotischen Welt gewesen als ich – und lebte nun schon viel länger ohne anständige Mahlzeit.

»Du nimmst ab, Jim. Und ich ebenfalls.« Was stimmte, aber ich hatte es ihr gegenüber nur nicht erwähnen wollen. »Das Obst füllt zwar den Magen, na schön – aber ist dir schon mal aufgefallen, wie schnell man nach dem Essen wieder hungrig wird?«

»Ich habe schon mal darüber nachgedacht. Es wundert mich auch.«

»Hör auf, dich zu wundern. Wasser ist Wasser,

Sauerstoff und Stickstoff. Da wir nicht durstig werden, haben wir offenbar mit dem Obst genug Flüssigkeit aufgenommen. Aber das Essen ist eine andere Sache. Wer weiß, aus welchen Elementen und Molekülen die Früchte bestehen? Ich glaube allmählich, sie haben nicht den geringsten Nährwert. Wenn wir hierbleiben und das Zeug weiter essen – rollen wir uns eines Tages zusammen und verhungern einfach.«

Ich seufzte unglücklich. »Ich muß dir leider zustimmen. Mir ist der Gedanke zwar auch schon mal gekommen, aber ich habe ihn für blöd gehalten. Hier war's irgendwie lustig, wenn auch auf völlig fremdartige Weise. Gehen wir wieder ins Glasland?«

»Sonst haben wir doch nichts zu tun. Und wenn du die Gegend hier für lustig hältst, hast du einen eigenartigen Geschmack. Ich sage, kehren wir in die Zivilisation zurück, suchen uns was zu essen und nehmen ein schönes Bad. Gehen wir zu der Lichtung, auf der wir hier angekommen sind. Mal sehen, ob schon jemand unsere Nachricht gefunden hat.«

Als wir gingen, winkte ich noch mal. »Tschüß. Und danke für die Gastfreundschaft.« Natürlich kam keine Antwort. Wir gingen den Hügel hinab, umkreisten den Mörderangler und schwammen zum Kontinent zurück.

»Und weiter – zum Glaswald«, sagte ich und bemühte mich, so fröhlich wie möglich zu wirken. »Coypu hat das Gerät inzwischen bestimmt analysiert und baut so schnell wie möglich ein eigenes. Das kann er dann einsetzen, um uns zu suchen und zu retten. Und ehe du Jessesmariaundjosef sagen kannst, sitzt du schon vor einem saftigen Steak.«

Nach drei weiteren Kurztagen hätte ich am liebsten meine eigenen Worte gefressen, denn auf der Glaswelt gab es außer Glas nichts zu speisen. Meine Brieftasche war noch da, wo ich sie gelassen hatte, der Glaspfeil und die Nachricht ebenfalls. Ich trat die Scherben kaputt und knurrte finster vor mich hin.

Danach konnten wir nur noch warten. Die Kristalllichtung im Wald blieb leer. Niemand kam. Es passierte rein gar nichts. Wir blieben da, machten nur hin und wieder einen Vorstoß ans Meer, um etwas zu trinken. Die Zeit verging so langsam, daß wir glaubten, nicht mehr Fortschritte zu machen als das Kristallraubtier. Es holte seine fliehende Beute zwar ein, aber sooo langsam. Wieder sank eine Nacht herab, der ein weiterer Sonnentag folgte. Und dann noch einer. Am fünften Tag machte ich mir allmählich Sorgen.

»Wir müssen doch irgend etwas tun können«, beschwerte ich mich.

»Ich wüßte nicht, was. Du hast doch gesagt, daß wir nur zu warten brauchen. Du mußt Geduld haben.«

»Hab ich aber nicht!«

»Hattest du nie. Du mußt dir eben Mühe geben, sonst machst du dich noch so fertig, daß du Magengeschwüre kriegst.«

»Lieber würde ich mir Magengeschwüre ansaufen!« Der Gedanke an starke Spirituosen und kaltes Bier ließ mir das Wasser im Munde zusammenlaufen. Ich spuckte in den Wald und schaute zu, als sich ein gläserner Stengel auflöste. Wie gut, daß es hier nie regnete.

Am sechsten Tag des Wartens erwachte ich im morgendlichen Sonnenschein und beobachtete die grüngestreifte Sonnenscheibe durch die bunten Blätter. Sie war längst kein aufregender Anblick mehr, und ich fragte mich auch nicht mehr, wie ihre Streifen entstanden waren. Angelina war blaß und abgehärmt und stöhnte im Schlaf leise auf. Ich weckte sie nicht; der Schlaf war unser einziges Entkommen vor dem Hunger. Und dem endlosen Warten. Ich ging ein Stück den Weg hinunter und warf einen Blick auf das Meer. Die Wellen schwappten kräftig gegen die Klippen; sonst rührte sich nichts. Niedergeschlagenheit stapelte sich auf den Rücken der Niedergeschlagenheit. Ich stieß einen lauten Seufzer aus und kehrte auf die Lichtung zurück.

Als Angelina aufwachte, unterhielten wir uns eine Weile. Ich hatte Durst, sie nicht, also ging ich ans Ufer, um etwas zu trinken. Wir hatten nichts, in dem wir Wasser hätten transportieren können. Deswegen gingen wir immer abwechselnd, damit jemand auf der Lichtung war. Um zu warten.

Das Trinken war ermüdend, aber es mußte sein. Ich füllte mir den Magen und trank noch etwas mehr. Ein voller Magen unterdrückt den Hunger eine Weile. Der Rückweg, der teilweise bergauf ging, war besonders erschöpfend. Zudem mußte ich langsam gehen, sonst bekam ich noch einen Sauerstoffrausch.

»Der Trinker nahet seinem Heim und ist vom Meere zurück!« rief ich. Galgenhumor. »Hallo!«

Vielleicht war sie wieder eingeschlafen. Ich hielt die Klappe und ging schneller.

Blieb stehen. Erstarrte.

Die Lichtung war leer.

»Angelina!«

Es war der schwärzeste aller schwarzen Momente, die ich je erlebt hatte. Wenn Coypu sein Gerät zum Laufen gekriegt hatte, hatte er sie vielleicht gerettet. So mußte es gewesen sein. Wenn die Marinesoldaten ein Gerät erwischt hatten und sie in Sicherheit war; wenn Coypu eins gebaut hatte … Ein verdammt großer Haufen Wenns. Aber Slakey hatte massenhaft Geräte und wußte, daß wir hier waren. Er konnte zurückgekehrt, sich Angelina geschnappt und mich hier zurückgelassen haben, damit ich in aller Stille verhungerte. War Slakey also zuerst gekommen und hatte sie von dieser Welt entführt?

»Wer hat das getan? Wo bist du?«

Ich schrie laut und kochte vor Frust und Wut. Und

vor Angst. Es mußte Coypu gewesen sein. Er *mußte* es gewesen sein.

Hoffte ich.

Aber wenn er es gewesen war, warum hatte er Angelina mitgenommen und mich zurückgelassen? Er hätte eine Nachricht hinterlassen können – wenigstens eine Nachricht. Ich trat aufgeregt die Scherben durcheinander. Kein Zettel, keine Spur von irgend etwas.

Sehr, sehr lange Zeit passierte nichts. Ich kicherte vor Angst. Zuviel Sauerstoff. Langsam, Jim, mach mal halblang. Ich setzte mich auf den gesäuberten Fleck, auf dem wir geschlafen und langsam geatmet hatten. Mein Gelächter erstarb mit einem letzten Kichern. Die Niedergeschlagenheit fiel über mich her.

Die Tage auf Glas waren kurz – aber dies war der längste, den ich je durchlebt hatte. Es wurde dunkel, und ich muß wohl mit dem Kinn auf der Brust eingenickt sein. Angst, Sorge, Hunger etc. Zu viel, viel zu viel.

»Papa – hier drüben!« sagte Bolivar. Ich blinzelte, war noch halb im Schlaf, träumte.

»Bist du in Ordnung? Wir müssen uns beeilen.«

Es war kein Traum! Ich stellte einen neuen Rekord im Glasscherbenrennen auf. Prallte gegen ihn und warf ihn fast von den Beinen. Wir fielen …

… rückwärts in ein hell erleuchtetes Hotelzimmer, auf einen weichen Teppichboden. Ich blieb einfach liegen und schaute zu Professor Coypu auf, der vor einem großen Haufen phantastisch anmutender Elektronik saß.

Und Angelina lächelte auf mich herab.

»Ich hoffe, ihr habt irgend etwas Leckeres zu futtern«, sagte ich dümmlich, glaubte noch immer nicht, daß alles vorbei und Angelina gesund war. Sie kniete sich neben mich hin und nahm meine Hände.

»Tut mir leid, daß es so lange gedauert hat. Der Professor sagt, er hat Schwierigkeiten, das Gerät zu justieren.«

»Kalibrationsfehler, kumulativ, Entropierückstand«, sagte Coypu. »Wird aber jedesmal besser.«

»Hier, etwas zu essen, Papa«, sagte Bolivar, half mir auf die Beine und reichte mir ein riesiges Sandwich mit Rindfleisch. Ich knurrte und sabberte und schlug die Zähne hinein. Es war paradiesisch. Ich packte den Hals der mir angebotenen Bierflasche und trank, bis meine Nasenspitze von der Kälte der Flasche schmerzte.

»Komm, setz dich an den Tisch«, sagte Angelina und zog einen Stuhl heran. »Und iß nicht so schnell, sonst wird dir noch übel …«

»Wasch?« sagte ich.

»… und rede nicht mit vollem Mund. Iß langsam. So ist es besser. Inzwischen erzähle ich dir, was passiert ist. Bolivar hat mich geholt. Keine Zeit zum Warten, sagte er. Die Ausrichtung war schwierig – nur Sekunden. Ich wollte bleiben, aber er hat mich gepackt, und damit hatte es sich. Es hat lange gedauert, wieder zu dir durchzukommen, ich weiß, wie du dich gefühlt hast. Aber jetzt ist alles in Ordnung. Diesmal sind wir alle zusammen. Du brauchst dir keine Sorgen mehr zu machen.«

»Aber jetzt sind wir an der Reihe, uns Sorgen zu machen«, knurrte Inskipp auf seine freundliche und einschmeichelnde Weise, als er den Raum betrat. Er ließ sich in einen Sessel fallen und warf drohende Blicke um sich. »Sie können sich nun entspannen und einander mit Geschichten Ihrer seltsamen Abenteuer aufmuntern. Sie vergessen jedoch, daß *wir* eine gewaltige Verpflichtung auf den Schultern tragen. Seit dieses ganze Chaos angefangen hat, waren wir immer nur im Schlamm, sind im Nachteil steckengeblieben, haben im Däumchen gesessen und in der Tinte gedreht.«

Statt auf die verwickelte Syntax seiner Metaphern hinzuweisen griff ich nach einem weiteren Sandwich. Man hat schließlich Prioritäten. Er schwadronierte weiter.

»Wir sind von einem Unglück ins nächste gestolpert, mußten uns an jeder Biegung bezähmen. Nicht ein Slakey wurde geschnappt. Sobald wir einen von ihnen umzingeln, taucht ein anderer auf und haut ihn heraus. Unsere gesamten Bemühungen waren bisher darauf konzentriert, sie herauszuhauen, diGriz. Und die Kosten steigen ständig. Ich nehme an, es war Ihre schlaue Idee, das gesamte Hotel – das Vaska Hulja-Ferienparadies – zu mieten, um es zum Hauptquartier des Unternehmens zu machen. Wissen Sie eigentlich, wie viele Millionen Kredits es bisher gekostet hat?«

»Mehr als das Bruttosozialprodukt eines reichen Planeten – hoffe ich.« Ich rülpste vernehmlich. »Verzeihung. Hab zu schnell gegessen. Noch 'n Bier? Danke, James. Jeder Kredit wurde bestens investiert, Inskipp, Sie alter Geizhals. Raketen haben gebrüllt, Marinesoldaten haben wie die Wilden geübt, Nachrichtensprecher haben Überstunden gemacht, die Galaxis ist ein aufregender Ort, und Zillionen glücklicher Bürger wurden bestens unterhalten. Sie sollten mich als galaktischen Vermögenswert segnen, statt Ihren Überziehungskredit zu bejammern. Dieses Unternehmen hat nur Gutes erbracht.«

Er wurde knallrot, seine Augen quollen hervor, und er öffnete den Mund. Aber Angelina kam ihm zuvor.

»Du hast recht und unrecht, Jim. Es sieht so aus, als hätte Slakey seine Geschäfte eingestellt. Die Suche geht zwar weiter, aber es ist lange her, seit die Detektoren seine letzte Spur gefunden haben – und wir suchen auf allen zivilisierten Planeten. Die Suche breitet sich nun auf alle registrierten Welten aus, wie mir unser großer Führer H.P. Inskipp erläutert hat.«

Sie lächelte, aber Inskipp war freundlichen Worten und sanften Anwandlungen gegenüber immun. »Ich ziehe jetzt den Stecker raus und begrenze unsere Verluste«, sagte er. Ich war plötzlich sehr wütend.

»Nein, das tun Sie nicht, Sie pfennigfuchsender

Blödmann! Sämtliche zivilisierten Planeten zahlen horrende Summen, um die Sondereinheit zu erhalten – und niemand hat sich je nach Ihrer Buchhaltung erkundigt. Wir stehen einer der größten Bedrohungen gegenüber, die sich der Menschheit je in den Weg gestellt haben – und Sie wollen sparen und das Handtuch werfen?«

»Was denn für eine Bedrohung? Was kann ein Mann schon tun, um tausend Welten zu bedrohen?«

»Denken Sie nach!« sagte ich und schnappte mir ein neues Bier, damit die Brote unten blieben. »Professor Justin Slakey hat vielleicht als Spitzenwissenschaftler und Genie angefangen, aber sein Hin- und Herhüpfen zwischen den Universen hat nicht nur seine diversen Hirne verwirrt, sondern ihn auch in gewisser Weise vervielfacht. Wollen Sie, daß diese Irren sich weiterhin vermehren und noch mehr Probleme erzeugen? Wir wissen, daß er Menschen in die Hölle schickt, damit seine dortige durchgedrehte Inkarnation etwas zu fressen hat. Slakey ist allerwenigstens ein Massenmörder. Und er wird auch weiterhin Morde und wer weiß was sonst noch für Untaten begehen, solange man ihn nicht daran hindert. Und darüber hinaus …«

Jetzt hatte ich wirklich die Aufmerksamkeit aller gewonnen. Sie blickten mich an. Niemand sagte etwas, als ich die Flasche hob und in theatralischem Schweigen trank. Dann hob ich einen mahnenden Finger.

»Und es geht um *viel* mehr. Schaut euch an, was er alles gemacht hat, all die Kirchen und Organisationen, die er gegründet hat. Und die Geldmengen, die er gesammelt hat. Warum hat er all das getan? Fürs Geld, das ist klar. Die Summen, um die es hier geht, machen mich schwindeln. Fragt euch also selbst: Wofür braucht er das Geld?

Was sind seine Pläne?

Alle, die glauben, seine Pläne seien der Menschheit

von Nutzen, sollen bitte den Raum verlassen. Alle, die bleiben, werden die Freude haben, sich anhören zu dürfen, wie wir Slakey aufstöbern und stoppen können.

Möchtet ihr nun wissen, wie man es bewerkstelligen kann?«

14. KAPITEL

»Natürlich wollen wir deinen Plan hören, Liebling«, sagte Angelina, beugte sich vor und küßte mich auf die Wange. »Mein Gatte ist ein Genie.«

Frech oder nicht, es war herzerwärmend. Bolivar und James munterten mich erhobenen Daumens auf, Sybil tat das gleiche, und sogar Coypu kündigte mit einem zögernden Nicken sein Einverständnis an. Der einzige Miesepeter war Inskipp, der auch jetzt noch seine steigenden Schulden berechnete. Ich haute mit der Bierflasche auf den Tisch.

»Hiermit erkläre ich die Sitzung der Galaktischen Rettungsliga für eröffnet. Wer führt das Protokoll?«

»Mein Recorder läuft«, sagte Sybil, setzte sich hin und stellte ihn vor sich auf den Tisch. »Willkommen daheim, Jim diGriz. Wir haben uns alle Sorgen um Sie gemacht.«

»Ich hab mir selbst Sorgen um mich gemacht. Was Slakey Ihnen und mir in der Hölle angetan hat – oder Angelina und mir auf Glas – ist Grund genug, ihn bis an den Rand der Galaxis zu verfolgen und seinen Laden dichtzumachen. Aber wir haben mehr Gründe, ihn zu jagen, nicht nur kleinliche Rachsucht.«

Inskipp schnaubte leise. »Und wie sollen wir das machen?«

»Ich hätte nie geglaubt, daß Sie das fragen würden. Ich stelle fest, daß Sie seine Spur völlig verloren haben, während ich weg war, stimmt's?«

»Ganz allgemein gesprochen, nun ja, so ist es.«

»Und ganz eindeutig gesprochen würde ich sagen,

daß nun ein Plan fällig ist, der nicht fehlschlagen kann. Professor, wie geht's Ihrer Universumsmaschine?«

»Sehr gut, danke der Nachfrage. Das kleine Problem mit der Kalibration kriege ich bald hin.«

»Freut mich, das zu hören. Auf wie viele Universen haben Sie Zugriff?«

Coypu tippte mit den Fingernägeln an seine Zähne und runzelte nachdenklich die Stirn. »Theoretisch ist die Anzahl unbegrenzt. Vielleicht erschaffen wir die Universen sogar, wenn wir sie betreten – wie Sie angedeutet haben, als Sie aus der Hölle zurückkehrten. Aber im Moment haben wir nur etwas mehr als einundvierzig betreten oder untersucht.«

»Ist eins davon der Himmel?«

»Nein, aber wir suchen noch danach. Obwohl das Gerät, das wir erbeutet haben, Einstellungen für unterschiedliche Ziele hat, habe ich keine Möglichkeit, sie ohne Aktivierung oder ein Betreten zu identifizieren.«

»Was ist mit der Hölle?«

»Die Hölle steht uns eindeutig offen. Sie erinnern sich doch, daß Ihr Sohn Jim Slakey hypnotisiert und dazu gebracht hat, Bolivar auf die Suche nach Ihnen zu schicken.«

»Tja, dann haben wir's.« Ich lehnte mich zurück und seufzte zufrieden. »Falls noch Brote da sind, ich könnte noch welche vertragen.«

»Hör auf, mit uns zu spielen, Jim diGriz, sonst schieb ich es dir an einem Stück in die Kehle!« sagte Angelina.

»Verzeihung, meine Liebe. Ich will die Situation nicht unterschätzen. Aber ich habe allerhand durchgemacht, und nicht allzu oft geschlemmt.«

»Es sei dir verziehen. Was ist so wichtig an der Hölle?«

»Slakey ist dort. In seiner roten, dicken, irren, gut

bewaffneten Inkarnation. Glaubst du nicht, daß die anderen ihn dort wegholen würden, wenn sie könnten? Aber sie können es nicht. Wahrscheinlich brächte es ihn um. Das hat mir der Slakey auf Glas jedenfalls erzählt. Wir setzen also eine kleine Expedition in Marsch, um ihn zu suchen. Um mit ihm zu reden. Eine überzeugende Expedition, weil alle Slakeys wissen, was ein Slakey weiß. Sie werden ihn nicht töten – es wäre doch fast wie Selbstmord. Aber sie werden keine Skrupel haben, uns umzunieten, wenn wir den Versuch machen, mit ihm zu reden. Wenn wir aber schnell bei ihm sind und ihn vielleicht noch mal hypnotisieren, könnten wir ihm doch ein, zwei Fragen stellen, oder nicht, James?«

»Ist 'ne Kleinigkeit, Papa.«

»Dann stellen wir ihm zwei unglaublich wichtige Fragen: Wo ist der Himmel? Und: Wie sieht der Gesamtplan aus? Es ist unerläßlich, daß wir in Erfahrung bringen, wofür die hinterhältigen Slakeys das ganze Geld brauchen.«

»Na schön«, sagte Inskipp, ein Mann, der stets schnell für das Neue zu haben war. »Was braucht ihr für den Job?«

Es war ein guter Plan, und wasserdicht war er auch. Sobald Slakey herausbekam, was wir vorhatten, würde er reagieren. Mit Gewalt. Und er war uns technisch weit voraus. Coypu hatte noch immer kein Mittel gefunden, irgendwelche funktionierenden Gerätschaften in ein anderes Universum zu transportieren. Aber Höllen-Slakey besaß eine funktionierende Gaussflinte. Ich hoffte nur, daß sich in den Händen der Slakeys nicht noch weitere transportierbare Waffen befanden.

Unser Vorteil sollte die Schnelligkeit unseres Angriffs sein. Und unsere Anzahl.

Doch unser Primärschlägerteam mußte klein sein,

damit es sich schnell bewegen konnte. Ich wollte dabei sein, weil mir die Idee gekommen war. Dann mußte James mitgehen, denn er mußte den alten roten Teufel hypnotisieren. Und natürlich Angelina, weil sie mich nicht allein gehen lassen wollte. Und natürlich Bolivar, der etwas gegen Familienausflüge hatte, an denen er nicht teilnehmen konnte. Wir wollten schnell reingehen und fest zuschlagen.

Unsere Flanke sollte von zweihundert tückischen und widerlichen Marineschlägern gedeckt werden. Sie würden nur mit Händen und Füßen und ihrem Kampfwissen bewaffnet sein. Was sicher reichte. Sybil sollte sie anführen, da sie sich in der Hölle auskannte. Außerdem hatte ich eine Reihe finsterer Blicke Angelinas aufgefangen, die sie mir jedesmal zuwarf, wenn ich mit der Agentin sprach. Was bedeutete, daß das Leben viel glatter für mich verlaufen würde, wenn Sybil die Truppe anführte.

Marinecaptain Grissle, mein alter Gefährte, sollte die Truppen kommandieren. Ich erhielt eine Botschaft, daß er mich dringend zu sprechen wünschte. Ich ließ ihn kommen.

»Keine Kanonen?« fragte er, als er durch die Tür stampfte. »Ein Marineinfanterist ohne Kanone ist doch nackt.«

»Ihre Leute müßten sich doch auch im waffenlosen Kampf bestens auskennen.«

»So ist es. Aber mit ein, zwei Granaten wären sie noch besser.«

»Sie würden nur schmelzen. Losgehen tun sie jedenfalls dort nicht. Ich konnte auf Glas nicht mal die Klingen meines Taschenmessers öffnen.«

»Bajonette?«

»Sie werden in der Scheide steckenbleiben. Und sagen Sie nicht, dann gehen wir eben ohne Scheide. Mir behagt der Gedanke nicht, daß zweihundert Marinesoldaten in die Hölle hineinstürmen und mit dem Bajonett in der Hand übereinander stolpern. Aber ja, ich habe darüber nachgedacht und glaube, daß wir etwas tun können. Wir werden alle Waffen tragen.«

»Was?«

»Ich werde die Einzelheiten ausarbeiten und Ihnen vor dem Aufbruch zeigen. Wegtreten.«

Ich nahm mir ein paar Tage, um alle Vorbereitungen zu treffen, was uns wieder zu Atem kommen ließ. Angelina hatte Gelegenheit gehabt, wieder ein paar Pfund zuzunehmen, vier Mahlzeiten pro Tag halfen, und wir brannten alle auf neue Taten. Coypu hatte an seinen Gleichungen und Stromkreisen herumgespielt und ein überlegenes Modell des Dimensionstors gebaut.

»Eigentlich ist es nur eine Frage der Energie«, erklärte er. »Slakey mußte seine Gerätschaften verbergen. Sie mußten klein sein, damit sie nicht auffielen. An diesen Begrenzungen leiden wir nicht.«

Das neue Gerät war höchst beeindruckend. Unter großen Kosten hatte Coypu direkt das planetenumspannende Stromnetz angezapft. Ein langes rotes Isolierkabel, das mehr als einen Meter durchmaß, führte in den größten Ballsaal des Hotels, das nun einem elektronischen Dschungel glich. In der Mitte der Tanzfläche befand sich ein monumentales, in einen Rahmen montiertes Garagentor. Ich bewunderte es – natürlich nur von vorn. Weil es nämlich kein Hinten hatte. Das heißt, wenn man es umrundete, sah man es nicht, es war einfach nicht da oder so. Aber von vorn schaute es intakt und fest aus.

»Peilen wir doch mal ein bißchen und schauen wir, was wir finden«, sagte Coypu und nahm ein paar Einstellungen an der Steuerarmatur vor. Ich drehte den Griff des Garagentors und öffnete es einen Spalt – dann, als die Luft hindurchzupfeifen begann, knallte ich es wieder zu.

»Alles schwarz – und voller Sterne. Und geringerer Druck. Das ist nicht die Hölle.«

»Ich bin aber nahe dran; sie ist gleich daneben. Versuchen Sie es noch mal.«

Eine rote Sonne brannte von einem roten Himmel herab. Ich nieste, als ein Hauch Schwefelwasserstoff hereinwehte. »Das ist sie«, sagte ich und machte das Tor wieder zu. »Soll ich die Truppen rufen?«

»Wenn Sie fertig sind, ich bin's auch.«

Alle warteten gespannt auf das Signal. Sybil und Angelina waren als erste da. Kurz darauf kündigte das Rattern marschierender Füße die Ankunft der Marineinfanteristen an. Sie stampften herein, stellten sich in Position, machten kehrt und standen donnernd still.

»Großartig«, sagte ich. »Lassen Sie rühren und bereiten Sie sich auf die Waffenausgabe vor.«

»Waffen?!« Captain Grissles kantiges Kinn verzog sich knackend zu einem ungewohnten Lächeln.

»Da!« sagte ich, als James und Bolivar mit den beladenen Frachtwagen hereinfuhren. Ich öffnete eine Kiste, entnahm ihr einen knackigen roten Gegenstand und schwenkte ihn über meinem Kopf.

»Eine *Salami* ...«, keuchte Grissle.

»Gut beobachtet«, sagte ich. »Eine sowohl tödliche als auch eßbare Waffe. Verteilen Sie sie an Ihre Männer.«

»Du machst doch nicht wieder den Deppen, oder?« sagte Angelina. Sie und Sybil hatten eine undurchsichtige Miene aufgesetzt.

»Aber niemals, meine Liebe. Dies ist eine sehr ernste Entscheidung und wurde mit makelloser Logik ausgearbeitet. Statt mit den Bewohnern der Hölle zu kämpfen, werden wir sie füttern. Wenn sie in den Kannibalismus zurückgefallen sind, wird eine duftende Salami die Hölle für sie zum Paradies machen. Da die meisten jedoch leicht bescheuert sind, müssen wir mit Schwierigkeiten rechnen. Dann, im Notfall, wirst du erkennen, daß eine Zehn-Kilo-Salami ganz ordentlichen Schaden anrichten kann. Und wenn wir unseren Ausflug länger ausdehnen müssen als geplant, können wir sie selbst essen.«

Jedem Marinesoldaten wurde eine Salami ausgehändigt. »Wehe, es beißt jemand rein«, sagte ich warnend. Sybil und die Zwillinge nahmen die ihren, doch der Blick aus Angelinas Augen warnte mich davor, bloß nicht in ihre Richtung zu winken. Ich nahm sie und hob sie hoch.

»Wir sind fertig, Professor.«

»Ziel erfaßt.«

»Auf geht's!« schrie ich, stieß das Garagentor auf und deutete mit der Salami voraus. »Attacke!«

Es war ein wunderbarer Anblick. Die Marinesoldaten marschierten in perfektem Gleichschritt und der Salami im Vorhalt gleich hinter Sybil in die Hölle hinein. Meine Familie folgte ihnen.

Die Soldaten verteilten sich, wie geplant, in einer langen Gefechtslinie. Sybil schwenkte ihre Salami und gab die Richtung an, die sie einschlagen sollten. Fort von der Lava, dem Vorgebirge entgegen.

»Was für ein schrecklicher Ort«, sagte Angelina. Der Boden bebte, denn Flammen und Rauch schossen aus einem fernen Vulkan in die Luft.

»Wir hauen so schnell wie möglich wieder ab. Aber wir haben keine andere Wahl.«

»Da drüben gibt's Schwierigkeiten«, sagte Bolivar. Ein Soldat war von zwei Einheimischen aus dem Hinterhalt überfallen worden. Er schwang die Salami mit Geschick und schlug sie nieder. Dies ließ die Wurst in zwei Teile zerspringen und setzte offenbar ihren Knoblauchgeruch frei, der auf der Stelle die Beachtung der beiden am Boden liegenden Teufel fand. Sie kraxelten durch den Sand, vergaßen den Soldaten, schnappten sich ihre Beute und flohen.

»Gut gemacht«, sagte Angelina, hob den Kopf und gab mir einen schnellen Kuß auf die Wange.

»Mann getroffen!« schrie der Captain. »In Dekkung!«

»Auf geht's«, schrie ich und führte den Ansturm an.

Alles ging nach Plan. Der Höllen-Slakey würde leicht zu schnappen sein, wenn so viele Soldaten bei uns waren, die ihn suchten. Und es würde schneller gehen.

Zwei Soldaten trugen ihren verletzten Kameraden vorbei.

»Fleischwunde!« schrie einer der beiden.

»Zurück durch das Tor, der Hotelarzt wartet«, rief ich hinter ihnen her.

Wir verlangsamten, bis wir nur noch keuchend und schwitzend gingen. Wir erreichten die Stelle, an der die Soldaten ihren Auftrag erfüllt und Slakey festgenommen und entwaffnet hatten. Zwei riesige Kerle hielten ihn fest. Bolivar und James packten den Gefangenen, und die Soldaten bildeten rings um uns einen weiten Kreis.

»So sieht man sich wieder, Professor Slakey«, sagte ich. Er schäumte leicht und zuckte im harten Griff der Zwillinge, sagte aber nichts. Ich packte ihn am Arm, damit James ihn hypnotisieren konnte. Was aber leider, so wie es aussah, nicht gelang.

»Ich kann seine Aufmerksamkeit nicht auf mich richten, tut mir leid«, sagte er. »Ich habe aber auch noch nie mit jemandem gearbeitet, der so matschhirnig war.«

»Laß mich mal versuchen«, sagte ich, brach einen großen Klumpen von meiner Salami ab und hielt ihn unter Slakeys Nase. Er hörte auf sich zu wehren. Er gaffte nur noch, und seine Nasenflügel zuckten. Dann schnappte er danach, und seine Zähne schlugen fest aufeinander, als ich die Wurst zurückzog. Ich reichte James die duftende Salami.

»Jetzt hast du seine Aufmerksamkeit.«

»Sie haben Hunger«, sagte James. »Und Sie sind müde. Reinbeißen, essen, kauen, mehr haben Sie nicht im Sinn. Schlucken Sie, mein braver Mann. Wollen Sie mehr? Nicken Sie. Ganz einfach.«

»Schweig!« sagte ein dunkel gekleideter Professor Slakey, der den Hügel herauf auf uns zugelaufen kam. Ein Marinesoldat stürzte sich ihm entgegen, schwang eine dicke Salami und haute ihn zu Boden. Slakey rollte den Hügel hinunter und verschwand aus unserem Blickfeld.

Es war gut, daß wir so viele Soldaten mitgebracht hatten. Ein Slakey nach dem anderen tauchte auf – und an irgendeinem Punkt hatten wir gleich ein Dutzend Angreifer am Hals. Zum Glück waren sie alle unbewaffnet; offenbar hatten sie nur ein funktionierendes Gewehr für die Hölle fabriziert, und unsere Aktion hatte sie überrascht. Obwohl sie sich alle Mühe gaben, konnten sie den Kreis unserer aufmerksamen Wächter nie durchbrechen. Ein Slakey erschien über uns und griff nach der schweigenden Höllengestalt, aber Angelina erwischte ihn, schleuderte ihn herum und ließ ihn den Hügel hinunterkollern.

Der Angriff war so schnell zu Ende, wie er angefangen hatte. Unser Gefangener saß nun auf dem Boden und futterte glücklich seine Ration.

»Sie haben aufgegeben«, rief ich laut. »Aber bleibt trotzdem wachsam. Es könnte eine Falle sein. Seid auf alles vorbereitet.«

»Sie kommen nicht zurück«, sagte James, auch er mit vollem Mund. »Was einer weiß, wissen alle. Deswegen wissen sie jetzt auch, daß der Gefangene mich nicht in Slakeys geheime Motive eingeweiht hat. Sein Gehirn ist so matschig, daß er keine Ahnung hat, worüber ich spreche und wozu das ganze Geld dient. Aber er erinnert sich deutlich an den Himmel und weiß, daß er wichtig ist. Sobald ich diese Information – eine Codesequenz – hatte, haben die anderen Slakeys den Angriff eingestellt.«

»Du hast alles behalten?«

»Noch viel besser.« Er hielt den Rest seiner Salamihälfte hoch. »Ich habe es mit dem Fingernagel eingeritzt.«

15. KAPITEL

Ich rackerte mich jeden Tag im Fitness-Center des Hotels ab. Am ersten Tag war ich nach einer Stunde erschöpft. Die Auswirkungen des Hungerns auf Glas waren dafür verantwortlich. Aber der Trainer schwitzte die ganze Zeit mit mir: Gewichte, Fahrrad, Hydrotherapie, 2Ge-Läufe und der ganze andere Kram. Es dauerte nicht lange, dann konnte ich einen Fünf-Stunden-Tag einlegen und fühlte mich fit und munter. Meine Moral wurde zudem durch die Tatsache gestärkt, daß sich mein ganzes verlorenes Gewicht wieder in Muskeln verwandelte. Die Fettschicht meiner Taille, ohne Zweifel ein Ergebnis der Ausschweifungen auf Lussuoso, war weg. Ich joggte, schwamm und erkannte, daß ich den Augenblick der Wahrheit nicht mehr abwenden konnte. Weil ich sicher war, daß es Angelina nicht gefiel.

»Es gefällt mir nicht«, sagte sie mit Nachdruck. »Nein.«

»Meine Liebste – du Licht meines Lebens«, sagte ich und umklammerte ihre Hände mit den meinen. Die Bar war leer, und nur der robotische Barmann beobachtete diesen digitalen Akt der Leidenschaft. Sie befreite ihre Hände mit einer flinken Drehung, nahm ihr Glas und nippte daran. Ich versuchte es mit Logik.

»Wenn du die Frage von allen Seiten betrachtest, mußt du einsehen, daß es die einzige mögliche Antwort ist.«

»Mir fallen eine Menge anderer Möglichkeiten ein.«

»Aber keine, die funktioniert. Wir müssen wissen,

was im Himmel vor sich geht. Je mehr Menschen hier herumtrödeln, desto größer ist die Chance, daß jemand auffällt. Einer muß allein dort reingehen. Ein Superagent mit unübertrefflichem Talent und Erfahrung; ein einsamer Wolf; jemand, der mit der Finsternis verschmilzt; ein geschickter, gut aussehender, unschlagbarer Bursche – der beste Agent der Galaxis. Und ich kann dir, was seinen Namen angeht, sogar einen Tip geben. Manche nennen ihn *Stalowy Szczur*, andere *Ratinox*. Er wird auch *Rustimuna Stalrato* genannt ...«

»Du?«

»Wie nett du das sagst! Nun, da du die Wahrheit ausgesprochen hast ... Kannst du dir jemanden vorstellen, der qualifizierter ist?«

Sie runzelte die Stirn und nippte schweigend an ihrem Getränk. Man hörte nur ein leises Gurgeln aus dem Strohhalm, als der letzte Tropfen verschwand. Von diesem Geräusch zum Leben erweckt, pfiff der Barboter über das Gleis hinter der Theke und hielt ratternd an. Er sprach mit tiefer, sinnlicher Stimme. »Möchte Madam noch ein Gläschen dieses köstlichen Getränks – einen Roten Chaos-Krawallnik?«

»Warum nicht.« Ein metallener Tentakel schlängelte vor, wand sich um den Stiel des Glases und ließ ihn blitzschnell aus unserem Blickfeld verschwinden. Im Brustkorb des Dings öffnete sich eine Klappe. Ein neues eisgekühltes Glas tauchte auf, voll bis zum Rand.

»Und für die Exzellenz? Auch ein Täßchen?«

Da ich im Training war, wollte ich mich nicht bis zur Oberkante Unterlippe mit Fusel abfüllen lassen. »Diät-Whisky mit Obstscheibe.«

»Ich kann nichts dagegen sagen«, sagte Angelina schließlich. »Du bist der beste Agent, den Inskipp hat. Du weißt, daß ich es nicht bestreiten kann. Hauptsächlich deswegen, weil du kein verweichlichter Azubi oder neu in der Branche oder ein uniformierter Wohltäter im Auftrag des Gesetzes bist. Statt dessen bist du eigentlich ein wild entschlossener schräger Gauner mit lebenslanger Erfahrung in Sachen Verbrechen.«

»Wenn du es sagst, klingt es wirklich gut.«

»Ich muß es ja wissen. Aber es bedeutet noch nicht, daß du allein in den Himmel gehst. Ich gehe mit.«

»Nein, du gehst nicht mit. Du sorgst zu Hause dafür, daß der Ofen nicht ausgeht, du deckst mir den Rücken, und ...«

»Noch ein Wort von diesem Chauvinistenschweinedreck und ich kratz dir die Augen aus.«

Wenn sie diesen Ton anschlug, meinte sie es ernst. Als ich sah, daß ihre Finger sich in Krallen verwandelten, lehnte ich mich zurück.

»Entschuldige, tut mir leid, ich hab's nicht ernst gemeint. Ein unangebrachter Versuch in Sachen Frivolität. Ich liege dir zu Füßen«, sagte ich, warf mich auf den Boden und zuckte ehrerbietig vor ihr herum.

Sie mußte lachen, und die Luft war wieder gereinigt. Ich nahm ihre Hände wieder in die meinen. »Ich muß gehen – und zwar allein.«

Sie seufzte. »Ich weiß, auch wenn ich es nicht gern zugebe. Aber du wirst auf dich aufpassen.«

»Ich verspreche es – und werde mein Versprechen halten.«

»Wann gehst du?«

»Das erfahre ich heute nachmittag. Unser guter Freund Coypu glaubt, er hat das Verständigungsproblem zwischen unserem und dem nächsten Universum endlich auf die Reihe gekriegt.«

»Hat er nicht gesagt, es sei unmöglich?«

»Da hatte er einen schlechten Tag. Heute hat er einen guten.«

»Ich gehe mit.«

Der Professor hatte sämtliche phantastischen Gerätschaften und verdrehten Kabel, aus denen seine Anlage bestand, neu angeordnet. Nun war alles in eine klobige schwarze Konsole integriert, die nur aus Anzeigen, blinkenden Lämpchen, Teslaspulen und leuchtenden Bildschirmen bestand. Nur das dicke Stromkabel war gleich geblieben.

»Ah, James«, sagte er, als wir hereinkamen, drehte sich um und durchwühlte einen Aktenschrank. »Ich habe etwas für Sie.«

Er hielt mir stolz eine nichtssagende flache schwarze Scheibe mit einem Loch in der Mitte hin, staubte sie ab und reichte sie mir.

»Eine Musikaufzeichnung?« fragte ich verdattert.

»Sie sollten sich nicht so verhalten, als hätten Sie die Intelligenz einer Salatgurke«, quengelte er. »Was Sie da in der Hand halten, ist eine einmalige und bemerkenswerte Erfindung. Sie ist in solidem Zustand, hat keine beweglichen Teile, und sogar die Elektronen sind Pseudo-Elektronen, damit sie sich mit Nullgeschwindigkeit bewegen. Es ist unmöglich, sie aufzuspüren oder irgendwie auf sie einzuwirken. Ich habe sie in mehreren Universen ausprobiert, und sie funktioniert bestens.«

»Und was macht sie?«

»Wenn sie aktiviert wird, schickt sie meiner Anlage Signale. Damit sie auf Sie zugreifen und zurückholen kann. Ganz einfach.«

»Das finde ich auch. Aber wie aktiviert man sie?«

»Das ist noch einfacher. Sie spürt Hirnwellen auf. Sie denken an sie, und sie bringt sie nach Hause.«

Ich schaute die Scheibe bewundernd an. Welch ein Wunder. Ich ließ sie um meinen Finger wirbeln. Ich brauchte nur *Bring mich nach Hause* zu denken …

Dann flog ich quer durch den Raum und klatschte gegen Coypus Anlage. Meine Hand klebte an ihrer Oberfläche, mein im Scheibenloch steckender Finger fühlte sich an, als sei er amputiert worden.

»Krieg … keine … Luft …«, ächzte ich.

Coypu drückte einen Knopf, und ich fiel zu Boden.

»Ein paar kleine Justierungen, und die Sache ist gegessen.«

Ich stand auf, rieb meine geprellten Rippen. Ich packte die Scheibe und zog meinen geschwollenen Finger aus dem Loch.

»Sehr beeindruckend«, sagte Angelina. »Danke, Professor. Jetzt mache ich mir weniger Sorgen. Wann reist er ab?«

»Wann immer er will.« Coypu legte einen anderen Schalter um. Blitzschläge zuckten tief im Innern der Anlage, und die Teslaspule sprühte prasselnd Funken. »Doch bevor er geht, müssen noch einige andere Faktoren berücksichtigt werden. Es ist mir gelungen, die Spitze eines Universenanalysators in den Himmel hineinzuschieben. Es hat ein paar sehr interessante Ergebnisse erbracht. Schauen Sie mal.« Ein Bildschirm erhellte sich mit laufenden Zahlen und wackelnden Grafiken.

»Was denn?« sagte ich. »Ich versteh kein Wort.«

Coypu schnaubte angewidert und hohnlächelte vor Überlegenheit. In dieser Reihenfolge. Dann tippte er auf den Bildschirm des Spektralsanalysators. »Das ist doch wohl klar.«

»Nur für ein Genie wie Sie, Professor. Bitte, erklären Sie.«

Es tat mir bald leid, daß ich ihn darum gebeten hatte. Er erklärte jede langweilige Einzelheit: Gravitation, Luftdruck, Sauerstoffspannung, Lichtgeschwindigket, all das war ja noch in Ordnung. Aber es kam zuviel von Elektronengetrudel, Chaosstreuung, Wasserqualität, Abwasserentsorgung, Fraktalfrakturen und dergleichen drin vor. Als er mit der Analyse der atmosphärischen Bestandteile anfing, unterbrach ich ihn.

»Was haben Sie da gerade über ein bestimmtes Gas gesagt?«

Er deutete auf die Analysediagramme auf dem Bildschirm. »Das da. Ein Stoff, der mir noch nie begegnet ist, weshalb er keinen Namen hat. Ich nenne ihn Distickpotenziert. Weil er so ähnlich wie Distickstoffoxid agiert.«

»Lachgas?«

»Genau. Aber mit dem Freudenfaktor potenziert. So daß jeder halb angebraten umhergeht. Und wenn man den Himmel dann verläßt, kriegt man Entzugserscheinungen, wie es in den Verhörunterlagen verzeichnet ist.«

»Das gefällt mir nicht«, sagte Angelina. »Es könnte zur Gewohnheit werden, und Jim hat im Moment schon genügend schlechte Angewohnheiten. Können Sie irgend etwas dagegen tun?«

»Natürlich.« Er hielt eine Phiole mit einer purpurnen Flüssigkeit hoch. »Dies wird die Auswirkungen stornieren, es ist ein Gegenmittel. Rollen Sie den Ärmel hoch, diGriz.«

Er füllte eine subdermale Spritze, gab mir eine Injektion und jagte das Antidot durch meine Haut und gleich in die Blutbahn.

»Das ist die einzige Vorsichtsmaßnahme, die ergriffen werden muß. Sind Sie nun bereit?« Er drückte einen Knopf, und Energie strömte in die Anlage.

»Nicht so eilig!« sagte ich, weil ich mich plötzlich gedrängt fühlte. »Zuerst brauche ich eine ordentliche Mahlzeit und eine Mütze voll Schlaf. Wir machen es morgen früh, in aller Herrgottsfrühe, während der Dämmerung. Dann gehe ich in den Himmel.«

An diesem Abend gingen wir in die Stadt, um die Freuden des Urlaubsplaneten zum ersten Mal zu genießen. Angelina und ich hielten Händchen, während Sybil mit den Jungs Arm in Arm ging. Es war ein herrlicher Abend. Der Geräusch- und Lichtpegel war wieder ganz anders. Über uns am Himmel war ein Nordlicht, und in der Grube unter uns ein Zweitausend-Mann-Orchester. Wir aßen nur das Beste. Tranken nur das Beste. Außer mir; denn da der Morgen näherrückte, mußte ich bei Diät-Whisky bleiben.

Im Morgengrauen verließ ich die im Schlaf lächelnde Angelina, ging auf Zehenspitzen aus dem Schlafzimmer und eilte zu meinem Termin mit dem Schicksal.

»Sie kommen spät«, sagte Coypu ungehalten. »Wohl kalte Füße gekriegt, was?«

»Sparen Sie sich die Aufmunterung, Prof. Ich bin bereit, wann immer Sie es wollen.«

»Haben Sie den Interuniversumaktivator?«

»Ist im Stiefelabsatz eingebaut. Wir lassen uns nicht trennen.«

»Dann viel Glück.« Er schaltete seine Schalter ein, und die Anlage summte geheimnisvoll. »Das Tor ist offen.«

Ich öffnete es und lugte hinein. Es sah gut aus. Ich stieß es weit auf und trat ein.

Hübsch. Eine warme gelbe Sonne schien über mir am blauen Himmel; sie unterschied sich sehr von der roten in der Hölle. Ein weißes Wölkchen schwebte in Schulterhöhe an mir vorbei. Ich piekste mit einem Finger hinein, und sie prallte ab und erzeugte ein schönes Klingeln.

Die Landschaft war äußerst unbewegt. Niedrige, wellige Hügel, von kurzem Gras bedeckt. Ein Wäldchen in der Nähe überschattete etwas, das wie eine Pflasterstraße aussah. Ich ging zu ihr hinüber und berührte sie mit der Stiefelspitze. Es war tatsächlich eine Straße, sie war mit weichen Pflastersteinen bedeckt. Sie schlängelte sich durch die Bäume und verschwand rechterhand aus meinem Blickfeld. Links schlängelte sie sich durch ein Tal in die Berge. Welche Richtung sollte ich nehmen?

Aus Richtung der Berge kam ein fernes Rumpeln wie von einem Gewitter. Wie immer siegte die Neugier, und ich schlug diese Richtung ein. Mein Wissensdrang zahlte sich recht bald aus, denn vor mir sah ich eine Wegkreuzung mit einem fingerförmigen Wegweiserschild. Ich näherte mich ihm mit größtem Interesse.

»Ich kann also in drei Richtungen gehen«, sagte ich und schaute zum Wegweiser auf. »Ich komme offenbar aus Richtung der MÜLLKIPPE – was nicht eben sehr aufregend klingt, so daß ich nicht wieder umkehren werde. Aber die Probleme werden dennoch nicht alle, denn was soll ich wählen – WALHALLA oder PARADIES?«

Paradies klang paradiesisch, was Erinnerungen an den Planeten Paraiso Aqui in mir weckte, der tatsächlich zum Paradies geworden war, nachdem man mich dort zum Präsidenten gewählt hatte. Aufgrund meiner religiösen Forschungen hatte ich vage Erinnerungen daran, daß Walhalla etwas mit Schnee, klobigen Äxten und gehörnten Helmen zu tun hatte. Paradies klang da weitaus besser.

Dann bemerkte ich einen Zettel, den jemand an den Pfahl genagelt hatte, an dem die Wegweiser hingen. Auf ihm stand PARADIES WEGEN RENOVIERUNGSARBEITEN GESCHLOSSEN. Was mir, wie man sich vorstellen kann, meinen Entschluß viel leichter machte.

Der Weg wand sich in die Berge hinein und durch ein kleines Tal. Er endete an einem hohen, primitiv gebauten Wall. Dicke Baumstämme, an denen noch die Borke klebte, waren in den Boden gerammt worden. Da war auch ein einladend wartendes Eisentor, das sich mitten im Holz befand. Es war eine trügerische Verlockung, denn seine Klinke ließ sich nicht bewegen. Ich drückte gegen das Eisen, das sich mir jedoch heftig widersetzte. Ich war schon soweit, mein Glück im Paradies zu versuchen, als ich über dem Tor ein Schild bemerkte.

Lieferanteneingang. Was wohl deutlich genug besagte, daß es noch einen anderen Eingang gab. Ihn galt es nun zu finden. Ich sah einen ins Gras getrampelten Weg und folgte ihm am Wall entlang, bis er um eine Ecke bog.

»Na, das sieht schon besser aus«, sagte ich in aufrichtiger Bewunderung.

Nein, dies war beileibe kein Lieferanteneingang! Das, was da nach festen goldenen Säulen aussah, hielt einen juwelenbedeckten Ziergiebel über ein massivgoldenes Tor. Die Edelsteine funkelten von innen heraus. Plötzlich ertönte das Tröten unsichtbarer Hörner, dem laute und heroische Musik folgte. Ich marschierte zu ihrem enthusiastischen Takt mit großem Interesse auf den Eingang zu. Als ich näher kam, sah ich, daß die Juwelen eine Nachricht abstrahlten, die ich aber nicht lesen konnte. Möglicherweise deswegen, weil sie sich einer mir unbekannten Sprache und seltsam geformten Buchstaben bediente, die mich irgendwie an gekreuzte Stöcke erinnerte. Sie waren nicht nur eigenartig geformt, sondern auch ein unbekanntes Alphabet, das heißt, zumindest mir war es nicht geläufig. Über den Juwelen befand sich eine riesige goldene mit einem goldenen Hammer gekreuzte Axt.

»Sieht toll aus, nicht?« sagte eine Stimme.

Ich tat einen Satz, fuhr herum und machte mich bereit. Die Musik hatte die Geräusche der Annäherung übertönt. Doch der Neuankömmling schien keine Bedrohung darzustellen. Er war in den mittleren Jahren, ein untersetzter Mann mit einem teuren Anzug, einem weißen Spitzenhemd mit einer blutroten Krawatte. Er lächelte äußerst freundlich.

»Sind Sie auch hier, um mal einen Blick auf Walhalla zu werfen?«

»Aber klar doch«, sagte ich und entspannte mich. Ich registrierte, daß seine Krawatte das gleiche Symbol trug wie das Tor – die sich mit dem Hammer kreuzende Axt. »Walhalla, wir kommen …«

»Noch nicht!« sagte der Mann schnell und hob die Hand. »Ich will's mir nur kurz ansehen, mehr nicht. Nur mal reinschauen, um zu sehen, wie das Leben nach dem Tod so abläuft. Für das Ableben bin ich noch nicht bereit ...«

Seine Stimme wurde vom schmetternden Getöse der Hörner und einem gewaltigen Trommelwirbel überlagert, und das goldene Tor schwang langsam auf. Die Musik erstarb, eine Frauenstimme entbot uns ein Willkommen.

»Ich entbiete euch das Willkommen. Tretet ein, brave Jünger der Liga des Langboots und Lebende Freunde Freyas. Tretet ein und schauet, was eines Tages in Ewigkeit das Eure sein wird. Solange Ihr treu den Zehnten entrichtet. Hier ist Walhalla! Das Metlokal am Ende des Regenbogens! Tretet näher – und stolpert nicht über den Wurm.«

Und was für ein Wurm! Er mußte einen Meter dick sein und verschwand in beiden Richtungen aus unserem Blickfeld. Er zuckte leicht, als wir über ihn hinwegstiegen.

»Der Wurm Uroboros!« sagte mein Gefährte. »Er schlängelt sich um die ganze Welt!«

»Beeilt euch«, rief unsere unsichtbare Führerin, »denn ihr habt nicht viel Zeit. Ich werde den Vorhang teilen, doch kann ich es nur kurz tun. Nur durch einen besonderen Erlaß der Götter ist dies möglich. Thor lächelt stets auf die Krieger der Liga des Langboots herab, und Loki ist gerade fort nach Hel. Also hat Thor in seinem Großmut euer Hiersein und einen raschen Blick in das Kommende gestattet. So schauet, atmet tief ein und genießt, was euch erwartet, denn eines Tages wird all dies euer sein ...«

Das Innere war in Dunkelheit verschleiert, die sich nun langsam hob. Ich trat vor, um besser zu sehen, und meine Nase krachte an eine unsichtbare Barriere. Sie fing am Boden an und reichte höher als ich greifen konnte. Mein Gefährte klopfte mit den Knöcheln dagegen.

»Der Wall der Ewigkeit«, sagte er. »Bin ich froh, daß er hier ist. Man muß tot sein, um ihn zu passieren.«

»Danke. Dann passier ich lieber nicht. Jesses!«

Dieser Ausruf entrang sich meiner Kehle, als ich die bizarre Szenerie sah, die sich plötzlich auf der anderen Seite der Barriere enthüllte. Ein Feuer brüllte an einer massiv-steinernen Feuerstelle, und darüber wurden irgendwelche riesigen Viecher gebraten. An langen Holztischen saßen Massen großer Männer mit langem, ungepflegtem Blondhaar und Bärten und hauten wüst auf den Putz. Sie soffen wie die Löcher und schlugen sich den Wanst voll. Riesige Krüge wurden auf die Holztische geknallt, dann gleich aufgehoben und leergetrunken. Mit einer Hand, da die meisten Männer in der anderen fleischige dampfende Knochen oder die Beine riesiger Vögel hielten. Ihre Stimmen waren wie ferne Echos schwach hörbar, denn sie schrien und fluchten. Manche sangen auch. Hochgewachsene blonde Kellnerinnen mit gewaltigen Muskeln und noch gewaltigeren Brüsten teilten Essen und Trinken aus. Hin und wieder, wenn ihnen jemand auf den Hintern schlug, durchschnitt ein schriller Schrei das Brüllen der Männerstimmen. Gelegentlich hörte man auch ein Klatschen, wenn eine Frau einem Grapscher flink einen Krug auf den Kopf drosch. Doch die Riesendamen lachten und zupften manchem Wikinger am Bart, was mehr als ein Hinweis auf die anstehende Orgie war. Tatsächlich schien ein üppiges Pärchen an einem Tisch in der Ferne bereits zur Sache zu gehen, wie man an seinem Gekicher hörte. Doch dies erstarb, als sich die Dunkelheit wieder über uns herabsenkte.

»Na, wenn das nichts ist!« sagte mein Gefährte mit bewundernden Blicken.

»Für Vegetarier aber nicht«, murmelte ich, doch nicht laut genug, um sein Vergnügen zu dämpfen. »Ich frage mich, ob wir der gleichen Kirche angehören«, sagte ich listig.

Es kam keine Antwort – weil er nicht mehr da war. Eine verpaßte Gelegenheit. Ich hätte ihm Informationen entlocken sollen, statt die Genüsse Walhallas zu begaffen. Ich ging hinaus, aber er war wirklich dorthin entschwunden, woher er gekommen war. Hinter mir knallte die Tür zu, und die glitzernden Juwelen stellten ihr Glitzern ein.

Die Show war zu Ende – und was hatte ich in Erfahrung gebracht?

»Eine Menge«, redete ich mir ein. »Aber dies ist eindeutig nicht der Himmel, den Vivilia von Bruhn beschrieben hat. Walhalla sieht aus wie die Vorstellung eines Mannes, der mit seinen Kumpanen für alle Ewigkeit auf die Rolle gehen möchte. Was heißt, daß der Himmel mehr als einen Himmel enthalten muß. Vielleicht hat sie den anderen gesehen – das Paradies. Was bedeutet, daß ich es mir ansehen muß, auch wenn es geschlossen ist.«

Von dieser strengen Logik angestachelt ging ich den Weg zurück, den ich gekommen war und folgte dem Pfad zum Paradies. Er schlängelte sich durch einen dichten Wald und viel Gebüsch.

Dann hörte ich vor mir das Rattern eines Fahrzeugs und blieb stehen. Da Vorsicht schon immer die Mutter der Porzellankiste war, sank ich zu Boden und robbte durch die Büsche weiter voran.

Ich schob das letzte Gebüsch zur Seite und schaute mich um.

16. KAPITEL

Ich erblickte – jedenfalls erschien es mir so – eine normale Baustelle, wie man sie auf jedem Planeten finden kann. Dahinter ragten, um einen dekorativ aussehenden Teich drapiert, einige niedrige tempelähnliche Bauwerke auf. Ganz in meiner Nähe stand der Rohbau eines halbfertigen Gebäudes, das den anderen sehr ähnlich sah. Bagger schoben Erde hin und her, Kräne schwenkten Eisenträger an Ort und Stelle. Es waren auch Menschen da, keine Roboter, denn ich hörte jemanden *»Bonega – veldu gin nun«* rufen. Zivilisierte Esperantisten, die darüber sprachen, ein Gebäude zu verschweißen. Es war alles so gewöhnlich, daß ich mich fragte, was ich in dieser paradiesischen Ecke des Himmels machte.

Wenn mich die Neugier einmal juckt, muß ich sie kratzen. Ich blieb unter dem schützenden Buschwerk und beobachtete, was dort geschah. Ich wünschte mir, und nicht zum ersten Mal, Coypu hätte eine Methode ausgetüftelt, die es erlaubte, Gerätschaften in andere Universen mitzunehmen. Ich hätte gern ein Fernglas bei mir gehabt, um zu sehen, was da vor sich ging. Um eine bessere Aussicht auf die Leute zu haben, die auf der Baustelle arbeiteten. Falls Slakey zu ihnen gehörte, mußte ich meine sämtlichen Pläne, diesen Ort zu untersuchen, neu überdenken.

Er schien aber nicht hier zu arbeiten. Alle Bauarbeiter, die ich sah, waren jung und schlank. Es gab aber auch einen älteren Mann mit einem Schutzhelm, eine Art Vorarbeiter. Er war recht dick, hatte aber keinerlei Ähnlichkeit mit den Slakeys, die ich schon kannte.

Nachdem eine Weile vergangen war, erkannte ich, daß es langweilig werden würde, wenn ich nur unter den Gebüschen herumlag. Ich mußte ein Gähnen unterdrücken. Ich mußte entweder irgend etwas Positives tun oder von hier verschwinden und mir die Müllkippe näher ansehen. Doch bevor ich einen Entschluß fassen konnte, wurde er mir abgenommen.

Der dicke alte Knabe schaute auf seine Armbanduhr, dann ließ er eine Pfeife ertönen. Die Bauarbeiter ließen ihr Werkzeug fallen und schalteten die Maschinen aus. Zuerst dachte ich, für heute sei Feierabend, doch dann wurde eine Gulaschkanone aufgefahren, vertraut von tausend Baustellen und Fabrikeingängen in der ganzen Galaxis, mit Tiefkühlnahrung gefüllt und mit Mikrowelle bewaffnet. Auswahl treffen ... Stachelschweinkotelett oder frittierte Krebse ... Knopf gedrückt ... Dampfendes Futter in Empfang nehmen.

Die Arbeiter stellten sich an, riefen sich aus rauher Kehle Obszönitäten zu und legten laute Spötteleien an den Tag, wie es in der ganzen Galaxis üblich ist, und nahmen das Essen in Empfang, das aus den Ausgabeschächten kam. Einige setzten sich auf überall herumstehende und liegende Balken und Kisten. Einige andere beschlossen, aus der Mittagspause ein Picknick zu machen und schlenderten den Hang hinauf, um sich in meiner Nähe im Gras auszustrecken. Sie waren zwar nicht so nahe, daß ich verstehen konnte, was sie sprachen, aber nahe genug, so daß meinem Gehirn ein paar Ideen kamen. Der feiste Vorarbeiter gehörte ebenfalls zu den Picknickern, er haute sich gerade eine dampfende, fleischige Rippe rein, die groß genug war, um von einem Brontosaurus zu stammen.

Ich wartete eine Weile, dann stand ich auf, pfiff ein Liedchen vor mich hin und schlenderte zu ihnen hinüber.

»Is heut nich 'n toller Tag?« schleimte ich. Die Reaktion bestand aus mürrischer Stille und verdrossen finsteren Mienen.

»Geht die Arbeit voran?«

»Wer bist du, verdammt?« sagte der Vorarbeiter, warf die Rippe weg und hievte sich auf die Beine.

»Ich bin von der Buchhaltung. Arbeite für den Boss.«

»Für Slakey?«

»Ich nenne ihn Mr. Justin Slakey, da er die Rechnungen bezahlt. Und Sie sind ...?«

»Grusher. Ich bin hier der Vorarbeiter.«

»Freut mich. Haben Sie die Betonknappheit gemeldet?«

»Ich hab nichts gemeldet. Um was geht es denn?« Er beäugte mich nun argwöhnisch – wie übrigens auch alle anderen.

»Ist nicht wichtig ...«

»Hör zu, du Flachwichser, was glaubst du, wer du bist? Kommst einfach hier rauf und stellst dumme Fragen. Ich arbeite schon seit Jahren für Slakey. Ich stell seine Baggerführer, Zimmerleute und Maurer ein, die ganze Bande. Ich bestell das Baumaterial, bau das, was er gebaut haben will und trag zu diesem Vergnügungspark bei. Er stellt nie Fragen. Er zahlt die Rechnungen, die ich ihm schicke. Wir haben hier 'n Bargeldgeschäft.«

»Der Typ gefällt mir nicht«, knurrte ein Arbeiter. Er wirkte besonders widerlich und hatte dicke Muskeln. »Als wir unterschrieben haben, hast du gesagt, es gibt keine Probleme, Grusher. Geheimer Einsatzort aus geschäftlichen Gründen. Ihr habt uns k.o. hier angeliefert. Gutes Geld, gute Arbeitszeit, und alles in bar.«

»Bist du vom Finanzamt?« fragte ein nicht weniger häßlicher Malocher.

»Er ist von der Steuerfahndung«, sagte der Muskelmann und löste einen Schraubenschlüssel von der Schleife seines Gürtels.

»Heiß ihn willkommen«, sagte Grusher mit einem kalten Lächeln, und die Bande bildete einen Kreis um mich. »Er ist interessiert sich für Beton. Wir legen doch heute ein Fundament. Das kann er sich doch mal ansehen – von innen.«

Ich sprang zur Seite, so daß der Schraubenschlüssel an mir vorbeiflog, dann duckte ich mich unter einem wüsten Schwinger. Ich bin in Sachen Selbstverteidigung gut – aber so gut nun auch wieder nicht. Neun, zehn gegen einen, und alle fit und widerlich. Und sie kamen näher.

»Ihr habt recht!« schrie ich. »Ihr seid alle wegen Steuerhinterziehung festgenommen! Und jetzt geht ihr alle ganz ruhig ...«

Sie brüllten vor Wut auf und stürzten sich mit ihren Muskeln auf mich.

Bring mich nach Hause! dachte ich. *Sofort!*

Ich krachte gegen das Metallgehäuse der Anlage und blieb, alle viere ausgebreitet, an ihr kleben.

»Professor ... den Saft abschalten ...«

»Verzeihung«, sagte Coypu. »Ich wußte doch, daß ich etwas vergessen hatte. Ich wollte die Einstellungen noch vor Ihrer Rückkehr überprüfen.«

Er drückte einen Knopf, und ich plumpste zu Boden. Auf der Konsole stand eine geöffnete Bierflasche. Ich stolperte zu ihr hinüber und leerte sie.

»Was haben Sie entdeckt?«

»Sehr wenig. Meine himmlische Tournee fing gerade erst an. Es gibt da einen Vorort des Himmels, der Walhalla heißt. Da lebt eine ziemliche rauhe Meute, die nicht gerade meine Vorstellung vom Himmel ist. Dann gibt es noch das Paradies, an dem wird aber noch gebaut. Ich schaue lieber noch mal nach. Ich bin nur zurückgekommen, um einen zu heben und Sie über die Lage zu informieren. Hatte ein paar Schwierigkeiten drüben, sind aber nicht der Rede wert. Können Sie mich jetzt zurückschicken – aber wenn's geht, nicht an die gleiche Stelle?«

»Kein Problem, da ich den Sphärenlokator während Ihrer Abwesenheit kalibriert habe. Würde ein Kilometer seitlich reichen?«

»Schön.« Ich öffnete das Garagentor um einen Spalt, sah nur blauen Himmel und grünes Gras. »So ist es schön. Bis später dann.«

Ich trat hindurch und spürte die warme Sonne im Nacken. Eine leichte Brise wehte und schob diverse Wölkchen, die ein Stück über meinem Kopf dahinschwebten, auf mich zu.

Weitere Wölkchen tauchten auf, einige flogen sogar gegen den Wind, was mir unheimlich vorkam. Eine schwebte in Gegenrichtung vorbei. Sie kitzelte, aber das war nicht alles. Drang etwa Gelächter aus ihr hervor? Sie trieb weiter, ich hinter ihr her. Über eine Art Pfad, den jemand ins Gras getreten hatte. Dann sah ich, weit vor mir, irgendein weißes Bauwerk, das auf einem fernen Hügel stand. Noch eine bauschige Wolke trieb hinter der ersten her, sie bimmelte ebenso fröhlich. Dem Pfad zu folgen schien mir das Beste zu sein. Er bestand aus gelben Ziegelsteinen. Sie waren elastisch und weich. Ein Vogelschwarm fegte über ihm dahin. Zumindest glaubte ich, es seien Vögel. Als ich näher kam, sah ich, daß es etwas anderes war. Es waren runde, rosa Geschöpfe mit winzigen Schwingen, und sie waren eindeutig zu klein, um sie tragen zu können. Sie kamen mir irgendwie bekannt vor.

Während meiner religiösen Forschungen über Himmel und Hölle hatten mich die Illustrationen am meisten fasziniert. Mir war bald klar geworden, daß alle Religionen der Vergangenheit, auch wenn sie meist ziemlich vom Spaltpilz befallen waren, auch eine Menge künstlerische Inspiration erweckt hatten. Gedichte und Lieder, Bücher und Gemälde, Architektur und eigenartige und interessante Skulpturen. Und in irgendeiner all dieser Datenbanken hatte ich diese rosa Pirouetteure gesehen.

Sie kreisten immer näher heran, bis ich stehenblieb und sie mit großen Augen anstarrte.

Es waren kleine dicke Säuglinge, die mit unheimlich schnell flatternden Schwingen flogen. Sie hatten ausnahmslos blonde Lockenköpfchen und waren unbestimmbaren Geschlechts. Das sage ich, weil ihre Lenden alle mit etwas bekleidet waren, das wie bauschige Seide aussah. Sie flatterten näher, bis sie wie ein Schnakenschwarm um meinen Kopf kreisten. Ich widerstand dem Impuls, in die Luft zu springen und einen der ihren am Bein zu schnappen, um ihn genauer zu betrachten. Sie umkreisten mich, lächelten, lachten laut und erzeugten Geräusche, die an Glöckchen erinnerten.

Dann deuteten sie voraus und rührten sich aufgeregt, denn nun näherte sich uns ein weiterer Schwarm der kleinen Geschöpfe. Die Neulinge schienen irgendwelche Schießeisen zu tragen. Ich schaute mich nach einer Deckung um.

»Schäm dich was, Jim«, sagte ich, als sie noch näher gekommen waren. »Du bist ein *saumäßig* mißtrauischer Mensch.« Sie trugen keine Waffen, sondern winzige goldenen Harfen. Sie spielten im Flug und nahmen mit der ersten Gruppe eine Kreisformation ein. Ich setzte mich auf den gelben Ziegelsteinweg und schaute ihnen zu. Und stellte fest, daß der Weg ebenso warm wie weich war.

Nach einem Arpeggio klagenden Gezupfes fing der fliegende Schwarm lauthals an zu singen. Es war hübsch anzuhören, wenn auch ein wenig schrill für meinen Geschmack, und sie sangen in einer mir unvertrauten Sprache.

»Die Entführung aus dem Serail«, sang ein zwitschernder Schwarm, der vorüberzog. Doch schon war eine neue in Position geflattert und sang aus voller Kehle.

»Per queste tue manine,
in quale eccesi, mi tradei,
un bacio de mano …«

Danach kam ein Lied auf esperanto. Das konnte ich verstehen, auch wenn ich nicht genau wußte, wovon es handelte.

»Profunde li elfosis min
Bele li masonis min,
Alte li konstruis min.
Sed Bil-Auld estas foririnta ...«

Und so weiter. Der Gesang war anfangs nicht übel, aber für meinen Geschmack etwas klingelnd und zwitschernd. Ein paar flotte Bässe im Hintergrund hätten hier Wunder wirken können.

Alles endete schließlich in einem schrillen Ton, der mir Zahnschmerzen bereitete.

»Großartig«, rief ich hinter ihnen her. Dann kam mir eine Idee. »Gibt's hier in der Nähe 'ne gute Bar oder Kneipe?« Aus der Luft kam nur das Geräusch schrillen Gelächters. »Tausend Dank«, murmelte ich säuerlich. Ich stand auf, streifte den Weg entlang und versuchte meinen zunehmenden Durst zu ignorieren. Das weiße Bauwerk auf dem Hügel schien nicht näher zu kommen, und die Sonne knallte heiß auf meine Schultern. Doch eine Wegbiegung hielt das Versprechen der Linderung bereit. Da stand eine Art kariertes Zelt am Wegesrand. Güldene Stühle mit verzierten Lehnen standen auf dem Gras davor. Eine Frau in einem weißen Kleid saß auf einem der Stühle und nippte an einem goldenen Krug.

Als ich näher kam, lächelte sie breit. Es war ein ziemlich starres Lächeln, das sich nicht veränderte – ihr Blick bewegte sich auch nicht, um meinen Bewegungen zu folgen. Auf einem Tisch im Zeltinneren standen weitere Krüge. Ich nahm einen, roch daran und kostete den Inhalt. Er war kalt, süß und eindeutig alkoholisch.

»Nicht übel«, sagte ich so freundlich wie möglich.

Die Frau wandte weder den Kopf, noch antwortete sie. Ich ging zu ihr hin und nahm auf dem Stuhl neben ihr Platz. Es war eine sehr attraktive Frau mit festem Busen und blondem Haar. Ich war froh, daß Angelina nicht hier war, wenigstens nicht in diesem Moment. Ich beugte mich vor.

»Sind Sie öfters hier?« fragte ich, obwohl es die älteste Anmache aller Zeiten war. Aber nun gewann ich wenigstens ihre Aufmerksamkeit. Sie drehte langsam den Kopf, fixierte mich mit wunderschönen schwarzen Augen und öffnete ihre feuchten roten Lippen.

»Ist es schon Zeit zu gehen?« sagte sie mit rauchiger Stimme, stellte den Krug ab, stand auf und ging.

»Tja, Jim, bei Frauen kommst du wirklich an«, sagte ich sinnierend und genoß mein Getränk. Dann blinzelte ich schnell, denn sie trat auf den gelben Ziegelsteinweg und verschwand. Es ging ziemlich abrupt und lautlos. Ich ging zu der Stelle hinüber und schaute nach, aber es gab keine Spur von einer Falltür oder irgendeiner Gerätschaft.

»Slakey!« sagte ich und wirbelte herum, aber ich war allein. »War sie nur auf einer deiner Tagestouren hier, damit sie einen kurzen Blick auf den Himmel werfen und dann zu ihrem Scheckheft zurückkehren kann?« Mir fiel ein, was Coypu über das narkotische Gas in der hiesigen Luft gesagt hatte. Sie hatte wirklich angebraten gewirkt – was sicher an dem Zeug und vielleicht auch an dem Getränk lag. Ich stellte den Krug hin, ohne ihn zu leeren.

Ordentlich erfrischt machte ich mich wieder auf den Weg. Eine Wegbiegung führte durch eine blühende Schlucht, und ich sah, daß das Gebäude auf dem Hügel nun näher und deutlicher zu erkennen war. Elegant wirkende weiße Marmorsäulen trugen ein güldenes Dach. Als ich näher kam, sah ich, daß vom Weg aus eine Steintreppe nach oben führte. Als sie anfing, sich zu bewegen, blieb ich verdutzt stehen.

»Eine himmelhohe Rolltreppe«, sagte ich und beäugte sie mit finsterem Argwohn. »Man hat dich beobachtet, Jim – oder du hast irgendeine verborgene Schaltung ausgelöst.«

Zum Rückzug zu blasen kam mir doof vor. Mein Hiersein war bekannt – und schließlich war ich hier, um Ermittlungen anzustellen. Und das tat ich auch. Ich trat behutsam auf die Treppe, die mich elegant an meinen Bestimmungsort führte.

Ein großer einzelner Raum füllte das Innere des Hauses, und zwischen den Säulen, die es umrahmten, war der blaue Himmel zu sehen. Ein glänzender Marmorboden, staublos und ohne Makel, erstreckte sich zu einem am anderen Ende stehenden Thron. Dort saß ein Mann, alt, feist, mit weißem Haar, der hin und wieder einen Akkord auf der Harfe anschlug, die er in den Händen hielt. Zumindest an Harfen schien im Himmel kein Mangel zu herrschen. Über seinem Kopf schwebte ein güldener Heiligenschein.

Als ich näher kam, wandte sich das edle Haupt mir zu, der Heiligenschein hüpfte hoch und bewegte sich mit ihm im Takt. Er nickte, und sein Mund verzog sich zu einem Lächeln.

»Willkommen im Himmel, James Bolivar diGriz«, sagte der Mann.

Seine Stimme war volltönend und herzlich; seine Züge kamen mir bekannt vor.

»Professor Slakey, nehme ich an?«

17. KAPITEL

Ich war ernstlich verlockt *Bring mich hier raus und nach Hause* zu denken, aber ich riß mich zusammen. Ich verfügte über ein narrensicheres Rettungsinstrument – Coypu hatte es mir zumindest versichert – und meine Flucht von der Baustelle hatte bewiesen, daß er recht hatte, also konnte ich auch noch eine Weile hier herumhängen. Ich wurde nicht bedroht, zumindest jetzt noch nicht, und außerdem befand ich mich auf einer Aufklärungsmission. Es gab nichts, wovor ich Angst zu haben brauchte.

»Sie nehmen's mir nicht übel?« fragte ich.

»Sollte ich es denn?«

»Es liegt ganz an Ihnen. Als wir uns das letzte Mal trafen – beziehungsweise als ich das letzte Mal eine Reihe Ihrer Inkarnationen traf –, schien das Spiel noch Chaos und Mord zu heißen.«

»Natürlich. Die Hölle.« Er nickte. »Ich war zwar nicht dabei, aber ich weiß natürlich, was dort vor sich ging. Die Salami war übrigens sehr gut. Sie müssen mir den Namen Ihres Lieferanten geben.«

Unser Gespräch nahm zwar etwas surrealistische Züge an, aber ich wollte unbedingt am Ball bleiben. Es war das erste Mal, daß ich mit Slakey redete, ohne daß er mir an den Kragen wollte.

»Wo ist der Himmel?« fragte ich.

»Er umgibt Sie. Ist er nicht wunderbar?«

»Ist dies der Himmel, in den die ernsthaft Frommen zu kommen hoffen, wenn sie sterben?«

»Schön, nicht? Haben die Cherubine Ihnen gefallen?« Er lächelte gütig. Ich beschloß, etwas direkter zu werden.

»Warum sind Sie hier im Himmel?«

»Aus dem gleichen Grund wie Sie.«

»Bleiben wir mal bei den Tatsachen. Sie sind ein Gauner und haben einen Haufen Betrügereien inszeniert. Und Sie sind auch ein Mörder, denn Sie haben eine Menge Leute in die Hölle verfrachtet. Außerdem verkaufen Sie Tölpeln Tagestouren in den Himmel. In eine Vielzahl von Himmeln.« Er spitzte die Lippen, als denke er nach.

»Wenn Sie es sagen, mein braver Junge ... Ich möchte im Himmel keine Meinungsverschiedenheiten.«

»Was ist der Zweck der ganzen Sache? Was machen Sie mit dem Geld, das Sie den Leuten abluchsen?«

Diesmal war der kalte Blick seiner Augen typisch Slakey. »Sie ermüden mich, Jim. Und langweilen mich. Sie sind beinahe eine Plage – finden Sie nicht auch?«

Nun, da er es erwähnt hatte, wurde mir klar, daß ich nicht gerade Leben in die Bude brachte. »Tut mir leid, Professor. Normalerweise bin ich nicht so.«

»Ich nehme Ihre Entschuldigung natürlich an. Hier im Himmel ist es so schön, daß man sich nicht streiten sollte. Da – setzen Sie sich doch, ruhen Sie sich aus.«

Neben mir stand *tatsächlich* ein Stuhl, der mir zuvor nicht aufgefallen war. Was keine üble Sache war, denn ich war in der Tat, wie er gesagt hatte, ziemlich müde. Sehr müde sogar. Ich ließ mich auf ihn fallen. Slakey nickte wieder.

»Es ist Zeit, es sich bequem zu machen, Jim. Ziehen Sie die Stiefel aus, bewegen Sie die Zehen ...«

Eine wirklich gute Idee – oder nicht? Was war falsch an ihr? Ich wußte es nicht mehr genau. Ich zog erst einen Stiefel aus, dann den anderen, und warf sie beiseite.

Slakey lächelte zähnefletschend, schnippte mit den

Fingern, und meine Mattigkeit schwand. Der Stiefelabsatz! *Bring mich hier raus!* ließ ich meine Gedanken so laut donnern, daß sie im Innern meines Schädels widerhallten.

Die Stiefel waren weg, sonst war nichts passiert. Oder vielleicht doch, und zwar etwas weniger Schönes, denn als ich auf die Beine sprang und mich umdrehte, um zu fliehen, fiel ich flach aufs Gesicht. Ich stierte den güldenen Reif an, der sich um mein Fußgelenk schlang. Er war mit einer Kette verbunden, die im Boden verschwand.

»Ein guter Trick«, sagte ich ernst, wenn auch ein wenig quäkend. Ich rappelte mich auf und nahm erneut auf dem Stuhl Platz.

»Ach, was. Sie sind ein doofer kleiner Mensch und sehr leicht zu übertölpeln. War Ihnen denn nicht klar, daß ich Ihr unaufspürbares Gerät aufspüren würde? Das ist mir vielleicht ein Interuniversumaktivator! Über Ihre primitiven Gerätchen kann ich nur lachen. Meine Wissenschaft ist der Ihren so weit voraus, daß ich zögere, den Unterschied zu beschreiben. Nicht nur meine Wissenschaft, sondern auch mein Geist. Es ist ein reines Kinderspiel, Sie auszutricksen. Zuerst habe ich Hypnogas eingesetzt, um Sie aufgeschlossen zu machen, dann war es nur noch eine Frage simpler Suggestion, um Ihren schlichten Verstand zu steuern. Sie haben mir Ihre Stiefel sogar gern ausgehändigt. Zusammen mit Ihrem Leben, wie Ihnen jetzt wohl klar ist. Ich bin der Herr der Wissenschaft, des Lebens und des Todes, der Zeit und der Entropie!«

Und außerdem hast du nicht alle Pfannen auf dem Dach, du schwachköpfiges Großmaul, dachte ich aufgebracht. Es würde nicht leicht sein, aus dieser Situation herauszukommen.

»Sie sind es wirklich«, sagte ich in aller Aufrichtigkeit. »Aber Sie sind auch ein geheimnisvoller Mensch. Wenn Sie über solche Begabungen verfügen, warum machen Sie sich dann die Mühe mit den ganzen betrügerischen Spielchen?«

Er wollte mir keine Antwort geben. Ob er nun irre war oder nicht, seine Geheimnisse plauderte er nicht aus. Und außerdem wurde er allmählich sehr zornig.

»Sie schmächtiges, zeitlich reduziertes Menschlein – wissen Sie, wie alt ich bin?«

»Nein, aber ich glaube fest daran, daß Sie es mir gleich erzählen. Auch wenn's mich im Grunde nicht interessiert.«

Ich wandte mich zur Seite, gähnte und beobachtete aus den Augenwinkeln, daß er vor Wut rot anlief.

»Sie haben meine Geduld überstrapaziert, diGriz. Sie müssen jemandem wie mir, der über achttausend Jahre alt ist, Respekt und – ja, Ehrfurcht – erweisen!«

»Erstaunlich!« sagte ich. »Ich hätte Sie kein Jahr über siebentausend geschätzt ...«

»Genug!« brüllte er und sprang auf. »Sie ermüden mich. Deswegen verdamme ich Sie ins Fegefeuer. Fort mit ihm!«

Der letzte Satz war an einen klotzigen, menschenförmigen Roboter gerichtet, der scheppernd die Treppe heraufkam. Er war verbeult und zerkratzt, rostrot und von schwarzem Staub bedeckt. Sein einziges elektronisches Auge leuchtete unheilvoll, das andere war aus der Höhle gerissen worden. Er stampfte auf mich zu, und ich wich zurück, so groß war die Bedrohung durch das leblose Ding. Er zischte und bückte sich, streckte die Greifer aus und zerschnitt mit seinen scharfklingigen Fingern die mich haltende Kette. Ich spurtete los – aber er erwischte mich mit Händen, die so groß wie Schaufeln waren, mitten in der Luft. Er packte mich und knallte mich an seine metallene Brust, sein Griff war unlösbar und schmerzhaft. Der feiste weißhaarige Slakey grunzte vor Anstrengung, als er sich aufrappelte und davonwatschelte. Mein Häscher schepperte hinter ihm her. Wir gingen die

Treppe hinunter und auf den gelben Ziegelsteinweg hinaus.

Slakey stampfte mit dem Fuß auf, und ein saftiger, schmatzender Laut erklang, als der Weg wie eine große gelbe Zunge hochklappte. Er enthüllte eine finstere Grube, aus der entsetzlicher Gestank aufstieg.

»Der Verdammte tritt ins Fegefeuer ein«, intonierte er. »Rückkehr ausgeschlossen. Geh!«

Der Roboter, der mich noch immer umklammert hielt, beugte sich vor. Immer weiter.

Bis wir, mit dem Kopf voran, in die Grube stürzten.

Es gab während meines an Abenteuern reichen Lebens mehr als eine Gelegenheit, in der ich mir wünschte, anderswo zu sein. Diese hier gehörte eindeutig dazu. Zwar raste meine Vergangenheit nicht an mir vorbei, dafür aber schartige Steinwände. Sie waren leicht rötlich, was von dem Leuchten in der Tiefe herrührte, dem wir uns mit nahezu tödlicher Geschwindigkeit näherten.

Sollte ich etwa so enden? Nicht mit einem Winseln, sondern mit einem scheppernden Widerhall, wenn mein eiserner Häscher am Boden aufschlug? Denn derselbe kam uns tatsächlich viel zu schnell entgegen. Eine öde, schwarze Landschaft, hier und da von gelegentlichen Feuersbrünsten erhellt. Ich zuckte wirkungslos im eisernen Griff des Roboters.

Dann verlangsamten wir ratternd, und als die Abbremsung zuschlug, wäre ich fast aus der Umarmung des Dings geflogen. Aber er umklammerte mich nur noch fester, so daß ich kaum noch Luft bekam.

Mit immensem Getöse trafen wir am Boden auf, und als das Ding mich losließ, fiel ich hin. Doch bevor ich wieder zu Atem kommen konnte, packte es mich am Arm und schleifte mich hinter sich her. Ich hatte keine Wahl, also ging ich mit. Ich hinkte, denn der Boden unter meinen nur mit Socken bekleideten Füßen war ziemlich steinig. Ich wünschte mich in den Himmel zurück, zu meinen Stiefeln.

Das, was ich von meiner Umgebung sehen konnte, war nicht gerade beeindruckend. In der Luft hing ein Miasma, das nicht nur stank, sondern meine Luftröhre irritierte. Ich hustete, und wie ein gespenstisches Echo kam ein Husten aus der Gegend vor mir. Wir umrundeten einen Hügel aus Geröll, und ich erblickte die Ursache.

Lange, niedrige tischähnliche Aufbauten irgendeiner Art erstreckten sich, von rötlichem Licht kaum erhellt, vor uns bis in die Ferne. An beiden Seiten standen mit ausgestreckten Armen gebeugte Gestalten. Sie taten etwas, aber was, konnte ich nicht erkennen. Als wir dicht an einer der Aufbauten vorbeikamen, ertönte ein grollendes Geräusch, und aus dem Maul eines Apparats fiel eine Masse irgendeiner schwarzen pulverigen Substanz. Ein Hauch davon wehte mich an, und ich hustete erneut, denn dies war die Quelle des Gestanks und der Irritation.

Es war schwer, deutlich zu erkennen, was hier vor sich ging, da mein metallener Häscher weder rastete noch stolperte, sondern mich ohne anzuhalten weiterzog. Doch da sich die Szenerie laufend wiederholte, sah ich allmählich, was hier los war. Ich verstand es zwar nicht, konnte es aber beobachten.

Der Staub floß langsam über die Länge der tischartigen Aufbauten, beziehungsweise wurde über ihn getragen. Die Arbeiterinnen – ich sah nun, daß es alles Frauen waren –, fuhren langsam und wiederholt mit den Fingern über die Oberfläche, wenn er an ihnen vorbeikam. Mehr taten sie nicht. Sie schauten nie auf und stockten nie. Dann hob eine Frau etwas auf – ich wußte nicht, was es war – und warf es in einen neben ihr stehenden Behälter. Ich wurde weitergeschleift.

Das weitaus Schlimmste war die absolute Interesselosigkeit der Arbeiterinnen an allem, was nicht zu ihrer

Tätigkeit gehörte. Ich hätte bestimmt aufgeschaut, wenn ein riesiger schrottreifer Roboter jemanden an mir vorbeigeschleift hätte. Sie jedoch nicht.

Wir kamen an zahllosen Frauen vorbei. Alle waren auf die gleiche mysteriöse Tätigkeit konzentriert, schweigsam und ohne Pause. Es ging sehr lange so. Es gab hier Hunderte, wenn nicht Tausende von Arbeiterinnen. Dann waren wir an den letzten vorbei, und ich wurde in ein Halbdunkel gezerrt.

»Mit Verlaub, robotischer Führer, wohin bringt Ihr mich?« sagte ich ätzend. Ich zerrte an seinen mich umklammernden Fingern. »Laß ab!« schrie ich. »Dies ist eine Vergewaltigung deines menschlichen Herrn. Du mußt mir gehorchen! Bleib sofort stehen, du wandelnder Schrotthaufen.«

Er blieb weder stehen, noch gehorchte er mir. Er schleifte mich wie einen Kadaver weiter. Ich ging nun wieder, stolpernd, was etwas besser war, als wenn man vorangezerrt wird. Auf eine Eisentür zu, die in die Felswand eingelassen war. Er öffnete sie und zog mich hindurch. Ich hörte, daß sie krachend hinter uns zufiel, auch wenn ich in der Finsternis nichts sehen konnte. Dann ging es ein unsichtbares Treppenhaus hinauf. Der Roboter konnte mit seinem einzelnen Auge offenbar alles erkennen. Ich fiel hin und schlug mir die Schienbeine an, ich fiel alle naselang, bis ich mich an die Stufen gewöhnte. Als er wieder anhielt und eine weitere Tür öffnete, war mir vor Erschöpfung schwindlig. Er packte mich und warf mich hindurch.

Noch während ich in der Luft war, krachte die Tür hinter mir ins Schloß. Die Wirklichkeit verdrehte sich, das Gefühl des Überwechselns von einem Universum in ein anderes. Plötzlich war Licht da, und ich knallte hart auf einen Steinboden.

Kaltes Licht erhellte die noch kältere Szenerie. Meine Zähne fingen an zu klappern. Ich befand mich in einem Raum mit eisernen Wänden, und in der Wand gegenüber war eine verriegelte Tür. Schnee und kalte Luft wehten durch die Gitterstäbe herein.

Hatte man mich ins Fegefeuer geworfen, durch das Gerät geschoben, damit ich mich hier zu Tode fror? Das war doch unlogisch. Es gab doch gewiß massenhaft weniger komplizierte Methoden, um sich mich vom Hals zu schaffen. Meine nackten blauen Zehen, die aus den Fetzen meiner Socken hervorlugten, traten gegen irgend etwas. Ich schaute zu Boden und auf einen Kleiderstapel, dicke Stiefel und Handschuhe. Es war eine Botschaft, die ich mit Freuden zur Kenntnis nahm.

Meine Finger zitterten, als ich die dicken Socken und Hosen anzog, dann sprang ich in die Stiefel. Sie paßten mir zwar nicht genau, hielten aber die Kälte ab. Alles, was ich anzog, hatte einen deprimierenden aschgrauen Farbton, was mich aber nicht im geringsten störte. Die Kleidung war warm und nicht allzu unbequem. Ich band mir einen Schal um den Hals, setzte eine schäbige Pelzmütze auf und schob meine Finger in die dicken Handschuhe.

Wie aufs Stichwort hin schwang die Tür auf, und noch mehr Schnee wehte herein. Ich ignorierte ihn, drehte mich um, und hielt nach einer Möglichkeit Ausschau, hier wieder rauszukommen, wie ich reingekommen war.

»Ich bin Bubo«, sagte eine bedrohlich wirkende tiefe Stimme. Ich seufzte und wandte den Kopf, um mir den neuen Folterknecht anzuschauen.

Er war wie ich gekleidet. Hatte fast meine Größe, war aber schwerer und breiter. Er hielt eine flexible Eisenstange in der Hand, die ich äußerst argwöhnisch musterte. Speziell dann, als er mit ihr in meine Richtung deutete.

»Hier, Bubos Klopper. Klopper tut weh. Tötet auch. Du tust, was Bubo sagt? Du lebst. Du tust es nicht? Du hast Schmerzen und bist tot. Das ist Schmerz.«

Er ließ das Ding auf mich zuzischen. Ich sprang beiseite, so daß die Spitze mich nur streifte.

Es war eine neue Art Schmerz. Ich kam mir vor, als hätte etwas mein Fleisch bis auf den Knochen zerschnitten und dann kochende Säure in die Wunde geträufelt. Ich konnte nur dastehen, meinen verletzten Arm festhalten und darauf warten, daß der Schmerz nachließ. Er ließ schließlich nach, aber es war schwer zu glauben, daß sowohl meine Kleidung als auch mein Arm noch intakt waren. Bubo richtete den Klopper auf mich, und ich zuckte zurück.

»Schnell lernen: leben. Nicht lernen: sterben.«

Seine sprachlichen Fähigkeiten waren zwar nicht gerade überragend, aber seine Argumente waren unwiderlegbar und *sehr* überzeugend. Zumindest konnte er reden; ich konnte nur nickend mein Einverständnis geben, traute mich aber noch nicht, selbst etwas zu sagen.

»Arbeiten«, sagte er und deutete mit dem Klopper auf die Tür. Ich stolperte ins Freie – in blauhelles Tageslicht, eine desolate, schneegepeitschte eiskalte Hölle. Große Maschinen bewegten sich um mich her, doch erst als meine wegen der Eiseskälte tränenden Augen sich angepaßt hatten, sah ich, was sie taten.

Ich blickte bald durch. Hier war eine Tagebau-Mine, eine riesige, tieferliegende Grube aus Geröll und aufgeschüttetem Kies. Die schwarzen Schichten wurden von klobigen Baggern aufgerissen, das Geröll, das sie aufschichteten, wurde anschließend von Kettenfahrzeugen fortgebracht. Zuerst hielt ich die Bagger für Arbeitsroboter, dann sah ich, daß sie alle bemannt waren und gesteuert wurden. Die Maschinen gruben und transportierten unter Anleitung von Menschen.

»Geh da rauf«, sagte Bubo und drosch auf einen stehenden Bagger ein. Die Bewegung der Stange genügte, und ich flitzte an den seitlich befestigten Handgriffen hinauf. Ich klemmte mich in dem Schalensitz, schaute durch die verkratzte und zersplitterte Windschutzscheibe und fragte mich, wie es nun weiterging. Über meinem Kopf erwachte ein kratzender Lautsprecher zum Leben.

»Wahrnehmung. Unbekanntes Individuum. Identifiziere dich.«

»Wer bist du?« fragte ich und hielt nach einem Fahrer Ausschau. Aber ich war allein. Mein Eisenfahrzeug sprach mit mir.

»Ich bin Modell 91, Steinbrecher und Räumer. Identifiziere dich.«

»Warum?« fragte ich wütend, da ich an Gesprächen mit Maschinen noch nie Spaß gefunden habe.

»Identifiziere dich.« Mehr wollte sie nicht sagen.

»Mein Name? Geht dich 'n Scheißdreck an«, sagte ich mürrisch – und bedauerte meine Worte, als sie kaum ausgesprochen waren.

»Zustand der Arbeitserfahrung mit Modell 91, Gehtdich'nscheißdreckan.«

»*Ich* gebe die Befehle. Jetzt hör mal zu ...«

»Zustand der Arbeitserfahrung mit Modell 91, Gehtdich'nscheißdreckan.«

Keine Chance, diesen Kampf zu gewinnen. »Keine.«

»Einführungslehre beginnt.«

Ja, und sie begann. Sie dauerte viel zu lange, ging in alle dämlichen Einzelheiten und war an das Denkvermögen eines zurückgebliebenen Zweijährigen angepaßt. Ich hörte nur so lange zu, bis ich wußte, wie man das Fahrzeug bediente, dann hielt ich nach einem Ausweg aus meinem Dilemma Ausschau. Ich wußte, daß es nicht leicht werden würde.

»... Strom ist eingeschaltet, Gehtdich'nscheißdreckan. Arbeitsanfang.«

Na klar! Neben meinen Knien waren Hebel, und dazu auch zwei Pedale, die Richtung und Tempo steuerten. Ein einzelner Steuerknüppel bewegte den hydraulisch bewegten Greifer, der genau vor dem Fahrerhaus nach vorn ragte. Er wurde zuerst an den steinigen Boden gepreßt, dann der Auslöser gezogen. Felsbrocken flogen dann in alle Richtungen – einschließlich aufs Fahrerhaus, was die Dicke und Schrammen der Schutzscheibe erklärte. Wenn genug Gestein herausgebrochen war, betätigte ich den leuchtenden roten Knopf, der der Raupe signalisierte. Diese rollte auf zwei schweren Ketten heran und ging in Stellung. Ich arbeitete an den Kontrollen der Greifer, die genau vor meinem Gesicht in die Luft ragten.

Als ich die erste Ladung abwarf, winkte ich dem Fahrer der Raupe zu. Sein grimmiger Ausdruck änderte sich nie, aber er war so entgegenkommend, mir seinen dicken Mittelfinger zu zeigen. Ich lud auf, und er haute ab.

Am Himmel verblaßte das Licht. Die Nacht kam herbei, und die Arbeit war für heute getan. Ein hübscher Gedanke, aber kein sehr akkurater. Über uns gingen Arbeitslampen an, die Scheinwerfer meines Modells 91 erleuchteten die fallenden Schneeflocken und die felsige Oberfläche: die Arbeit ging weiter.

Unbestimmte, aber lange Zeit später kam ein trällerndes Geräusch aus dem Lautsprecher des Fahrerhauses, und die Maschine schaltete den Strom ab. Ich sah den Fahrer des mir am nächsten befindlichen 91er Modells müde aus seinem Fahrzeug klettern. Ich tat es ihm gleich, und zwar ebenso müde. Am Boden wurde ich von einem anderen dick angezogenen Mann erwartet, der in den Bagger stieg, kaum daß ich ausgestiegen war. Er sagte nichts – und auch ich hatte ihm nichts zu sagen. Ich schlurfte hinter den anderen Schlurfern her. Durch eine Tür in der Schluchtwand. In einen großen und warmen Saal, der voller Männer war und deswegen auch stark nach ihnen roch. Mein neues Zuhause.

Es war schlimmer als jede Kaserne und alle Arbeitslager, die ich je gesehen hatte. Überall herrschte unübersehbare Verzweiflung. Die Männer waren alle Verdammte. Sie verfügten nicht mehr über den kleinsten Willensfunken. Oder über Hoffnung.

Das einzige Zeichen von Interesse erlebte ich, als ich eine freie Koje gefunden hatte, auf die ich meine schwere Arbeitskleidung werfen konnte. Dann folgte ich den anderen zu den Eßtischen. Ich schaute mir gerade den abscheulichen Fraß auf meinem zerbeulten Tablett an, als sich eine große Hand schmerzhaft auf meine Schulter legte.

»Ich eß dein Krenoj«, sagte das übergewichtige und widerliche Individuum, das zu der Hand gehörte. Eine weitere Hand von gleicher Größe griff nach dem purpurnen dampfenden Klumpen auf dem Tablett. Ich ließ es auf den Tisch sinken, wartete, bis er das Krenoj in der Hand hielt – und packte dann sein Gelenk.

Es war das einzig Schickliche, das ich tat, seit ich an diesem Morgen in den Himmel gekommen war. Oder vor einer Woche. Oder so was.

Da er sehr groß war, eindeutig ein Arsch und zweifellos stark, spielte ich keine ausgefallenen Spielchen. Als sein feister Kopf vorbeiging, semmelte ich ihm eins mit der Handkante über den Nasenrücken. Er quiekte vor Schmerzen, also erwies ich mich als großzügig, indem ich mit steifen Fingerspitzen in seinen Nacken griff. Er ging zu Boden und rührte sich nicht mehr. Ich nahm mein Tablett und entnahm das Krenoj seinen schlaffen Fingern. Dann schaute ich mir die anderen Esser an.

»Ist noch irgend jemand von euch auf mein Krenoj scharf?« fragte ich.

Die paar Mann, die sich die Mühe gemacht hatten, vom Essen aufzuschauen, senkten schnell den Blick. Der Mann zu meinen Füßen fing an zu schnarchen. Das einzige andere Geräusch bestand aus dem Schlürfen und Schmatzen zerkauter Nahrung.

»Freut mich wirklich, euch kennenzulernen, Jungs«, sagte ich zu ihren Hinterköpfen. Setzte mich hin und haute rein.

Ich zwang mich, nicht darüber nachzudenken, wo ich war und was mir bevorstand.

Oder wie die Zukunft aussehen würde.

18. KAPITEL

Eine große Anzahl anstrengender Tage ging, von den Nächten ganz zu schweigen, in endloser, hirnloser Plackerei, vorbei. Das Essen war zwar abscheulich, feuerte jedoch den Körperofen. Meine krenojklauender Freund, von dem ich bald erfuhr, daß er Lusche hieß, war der Garnisonsschläger. Er mied mich, auch wenn er mich hinterrücks mit den Veilchen, die ich verpaßt hatte, finster anstarrte. Doch irgendwann fand er auch andere, leichter verletzbare Männer, an denen er sein Mütchen kühlen konnte.

Die Routine hätte nicht einfacher sein können – oder geisteszerstörender langweilig. Es gab zwei Schichten. Die eine arbeitete, wenn die andere schlief, und Feiertage waren nicht vorgesehen. Der Tag fing an, wenn das Licht anging und Bubo aufkreuzte, um die Bummelanten mit dem Klopper aufzuscheuchen. Wenn wir aus den Baracken hinausmarschierten, stolperte die andere Schicht herein. Es war das Heiße-Bett-System, wobei ein Arbeiter aufstand, kurz bevor der nächste sich hinlegte. Da die rauhen Decken nie gewechselt oder gereinigt wurden, erzeugte dies in unserem Schlafquartier einen unglaublichen Mief. So fing der Tag an; er endete, wenn die Lichter ausgingen. Zwischen dem Arbeiten und Schlafen, Schlafen und Arbeiten, aßen wir den abscheulichen Fraß, den die Robotküche zubereitete. Die Gefangenen unterhielten sich kaum; zweifellos deswegen, weil es nichts gab, über das zu reden sich lohnte. Die einzige Veränderung dieser Routine kam, wenn ich statt des Modells 91 mal eine Raupe steuerte. Es war noch schlimmer und langweiliger, da es bedeutete, mit einer vollen Ladung wegzufahren, sie abzukippen und zurückzukehren.

Ich hatte einen Anflug von Interesse, als ich losfuhr, um die erste Ladung abzukippen und folgte einem anderen gefüllten Fahrzeug. Unser Ziel erwies sich als nichts Aufregenderes als ein riesiger Eisentrichter, der in den Boden eingebettet war. Es gab nicht den geringsten Hinweis, wo das ganze Geröll hinging. Oder warum es irgendwo hinging. Gab es unter der Erde ein Transportband? Ich glaubte es nicht. Ich war dank Slakeys Universumsmaschine auf diesen Planeten gekommen. Es bestand die Chance, daß das Geröll auf die gleiche Weise irgendwo hinging. Ich dachte eine Weile darüber nach, aber unter dem Druck der Arbeit und der Erschöpfung vergaß ich es bald wieder.

Es muß die Erschöpfung gewesen sein, die mich sorglos werden ließ. Ich hatte Lusche nur in den ersten paar Tagen im Auge behalten, als seine Veilchen von blau zu grün und anderen interessanten Farben wechselten. Er schien mich vergessen zu haben.

Hatte er aber nicht. Ich schob gerade die kalten Reste des Abendmahls zusammen, als ich den Ausdruck auf dem Gesicht des Mannes sah, der mir am Tisch gegenübersaß. Er schaute hinter mich, und ich sah, daß seine Augen größer wurden. Einem Reflex folgend, sprang ich zur Seite – und aus purem Glück wurde mein Schädel nicht zertrümmert. Der Stein, den Lusche schwang, versetzte meiner Schulter einen betäubenden Hieb und warf mich von der Bank. Ich brüllte vor Schmerz, rollte mich beiseite, stolperte auf die Beine und stand schwankend mit dem Rücken an der Wand. Meine Linke ballte sich zur Faust, doch mein rechter Arm war taub und kraftlos. Ich schlurfte an der Wand entlang, bis eine freie Stelle vor mir war. Lusche folgte mir und hob drohend den Stein.

»Jetzt mach ich dich platt«, sagte er. Ich empfand

kein Bedürfnis, mich an dieser Konversation zu beteiligen. Ich beobachtete seine tückischen kleinen Augen und wartete auf den Angriff.

Er kam auch – aber er fiel nach vorn, denn der Mann am Tisch hinter ihm stellte ihm ein Bein. Ich machte das beste daraus – und rammte Lusche ein Knie ins Gesicht, als er zu Boden ging. Er schrie heiser auf und ließ den Stein fallen. Ich hob ihn mit der unversehrten Hand auf und war drauf und dran, auf seinen Schädel einzudreschen.

»Wenn du ihn umbringst oder so verletzt, daß er nicht mehr arbeiten kann, bringt Bubo dich um«, sagte der Mann, der ihm das Bein gestellt hatte. Ich ließ den Stein fallen und verschaffte mir Befriedigung, indem ich dem Rüpel kräftig in die Rippen trat und seinem Neuralknoten einen Schlag versetzte, der ihn für eine Weile wegtreten ließ.

»Danke«, sagte ich. »Ich bin dir was schuldig.«

Er war dünn und drahtig, hatte schwarzes Haar und noch schwärzeren Öldreck an den Händen. Ich massierte meinen verletzten rechten Arm, der allmählich wieder zu sich kam.

»Ich heiße Berkk«, sagte der Mann.

»Jim.«

»Kannste mit 'nem Schweißbrenner umgehen?«

»Ich bin Experte.«

»Dachte ich mir doch. Ich hab dich beobachtet, seit du hier angekommen bist. Du weißt, wie man auf sich aufpaßt. Gehen wir mal zu Bubo.«

Unser brutaler Wärter hatte ein eigenes Zimmer, was an diesem Ort absoluter Luxus war. Und sogar eine Heizröhre. Als wir ihn fanden, rührte er gerade in einem zerbeulten Topf eine unappetitliche Masse um. Aber sie roch ganz gut und schmeckte bestimmt besser als der Fraß, mit dem wir verköstigt wurden.

»Was wollt ihr?« Er schaute uns finster an. Wahrscheinlich fiel es ihm schwer, in ganzen Sätzen zu reden.

»Ich brauch Hilfe, um den 91er wieder hinzukriegen. Den, der den Abhang runtergestürzt ist.«

»Wozu Hilfe?«

»Ich brauch sie eben. Es ist 'n Job für zwei. Und Jim kann mit 'nem Schweißbrenner umgehen.«

Bubo hörte auf zu rühren und schaute uns argwöhnisch an. Seine hervorquellenden roten Augen wanderten von Berkks Gesicht zu meinem. Er brauchte einige Zeit; offenbar fielen ihm zusammenhängende Gedanken ebenso schwer wie zusammenhängende Worte. Am Ende grunzte er und wandte sich wieder dem Umrühren seiner Mahlzeit zu. Berkk wandte sich zum Gehen, und ich folgte ihm.

»Kannst du das mal für mich übersetzen?« fragte ich.

»Du arbeitest 'ne Weile bei mir in der Reparaturwerkstatt.«

»All das hat er mit einem Grunzer gesagt?«

»Klar. Wenn er nein gesagt hätte, hätte er's gesagt.«

»Ich möchte dir danken ...«

»Tu's nicht. Es ist schwere und schmutzige Arbeit. Gehen wir.«

Berkk hob einen ölverschmierten Finger, um sich an der Nase zu kratzen – und berührte kurz seine gespitzten Lippen.

Er wollte Stille, also kriegte er sie auch. Es ging um mehr, als man auf den ersten Blick sah – ich empfand seit meiner Ankunft den ersten Anflug von Hoffnung.

Wir gingen durch den Korridor hinter Bubos Bau zu einer großen, verschlossenen Tür. Berkk hatte wohl keinen Schlüssel, denn er setzte sich mit dem Rücken zur Wand hin. Ich gesellte mich zu ihm, und wir warteten schweigend, bis Bubo aufkreuzte, noch immer auf dem letzten knorpeligen Bissen seiner Mahlzeit kauend. Er schloß die Tür auf, ließ uns hinein und schloß hinter uns ab.

»Fangen wir an«, sagte Berkk. »Hoffentlich hast du das mit dem Schweißbrenner ernst gemeint.«

»Ich kann nicht nur damit, sondern mit jedem Werkzeug umgehen. Ich kann Stromkreise und alles andere reparieren. Was kaputt ist, mach ich wieder ganz.«

»Das kriegen wir schon noch raus.«

Das kaputte Modell 91 hatte eine eingedrückte Seite und einen Achsenbruch. Ich schnitt die zerbeulte Stelle heraus, während Berkk eine Eisenplatte auf ein Wägelchen lud und herüberfuhr. Wir setzten einen Flaschenzug zum Heben ein. Ohne Roboterhilfe war es wirklich Schwerarbeit.

»Hier können wir reden«, sagte Berkk, als er die Platte festhämmerte. »Ich hab dich beobachtet. Du bist anders als die muskulösen Schwachköpfe hier.«

»Du aber auch.«

Er lächelte ironisch. »Ob du's glaubst oder nicht: Ich hab mich freiwillig gemeldet. Alle andern waren besoffen oder haben eins auf den Schädel gekriegt. Sie sind dann hier wach geworden. Ich aber nicht, nein. Ich hab auf 'ne Anzeige im Netz geantwortet. Da wurde ein erfahrener Maschinist gesucht. Unglaublicher Lohn. Sah wirklich toll aus. Ich bin in ein Labor gefahren und habe einen Professor Slakey kennengelernt. Und dann: Große graue Wolke. Hier kam ich wieder zu mir.«

»Wo ist *hier?*«

»Ich hab nicht die leiseste Ahnung. Weißt du's?«

»Tja ... Ich kenne Slakey und weiß, daß man von hier aus in den Himmel kommen kann. Nein, schau mich nicht so an; laß es dir erklären. Ich wurde in einen Raum geworfen und kam in einem anderen wieder raus. In einem anderen Universum, ich bin mir sicher. Das gleiche ist wohl mit dir passiert, als du hier ankamst.«

Während wir die Maschine reparierten, weihte ich Berkk in Slakeys Unternehmungen ein. Es muß alles ziemlich toll geklungen haben, aber er hatte keine andere Wahl, er mußte es glauben. Als wir mit der Reparatur fertig waren, legten wir eine Pause ein, und er holte ein mit einer beunruhigend wirkenden Flüssigkeit gefülltes Marmeladenglas.

»Ich hab etwas Rohkrenoj aus der Küche. Ich komm da rein, um die Maschinen zu warten. Hab Geschabsel von 'n paar Gemüsesorten und konnte 'n ordentlichen Klumpen Hefe mopsen. Hab das Krenoj gären lassen, schrecklich! Ist zwar Alkohol, aber untrinkbar. Aber 'n paar Plastikröhrchen ...«

»Der Wurm! Hitzequelle, eingedickt, gekühlt, kondensiert, destilliert und nun unserer Beachtung harrend.« Ich schüttelte die Flüssigkeit in dem Glas fröhlich umher.

»Sei gewarnt. Es ist zwar Alkohol, aber der Geschmack ...«

»Laß es mich selbst beurteilen«, sagte ich voreilig. Ich hob es und trank, setzte das Glas ab und stieß trocken auf. »Ich glaube ...«, keuchte ich, und meine Stimme war so rauh, daß meine Worte kaum verständlich waren. »Ich glaube, es ist ... der grauenhafteste Fusel, den ich ... in meinem ganzen Leben je an ... grauenhaftem Fusel gesoffen habe.«

»Danke. Gibst du's mir jetzt auch mal?«

Auch nach mehr Konsum schmeckte es nicht besser. Aber zumindest wirkte allmählich der Äthylalkohol, der die ganze Übung wahrscheinlich die Mühe wert machte.

»Ich kann 'n paar Stücke zusammensetzen«, sagte Berkk und wischte mit den Fingern über den Belag, den das Gesöff auf den Zähnen ablagerte. »Hier war mal 'n Typ, nur kurz, mit 'ner ziemlich großen Klappe. Sagte, er hätte geholfen, Walzen irgendwo in 'er Pulverisierungsanlage zu reparieren. Er glaubt, daß sie unser Gestein zermahlen.«

»Hat er auch gesagt, wofür?«

»Nee – und am nächsten Tag war er weg. Hat zu viel geredet. Deswegen müssen wir vorsichtig sein. Ich weiß nicht, wer oder was uns belauscht ...«

»Aber ich. Slakey, in einer seiner Manifestationen. Er läßt hier das Gestein ausgraben, dann wird es irgendwo hingeschickt. Dann wird es zermahlen und zu den Frauen gebracht, die es sortieren und ihm irgend etwas entnehmen.«

»Und was?«

»Ich weiß nicht, was – nur, daß es unglaublich teuer ist. An Geld und Menschenleben.«

»Da bin ich mir sicher. Aber hier werden wir die Antwort nicht finden. Ich will hier weg, und dafür brauche ich Hilfe.«

Seine Worte waren Musik in meinen Ohren! Ich ergriff seine Hand und schlug ihm vor Freude auf den Rücken. »Hast du einen Plan?«

»Eine Idee. Ich glaube nicht, daß wir dort raus können, wo wir reingekommen sind. Durch den vergitterten Raum.« Ich nickte zustimmend.

»Es ist zweifellos ein Dimensionstor, das Slakey selbst steuert. Aber welchen anderen Weg gibt es? Ich habe mich genau umgesehen, aber keinen Weg gefunden, um aus diesem Tal herauszuklettern. Selbst wenn es uns gelingt – wohin sollen wir gehen? Vielleicht befinden wir uns auf einem Ödplaneten am Rand des Universums.«

»Bin völlig deiner Meinung. Was uns nur einen Ausweg läßt. Denk mal nach ...«

»Natürlich. Das Geröll wird zur Grube gebracht. Wenn wir mit ihm gehen, werden wir zu Tode zerschmettert, stimmt's?«

»Falsch. Ich habe wirklich lange an der Sache gearbeitet. Aber ich brauchte jemanden, der mir helfen kann ...«

»Ich bin dein Mann«, sagte ich. Lallte ich.

»Zurück anne Arbeit«, sagte Berkk und rappelte sich schwankend auf. »Erledigen wir schuerscht die Reparaturen.«

Die Arbeit übte ernüchternde Wirkung auf uns aus,

und an diesem Tag sagten wir nichts mehr. Eine elektrische Klingel rief Bubo, der die große Tür aufschloß, die nach außen aufging. Ich fröstelte und stampfte mit den Füßen, als Berkk des 91er Modell hinausfuhr und draußen abstellte. Das Tor wurde wieder verschlossen, und Bubo schloß die Tür auf, die uns wieder ins Quartier brachte. Bevor er uns rausließ, filzte er uns von oben bis unten.

Da eine Menge Maschinen beschädigt waren, gab es eine Menge für uns zu tun. Aber langsam. Denn sobald ich fertig war, sollte ich wieder als Fahrer schuften. Berkk verlor kein Wort mehr über seinen Plan. Ich wollte auch nicht danach fragen, weil ich dachte, es sei seine Idee und er würde sich schon melden, wenn er wußte, daß die Zeit reif war. Das Leben bestand aus Arbeit, Schlaf, Schlaf und Arbeit – und dazwischen nahmen wir abscheuliche Mahlzeiten ein. Berkk schwieg still, bis dann der Tag kam, an dem wir gerade dabei waren, ein Rad an einem Bagger zu ersetzen. Wir lagen nebeneinander vor dem Fahrzeug, der eine hielt das Rad fest, der andere hämmerte.

»Das ist deine letzte Reparatur«, sagte er. »Bubo sagt, er ist knapp an Leuten und braucht dich wieder zum Buddeln. Ich hab's so lange wie möglich rausgeschoben, aber jetzt geht's nicht mehr. Biste bereit zum Abhauen?«

Ich fragte nicht, wohin.

»Ja. Wann?«

»Jetzt.« Er drehte sich um, schaute mich an, und ich sah, daß sein Gesicht plötzlich grimmig wirkte. »Haste schon mal jemanden umgebracht?« fragte er.

»Warum? Ist es wichtig?«

»Und ob. Wenn wir abhauen wollen, müssen wir Bubo entwaffnen, vielleicht sogar umbringen. Ich bin nicht gerade eine Kämpfernatur ...«

»Aber ich. Ich kümmere mich um ihn. Hoffentlich muß ich ihn nicht umbringen. Und was dann?«

»Das. Wir müssen sie in den Bagger kriegen, und dann nichts wie weg von hier, ohne gesehen zu werden.«

Er trat eine Plane beiseite, ließ sie kurz von einer Arbeitslampe beleuchten und deckte sie wieder zu.

Es waren zwei Stangengerüste. Sie waren wie Särge geformt und hatten auch die gleiche Größe. Die fingerdicken Stützeisenstangen lagen eng zusammen, verliefen rechtwinklig und waren verschweißt worden, so daß sie Käfige bildeten. Jede Käfigseite war mit Scharnieren versehen, so daß man sie öffnen konnte. Öffnen. Hineinkriechen. Schließen. Die Klappe vorlegen. Und dann ... Sein Plan war offensichtlich.

»Ist es die einzige Möglichkeit?« fragte ich.

»Kennst du eine andere?«

»Es ist Selbstmord.«

»Wenn wir's nicht versuchen, steht uns der sichere Tod bevor.«

»Wir stürzen uns mit dem Geröll in den Trichter, und dann hindurch ... irgendwohin.«

Ich holte tief Luft und stieß sie mit einem langen, langsamen Seufzer aus.

»Wir machen es«, sagte ich schließlich. »Je schneller, desto besser, weil ich gar keine Zeit haben will, darüber nachzudenken oder unsere Chancen auszurechnen, da lebend wieder rauszukommen, statt zermahlen zu werden.«

19. KAPITEL

Es war der letzte Bagger, der repariert werden mußte. Wir streckten die Arbeit so lange, wie wir es wagen konnten. Danach mußte ich wieder an die Arbeit. In den Steinbruch. Bevor es dazu kam, mußten wir zusammen die Fliege machen. Einer allein konnte es nicht schaffen.

All unsere Fluchtvorbereitungen waren längst getroffen. Nur die Vorstellung, zusammen mit dem Gestein zermahlen zu werden, hatte uns zurückgehalten. Ich ließ die Feile über den hervorstehenden Bolzenkopf laufen. Trat zurück um mein Werk zu bewundern – dann warf ich das Werkzeug zu Boden.

»Also laß es uns machen – aber schnell!«

Berkk zögerte einen Moment, dann stimmte er mir mit einem grimmigen Nicken zu. Ich griff in den Schrotthaufen und zog den Totschläger heraus, den ich gebastelt hatte. Ich zog den Riemen über mein Handgelenk und ließ das Ding in den Ärmel gleiten. Es war ein mit Kugellagern gefüllter Kunststoffschlauch und würde seinen Zweck erfüllen.

Berkk musterte mich. Ich schenkte ihm ein – wie ich hoffte – beruhigendes Lächeln und hob einen Daumen in die Luft. Er fuhr herum und drückte den Knopf, der unseren Wächter rief.

Er dauerte diesmal. Wahrscheinlich war er gerade mit irgendeiner anderen schmutzigen Aufgabe beschäftigt. Minuten vergingen. Ich sah Schweißtropfen auf Berkks Stirn – obwohl es in der Werkstatt saukalt war.

»Drück noch mal«, sagte ich. »Vielleicht hat er es nicht gehört.«

Er drückte noch mal. Und noch mal. Ich schlug den Totschläger gegen meinen Arm, um ihn zu prüfen. Hinter mir ging ratternd das Tor auf, und ich hatte gerade noch Zeit, ihn wieder zu verstecken, als Bubo auftauchte.

»Was klingelste denn so?«

»Fertig«, sagte Berkk und klatschte auf die metallene Seite des Baggers.

»Rausbringen«, sagte Bubo und drehte den Schlüssel im Schloß. Kalter Wind wehte herein, und er wandte sich um und schaute mich finster an. »Du, hau ab! Geh arbeiten!« Er starrte mich weiterhin an, den Rücken dem Bagger zugewandt, und klatschte den Klopper gegen sein Hosenbein.

»Klar, was du willst.« Ich zwang mir ein Lächeln ab, dabei hätte ich am liebsten aufgeschrien.

So würde es nicht hinhauen. Er hätte Berkk anschauen müssen, damit ich ihm eins überbraten konnte, ohne eine volle Ladung mit dem Klopper abzukriegen. Hinter ihm sah ich Berkk die Leiter hinaufsteigen und sich in den Steuersitz fallenlassen. Der Motor hämmerte und sprang an. Doch unser Häscher stierte mich noch immer an. Und trat vor.

»Raus, geh!« befahl er. Er hob den Klopper in meine Richtung.

Der Baggermotor machte *Kracks* und erstarb.

»Da stimmt was nicht«, rief Berkk und stierte entsetzt vor sich hin.

Und so blieb es mehrere, sich endlos dahinziehende Sekunden lang. Der Klopper wogte vor mir, der Brutalinski schaute mir in die Augen, Berkk umklammerte das Steuer und wußte nicht, was er machen sollte.

Glücklicherweise war das Hirn unseres Wärter-Schlagetots nicht in der Lage, zwei Gedanken gleichzeitig zu verfolgen. Als ihm die Bedeutung von Berkks Worten endlich klar wurde, drehte er sich um.

»Wat is los?«

»Das«, sagte ich, von der ängstlichen Lähmung befreit und machte einen Schritt vorwärts. Der Totschläger fiel in meine Hand, ich holte aus …

… und Bubo krachte schwer zu Boden. Ich hob den Totschläger erneut, aber er blieb regungslos liegen. Er rührte sich nicht mal, als ich ihm die Waffe aus der Hand nahm.

»Jetzt aber los!« rief ich und zog die Plane von unserem Schatz.

Berkk hob den ersten Stangenkäfig und hievte ihn auf den Bagger. Ich setzte die vorbereiteten Drähte ein, um den Bewußtlosen an den Hand- und Fußgelenken zu fesseln, dann band ich seine Arme und Beine aneinander. Wenn er wieder zu sich kam, konnte er die Drähte zwar abdrehen, aber es würde eine Weile dauern. Bis dahin waren wir, so hoffte ich, längst fort. Ich stopfte ihm einen Knebel in den Mund und band ihn fest. Berkk lud schon den zweiten Käfig auf. Ich zog die Plane über Bubo und richtete mich auf. Berkk hatte das große Außentor teilweise geöffnet und hielt es so, als ich an der Seite des Fahrzeugs hochkletterte und mich in die Baggerschaufel sinken ließ.

»Ist jemand draußen?« fragte ich, als er sich auf den Fahrersitz setzte.

»Keine Maschinen, niemand in Sicht.« Er ließ erneut den Motor an, und ich sah, daß seine Hände zitterten.

»Langsam, langsam, nimm dir Zeit. Und hol tief Luft, ja so. Auf geht's! Und vergiß nicht, das Tor zuzumachen, wenn wir draußen sind!«

So, wie er den Motor behandelte, machte mir klar, daß er den nächsten Schritt vergessen hätte und von Panik statt Intelligenz angetrieben wurde. Doch nach meiner Ermahnung tat er genau das, was wir geplant hatten. Er fuhr durch das Tor und hielt an. Warf den

Gang raus und zog die Bremse an. Kletterte ins Freie und schloß das Werkstattor. »Zu«, sagte er, als er wieder einstieg.

Als wir in die Dunkelheit hineinfuhren, zog ich mich hoch, so daß ich über den Rand der Baggerschaufel schauen konnte. In der Grube vor uns waren Lichter und rollende Maschinen zugange.

»Hast du … ihn umgebracht?« fragte Berkk.

»Nie im Leben. Hat 'n Schädel wie Stein. Er wird aber Kopfschmerzen kriegen …«

»Und dann sind wir weg. Da ist 'ne Raupe, die gerade abkippt.«

»Nur eine?«

»Ja.«

»Fahr langsamer, nimm die lange Strecke. Komm nicht an, bevor er weg ist.«

Wir verlangsamten und rumpelten weiter. Ich duckte mich, als Scheinwerfer über uns wegfuhren. Kurz darauf hielten wir an. Der Motor erstarb, aber die Scheinwerfer blieben an und beleuchteten den schwarzen Schlund des Trichters.

»Auf geht's!« rief ich und sprang zu Boden.

Ich registrierte, daß ich noch immer den Klopper in der Hand hielt. Ich warf ihn weit hinaus in den Trichter, und er verschwand aus meinem Blickfeld. Dann hievte ich den ersten Käfig über die Seite auf den Boden, bückte mich und zog den anderen hoch. Er folgte dem ersten, und ich kam als nächster.

Wir hatten all dies Schritt für Schritt geplant. Und solange wir uns bewegten, brauchten wir nicht darüber nachzudenken, wie der letzte ausfiel. Berkk war auf den breiten Rand des Trichters geklettert, drehte sich um und packte den ersten Käfig, den ich ihm entgegenschob. Dann den anderen. Erst als ich zu ihm hochgestiegen war, sah ich, daß er am ganzen Leibe schlotterte.

»Ich … kann's nicht!« keuchte er, setzte sich hin und

schlug die Hände vors Gesicht. Hinter ihm sah ich das plötzliche Aufleuchten sich nähernder Scheinwerfer.

»Zur Umkehr ist es zu spät!« schrie ich, als ich den Eisenrahmen packte und die Tür aufzog. »Steig ein!«

»Nein ...« Er fuhr zurück. Ich ballte eine Faust und versetzte ihm einen Schwinger ans Kinn. Nicht genug, um ihn k.o. zu schlagen – hoffte ich –, aber genug, um seinen Geist zu verwirren.

Es funktionierte. Ich hob seinen schlaffen Körper in den Käfig und schloß gerade das Schnappschloß, als er mordsmäßig anfing zu schreien und mich durch die Stäbe anheulte.

»Behalt die Hände drin!« schrie ich und trat den Käfig vom Vorsprung. Er ratterte in den Trichter hinein und verschwand.

Und nun ... Konnte ich es selbst tun?

»Was gut genug für ihn ist, Jim, müßte auch gut genug für dich sein.«

Es war leicht gesagt, aber schwer getan. Ich öffnete die Tür an der Seite und schaute in den Käfig hinein. Es war, als schaute ich in einen Stangensarg.

Ich weiß nicht mehr, wie lange ich dort stand, unfähig zu einer Bewegung, unfähig, mich dem Schicksal zu ergeben, das ich meinem Partner so leicht zugedacht hatte.

Scheinwerfer hüllten mich ein. »Boah!« Ich verzog das Gesicht und knirschte mit den Zähnen. Ließ mich fallen, krabbelte hinein, schloß die Tür. Holte ziemlich tief Luft.

Ich griff nach den Stangen, um den Rand zu packen. Zog mich hinüber.

... und rutschte in die Dunkelheit hinab.

Im Laufe des Lebens müßte man eigentlich aus der Erfahrung lernen. Manche von uns lernen nie. Ich habe in meinem Leben eine Reihe tollkühner und sehr gefährlicher Dinge getan. Man müßte also annehmen, ich hätte aus der Erfahrung gelernt. Ist aber nicht so. Ich fluchte laut, als mein Käfig an der Wand entlangschepperte und krachte und hielt mich an den Innengriffen fest.

Das Geschepper hörte auf, und ich befand mich im freien Fall. Ich hielt mich fest, streckte die Knie, drückte die Füße an die Stangen – und wartete auf den unausweichlichen Aufschlag. Da war das Interuniversum-Drehgefühl; ein rotes Leuchten tauchte plötzlich unter mir auf und wurde heller. Ich fiel in einen Hochofen!

Panik packte mich. Mein Herz fing wie ein Preßlufthammer an zu rattern, und ich wußte, daß dies das Ende war. Plötzlich krachte ein Hügel aus Schwärze mit einem fast tödlichen Stoß in den Käfig.

Es hätte kein *fast* bei diesem *tödlich* gegeben, wenn die Gesteinstrümmer sich nicht zu einem konischen Haufen aufgetürmt hätten.

Schmerzen breiteten sich in meinem ganzen Körper aus, als der Käfig schräg auf das angesammelte Gestein traf, abprallte und herunterrutschte. Noch mehr Schmerzen, als ein scharfer Gesteinsbrocken sich zwischen die Stangen klemmte. Scheppernd und rumpelnd ging es immer weiter nach unten, bis ich krachend anhielt.

Ich mußte mich bewegen, aber ich konnte es nicht. Die nächste Gesteinsladung würde auf mich fallen, mich zerschmettern und begraben. Die Panik half mir. Ich packte mit beiden Händen zu, zog und drehte mit aller Kraft. Ich hörte das Getöse fallender Steine über mir.

Ich befreite mich. Riß die Tür und krabbelte hinaus. Kraxelte über die zerborstene Oberfläche, als rings um mich schon Gesteinstrümmer vorbeirollten. Einer prallte von meinem Bein ab und warf mich um. Ich kroch weiter. Bis ich registrierte, daß die Felsbrocken sich unter mir bewegten und mich davontrugen. Der rötliche Lichtschein reichte gerade aus, um zu sehen, daß ein breites, sich bewegendes Fließband das Gestein – und mich – einem unbekannten Ziel entgegentransportierte. Ich war sicher, daß es kein ideales war. Stolpernd und fallend schaffte ich es bis an den Rand und sprang auf festen Boden hinab.

»Berkk!« schrie ich. Wo war er?

Er wurde, soweit ich sehen konnte, nicht von den Gesteinstrümmern transportiert. Aber vielleicht war er gelandet, in eine andere Richtung abgeprallt und an einer anderen Stelle der Gesteinspyramide herabgekommen?

Ich ging nicht, ich taumelte. Mein Bein war noch immer betäubt, und ich hatte stechende Schmerzen in der Seite, als ich mich bewegte. Ich fiel hin, rappelte mich wieder auf und machte weiter.

Als ich das nächste Mal hinfiel, ergriff ich – keinen Stein, um mich abzustützen, sondern eine Stange.

Eine Stange?

Ich zog und zerrte an den Steinen über dem halb vergrabenen Käfig, bis ich Berkks Gesicht freilegte. Er war bleich und reglos. Tot? Ich hatte keine Zeit, um innezuhalten und es in Erfahrung zu bringen, weil die Steine rings um den Käfig aufwallten und anfingen, sich zu bewegen. Ich schaufelte sie mit den Händen beiseite, bis ich die Pforte enthüllte, die ich vor so langer Zeit geschlossen hatte. Es war reiner Zufall, daß sie oben lag. Wäre es nicht so gewesen, wäre er ganz sicher draufgegangen, weil ich nicht mehr die Kraft hatte, um es umzudrehen.

Ich hatte nicht mal die Kraft, ihn herauszuziehen, als das Türchen endlich offen war.

Ich legte die Hände unter seine Schultern und zog. Nichts passierte. Er war zu schwer, zu fest eingeklemmt. Ich setzte meine ganze Kraft ein, aber er bewegte sich noch immer nicht. Ich mußte ihn loslassen, sonst landeten wir noch beide in dem Gesteinszertrümmerer.

Dann spürte ich, daß er sich rührte.

»Berkk, du verfluchter Lumpenhund!« krakeelte ich in sein Ohr. »Schieb mit den Füßen! Versuch es! Sonst ist der Ofen aus! Schieb!«

Irgendwann tat er es dann. Ich zog, und er schob sich gegen die ihn festhaltenden Stangen, bis er aus dem Käfig stürzte und auf mich fiel. Danach krochen wir auf allen vieren, weil wir nicht mehr auf die Beine kamen, über das scharfkantige Felsgestein, bis es hinter uns lag. Wir machten weiter, bis wir über den letzten Felsbrocken stolperten. Und brachen am Boden zusammen.

Im rötlichen Schein sah sein Blut schwarz aus – und er hatte ziemlich viel davon in seinem blassen, schmutzigen Gesicht. Seine Kleidung war zerrissen, seine Haut zerschrammt und abgeschürft. Aber er lebte. Wie auch ich.

»Seh ich so schlimm aus wie du?« fragte ich. Meine Stimme klang rauh vom Staub, und meine Worte endeten in einem Hustenanfall.

»Schlimmer.« Mehr brachte er nicht heraus.

Ich schaute zu der Felspyramide hinauf, von der wir gestürzt waren. Nun kam sie mir so hoch vor wie ein Berg. Normalerweise hätten wir den Löffel abgegeben.

Aber wir hatten es geschafft. Wir waren draußen.

»Laß uns das nicht noch mal machen«, sagte ich leicht genervt.

»Brauchen wir nicht mehr. Weil – wir es schon gemacht haben! Wir sind aus dem Steinbruch raus und gehen nie wieder zurück.«

20. KAPITEL

Ich betastete vorsichtig meine Rippen und jammerte. »Wund, vielleicht sogar gebrochen – aber dagegen können wir jetzt nichts machen. Und du?«

Berkk war langsam auf die Beine gekommen und humpelte herum. »Das gleiche, nehm ich an. Mir tut's überall weh, weil ich überall angeschlagen bin. Ich hatte wohl die Panik, was?«

»Kann jedem mal passieren.«

»Ist dir aber nicht passiert. Du hast mich in den Käfig und in die Grube geworfen – und bist auch selbst reingekommen.«

»Sagen wir mal, ich hab mehr Erfahrung mit solchen Sachen; mach dir deswegen keine Gedanken. Das Wichtigste ist: Was tun wir jetzt?«

»Was du sagst, das machen wir. Du hast mir das Leben gerettet, und ich schulde dir …«

»Du hast meins gerettet, als du dem Schläger ein Bein gestellt hast, der mir die Birne zu Matsch hauen wollte. Jetzt sind wir quitt. Richtig?«

»Richtig. Aber du entscheidest trotzdem, was wir jetzt machen. Ich hab die Stangenkäfige gebaut, aber du hast den Plan gemacht. Was nun?«

Ich schaute mich um. »Wir müssen rauskriegen, wo wir sind, und zwar nach Möglichkeit, ohne daß wir gesehen werden. Für heute hatte ich genug Aufregung.«

Wir gingen neben dem Förderband her und bemühten uns, in die rot erleuchtete Finsternis hineinzusehen. Je weiter wir gingen, desto lauter wurde vor uns ein fernes Rumpeln und Krachen. Wir kamen an einer der leuchtenden Gruben vorbei, die für die schwache Beleuchtung sorgten, und ich blickte hinein. Sie war mit einer Flüssigkeit gefüllt, möglicherweise Wasser, und das Leuchten kam vom Boden. Ich warf einen Stein hinein. Es klatschte nett, dann ging er unter und verschwand aus meinem Blickfeld. Noch ein Rätsel, aber im Moment keins von großer Wichtigkeit.

»Vor uns sind Lichter«, sagte Berkk, und er hatte recht. Diesmal waren sie weiß – und befanden sich auf unserer Seite des sich polternd bewegenden Förderbandes.

»Falsche Seite«, sagte ich. »Ich bleibe bei Ermittlungen lieber im Dunkeln. Glaubst du, du kannst über das Ding wegklettern?«

»Geh du mal vor.«

Nachdem wir mit Mühe auf das Band geklettert waren, war es recht einfach, da es sich nicht sehr schnell bewegte. Wir rutschten und stolperten über die Gesteinstrümmer und rollten unter Schmerzen an der anderen Seite herunter. Dann gingen wir neben dem Band her, bis wir näher an die Lichter herankamen und das Gepolter immer lauter wurde. Wir bückten uns beim Gehen, verbargen uns im Schatten. Wir bemühten uns, nicht über die Steine zu stolpern, die vom Förderband gefallen waren. Wir erreichten das Ende und schauten auf.

Es war ungefähr das, was ich erwartet hatte. Hat man einen Gesteinszertrümmerer gesehen, hat man alle gesehen. Das Band endete, und das Gestein fiel an seinem Ende in einen breiten Trichter. Darunter befand sich eine Reihe doppelter Eisenwalzen, eine über der anderen, und sie zerbrachen das Gestein in noch kleinere Stücke. Sie endeten zweifellos als der feine Staub, den ich auf den Sortiertischen gesehen hatte. Die Walzen waren in einen Eisenrahmen eingebaut, der unten in einer gewaltigen Grube verschwand. In die Grubenwände waren Lampen eingelassen, die die

Szenerie beleuchteten. Wir bückten uns, krochen das letzte Stück und lugten über den Rand. Berkk deutete nach unten.

»Stufen. Sieht so aus, als führten sie zum Boden runter.«

Ich nickte zustimmend und beugte mich vor, um besser zu sehen. »Auf den verschiedenen Ebenen sind Treppenabsätze, damit man an die Maschinen rankommt. Und ganz unten ist etwas, das nach einem Kontrollzentrum aussieht.«

»Siehst du jemanden?«

»Nein, aber wir müssen trotzdem sehr vorsichtig sein. Ich schau mich mal auf der Treppe um …«

»Kommt nicht in die Tüte! Wenn du gehst, geh ich auch. Wir stecken zusammen drin.«

Natürlich hatte er recht. Es hatte keinen Sinn, uns jetzt zu trennen.

»Na schön – aber ich gehe zuerst. Bleib hinter mir und deck mir den Rücken. Fertig?«

»Nein«, gestand er mit einem jämmerlichen Grinsen. »Ich bezweifle auch, daß ich es je sein werde. Aber es wird ohnehin nicht besser. Ich schätze also, es kommt eigentlich nicht drauf an.«

Er lernte schnell. Ich ging an die Wand rüber und dann nach unten. Als ich den ersten Treppenabsatz erreichte, forderte ich ihn mit einem Winken auf, hinter mir herzukommen, dann blieb ich im Schatten einer riesigen ausgemusterten und kaputten Walze. Als er bei mir war, deutete ich auf die dicke Staubschicht, die die Treppenstufen bedeckte. »Fällt dir was auf?« rief ich, um das klappernde Tosen der Gesteinszertrümmerer zu übertönen.

»Ja, die einzigen Fußabdrücke sind von uns.«

»Und der Staub ist zentimeterdick. Über die Treppe ist sehr lange niemand mehr gegangen. Aber man könnte unten auf uns warten. Sei vorsichtig.«

Mit jeder weiteren Ebene stieg der Lärm an, dann erreichte er eine fast hirnerweichende Lautstärke. Noch immer war niemand in Sicht – und auch keine Fußabdrücke im Staub. Ich ging nun schneller, da der Krach mich antrieb. Ich verlangsamte, als wir knapp über dem Grubenboden waren, auf dem sich die Steuergeräte aufreihten. Ich winkte Berkk an meine Seite und deutete auf sie. Er nickte zustimmend. Es war unmöglich, in diesem ewigen Getöse irgend etwas anderes zu hören. Aber wir sahen, daß der Staub hier nicht mehr glatt lag; vor den Kontrollen hatten Schuhe oder Stiefel ihn mit Abdrücken gemustert. Auf der anderen Seite führte eine deutliche Spur zu einem dicken Rohr, das in der Wand verschwand.

Daneben war eine stabile Eisentür in die Wand eingelassen.

Ich deutete auf sie und hob die Faust zu einer Siegesgeste.

Jetzt raus aus der Grube, bevor mein Hirn gerann. Ich ließ den noch immer an meinen Unterarm geschnallten Totschläger in meine Hand gleiten. Ich bückte mich vor der Tür, berührte ihr großes Verschlußrad und deutete dann auf Berkk. Er umklammerte es mit beiden Händen und bot seine ganze Kraft auf. Die Anstrengung war so groß, daß seine Halsmuskeln hervortraten.

Nichts passierte. Ich zog an seinem Arm, und als er mich anschaute, gab ich ihm mit Gesten zu verstehen, es in die entgegengesetzte Richtung zu drehen, im Uhrzeigersinn.

Es funktionierte prächtig. Das Rad drehte sich, und die Tür ging einen Spalt weit auf, als ich mich mit dem Körper gegen sie drückte. Sie war verdammt schwer. Ich schob sie so weit auf, daß ich durch den Spalt in einen kleinen Raum mit metallenen Wänden blicken konnte. Soweit ich es sah, war er leer. Doch an der gegenüberliegenden Wand befand sich eine weitere Tür. Wir schoben die erste Tür weit auf, traten ein und machten sie hinter uns zu. Das Getöse wurde zu einem fernen Rumpeln.

»Wie eine Luftschleuse«, sagte Berkk. Ich konnte ihn kaum verstehen, so klingelten meine Ohren.

Man hörte noch immer ein Rattern. Es kam von oben. Ich schaute zu dem dicken Rohr hoch, das durch den Raum führte; das Geräusch kam aus ihm.

»Wollen wir die andere Tür versuchen?« fragte Berkk.

»Gleich ... Wenn der Preßlufthammer in meinem Kopf aufhört.«

Der Raum wies keinerlei Besonderheiten auf. Das gleiche galt für die Wände. In der Decke, gleich neben dem Rohr, war eine Lampe. Eine schmutzige Fußspur führte von der ersten Tür zur zweiten. Sie endete an einer Fußmatte. Ich säuberte an ihr meine Stiefel.

»Auf der anderen Seite gibt es offenbar etwas mehr Kultur. Man achtet darauf, daß der Boden sauber bleibt ...«

Als sich das Rad in der ersten Tür bewegte, hielt ich sofort inne.

»Hinter die Tür!« sagte ich leise und drückte mich an die Wand.

Na schön, mit einem Mann konnte ich fertig werden. Wenn es mehrere waren, waren wir in Schwierigkeiten.

Die Tür ging weiter auf. Ich duckte mich und hob meine Waffe. Ein Eisenfuß tauchte auf. Ich ließ den Totschläger sinken, und ein Roboter trat ein. Er ignorierte uns völlig, als er sich umdrehte und die Tür verschloß, durch die er eingetreten war. Ich beugte mich vor und las die Identifikationsplatte auf seinem glänzenden Hinterkopf.

»Ein Compbot-707. Ausgezeichnet! Er ist kaum mehr als ein Meßgerät auf Beinen. Hast du schon mal einen eingesetzt?«

Berkk nickte fröhlich. »Ich hab mal 'ne Bande von fünfzehn Stück beaufsichtigt, in einer Montagefabrik, wo ich Geschäftsführer war. Wenn sie programmiert sind, können sie nur das tun, was in ihrem Speicher ist. Das Ding weiß nicht mal, daß wir hier sind.«

Wir beobachteten ihn, als er die Tür schloß, zu der anderen hinüberging und sie öffnete. Wir hielten uns die Ohren zu, als wir wieder das laute Geräusch vernahmen. Es erstarb, als die Tür zuging.

»Jetzt wollen wir doch mal sehen, was auf der anderen Seite ist«, sagte ich, drehte das Innenrad und öffnete die Tür einen Spalt breit. Ein Gang. Und niemand in Sicht. Ich öffnete sie weit und trat hindurch.

»Willst du mich hierlassen?« fragte Berkk besorgt.

»Nicht sehr lange. Aber wir müssen rauskriegen, worauf wir uns einlassen. Ich schau mich schnell mal um.«

Ich kam in einen langen, gut beleuchteten Korridor, durch den auch das rumpelnde Rohr an der Decke entlang verlief. Überall gingen Türen ab, und am Ende war wieder eine – die natürlich jeden Moment geöffnet werden konnte. Ich eilte an die erste Tür, die ich sah, prüfte die Klinke und fand heraus, daß sie nicht verschlossen war. Ich holte Luft, hielt den Totschläger bereit – und öffnete sie.

Ein Lagerraum. Regale und Kisten. Für unsere Bedürfnisse perfekt. Ich eilte zur Berkk zurück.

»Laß uns abhauen. Da ist ein Lagerraum, in den wir gehen können.«

»Und was machen wir dann?« fragte er aufgekratzt, als würde ich sämtliche Antworten kennen. Ich hätte sie wirklich gern gekannt.

»Ausruhen. Und planen. Nein, nicht planen. Wir können erst etwas unternehmen, wenn wir wissen, wo wir sind, verdammt – im Himmel oder in der Hölle.« Ich hielt die Klappe, da ich allmählich leichte Benommenheit empfand. Das ganze Geratter, Gestampfe, Gekrieche, Bluten und Schwitzen hatte mir nicht gutgetan. »Du ruhst dich aus«, sagte ich und kam schmerzvoll wieder auf die Beine. »Ich überprüfe mal die anderen Türen und bringe in Erfahrung, was ich kann. Bin gleich wieder da.«

Die ersten drei Räume, in die ich schaute, waren uninteressant. Behälter mit Kugellagern, Computerplatinen, Kabel. Nichts, das wir brauchen, essen oder trinken konnten. Aber im vierten zog ich das Große Los und beeilte mich, zu Berkk zurückzukehren.

»Die Türen hier im Gang führen alle in irgendwelche Lagerräume – aber ich habe einen gefunden, der nicht nur mit Kettenlaufrädern gefüllt ist, sondern auch eine Medobox enthält. Wir können uns nicht nur saubermachen und verpflastern – zu dem ganzen Schamott gehört auch eine Pulle mit medizinischem Brandy.«

Wir tranken die Medizin, dann fielen wir über die Antiseptika und Bandagen her. Wenn man bedachte, was wir durchgemacht hatten, waren wir ganz gut davongekommen. Gesäubert, gereinigt und leicht angebraten fiel mir die Zukunft ein.

»Schlaf, wenn du kannst«, sagte ich. »Ich geh mal 'ne Runde aufklären.«

»Was denn für 'ne Runde? Und worüber?« fragte Berkk.

»Hör mal, du Zivilist, es hat weder was mit Kneipen noch mit irgendwelchen sexuellen Dingen zu tun. Aufklärung ist ein militärischer Begriff und bedeutet *sich umsehen.* Ich bin so vorsichtig wie möglich und so schnell zurück, wie ich kann. Einer kann so was besser als zwei, also nörgle nicht rum.«

Tat er nicht. »Viel Glück«, sagte er.

Die Tür am Ende des Korridors führte in einen sehr großen, gut einsehbaren Raum. Das dicke Rohr führte bis in seine Mitte, dann machte es einen Knick und verschwand im Boden. Der Raum gefiel mir nicht. Ich richtete den Blick eine ganze Weile durch den Türspalt. Hier gab es Werkbänke, vor denen Stühle standen.

Stühle bedeuteten Menschen. An den Instrumentenkonsolen flackerten Lämpchen, und in der Ferne war das Geräusch laufender Motoren zu hören. Wenn der Raum jetzt auch leer war – wie lange würde er es bleiben?

Die Warterei half auch nicht weiter, weil sich nichts rührte und niemand kam. Finster vor mich hinmurmelnd machte ich die Tür schließlich weit auf und schlüpfte hinein. Ich pirschte zwischen den Werkbänken hindurch und bemühte mich, gleichzeitig nach hinten und in alle sonstigen Richtungen zu spähen. Durch eine Schwingtür kam ich in einen noch größeren hell erleuchteten Raum. Noch immer war niemand zu sehen – es war kaum zu glauben. Ich schlich weiter und fragte mich, wie lange mein Glück noch anhalten würde. Ich kam an eine Tür mit einem eingebauten Rundfenster und warf einen vorsichtigen Blick hindurch. Und ich schluckte.

Ein Nahrungs- und Getränkespender. Es konnte nichts anderes sein.

Ich war sofort dran, die Tür schloß sich hinter mir, und ich drückte den Getränkeknopf. Koffein – genau das, was ich jetzt brauchte.

Paradiesisch … Ich kippte zwei Tassen hintereinander herunter, dann wurde ich langsamer. Ich drückte die Kontrollknöpfe, die ein tiefgefrorenes Katzenfleischsandwich und einen Köterburger in die Mikrowelle schoben. Ich schaute mich hin und wieder um, war aber mit den Gedanken ganz woanders. Zuerst mal essen und trinken, die Aufklärung konnte warten. Ich empfand ein leichtes Stechen des Mitgefühls für Berkk, aber die Nahrung spülte es fort. Er schlief und ruhte sich aus. Ich wollte ihm entweder etwas mitnehmen oder ihn hierher führen.

Als mein Bauch gefüllt war und es in seinem Inneren schwappte, beschloß ich nachzusehen, was hinter der nächsten Ecke lag, und dann umzukehren.

Hinter der Ecke befand sich etwas Neues. Da führte ein Treppenhaus durch grobe Betonwände. Mir fiel ein, daß das Rohr mit seinem Gesteinstrümmerinhalt durch den Boden führte. Was bedeutete, daß sich sein Ziel hier unten befand. Sollte ich nachschauen? Warum nicht? Mein Magen war voll, das Koffein kreiste in meiner Blutbahn – und ich empfand größte Wißbegier. Ich ging die Treppe hinunter und kam in einen breiten Korridor, der in zwei Richtungen verlief. In seiner Mitte hing ein dickes rohrförmiges Ding, und es verlief ebenfalls in beide Richtungen. Es bestand aus poliertem Material und war viel dicker als das Rohr, dem wir gefolgt waren. Die Korridorwände waren sogar noch rauher und zeigten unter dem Verputz normale Felsformationen. Man hatte die Gänge aus massivem Fels herausgebohrt. Dicke Stromkabel hingen in Massen da, und auf dem Eisenrohr waren elektronische Vorrichtungen montiert. Ich verstand nicht, wozu sie dienten. Ich ging eine Weile an ihm entlang und erkannte, daß der Tunnel und das Rohr sich krümmten. Eine gleichbleibende lange Kurve. Ich ging weiter, und die Kurve, der Radius, änderte sich nie. Wenn sie so blieb, mußte sie irgendwann einen gewaltigen Kreis beschreiben und ich kam dort an, wo ich angefangen hatte. Ein kreisförmiger Tunnel mit einem runden Rohr in der Mitte. Es kam mir vertraut und …

Im Innern des Tunnels ertönten Schritte, die sich mir näherten. Es war Zeit abzuhauen – aber plötzlich hielten sie inne.

Hau ab, Jim, hau ab, solange du noch unversehrt bist!

Jeder sensible Mensch hätte eiligst und leise den Rückzug angetreten und sich die Neugier für einen anderen Tag aufgespart. Und ich hatte mich immer für einen sensiblen Menschen gehalten.

Warum also zog ich die schweren Arbeitsstiefel aus und stopfte sie in die Jacke? Aus irgendeinem Grund ging ich auf Zehenspitzen weiter und versuchte, einen Blick um die Kurve zu werfen.

Ich blieb stehen, hatte ein Bein in der Luft. Erstarrte.

Meine Neugier war auf ziemlich umfassende Weise befriedigt.

Dort, nur ein paar Meter entfernt, lugte Professor Justin Slakey durch ein Fenster in das Innere der dicken Röhre.

21. KAPITEL

Ich trat sofort den Rückzug an. Bestimmt konnte er die Baßtrommel meines Herzschlags in dem stillen Korridor Echos werfen hören. Ob er mich gesehen hatte? Ich wartete ein, zwei Sekunden, hörte aber nichts von mich verfolgenden Schritten.

Ich ging so leise zurück, wie ich gekommen war – und dann hörte ich hinter mir seine Schritte. Ich konnte nur rennen. Ich mußte dem Trotten vorausbleiben. Wenn er etwas schneller oder ich langsamer ging, würde er weit genug um die Kurve kommen, um mich zu sehen. Oder wenn ich ein Geräusch machte. Oder … es gab zu viele Oders.

Da war die Treppe, die ich heruntergekommen war. Sollte ich versuchen, sie zu ersteigen? Nein, denn sie führte gerade nach oben und bot keinen Sichtschutz. Wenn er die unterste Stufe erreichte, stand ich wahrscheinlich gerade auf der obersten. Also weiter, weiter, immer weiter. Ich ging an ihr vorbei. Feste Betonstufen, die aus dem Tunnel herausführten. Unter ihnen: eine Nische.

Ich nutzte die Gelegenheit, machte einen Satz und drückte mich hinter der Treppe an die Wand. Bemühte mich, mein rasendes Herz zu beruhigen, das in meinen Ohren klang wie ein brünstiges Stachelschwein. Slakeys Schritte kamen näher. Würde er an der Treppe vorbeikommen? Wenn ja, mußte er mich entdecken. Egal wie schnell ich ihn angriff und umhaute, er würde mich sehen. Und dann wußten alle anderen Slakeys auf der Stelle, daß ich hier war.

Und das war dann das Ende.

Patsch, patsch, die Schritte kamen näher. Sie klangen jetzt anders – näher –, dann erstarben sie. Er ging *tatsächlich* die Treppe hinauf.

Als das letzte Klick-Klack verstummt war, sank ich zu Boden und lehnte mich mit dem Rücken an die Wand. Und zog meine Stiefel wieder an.

Jim, sagte ich mir, *ich hoffe, der kleine Erkundungsgang hat dir gefallen. Es hätte nicht viel gefehlt, und du hättest dir die Radieschen von unten angesehen.*

Dann wartete ich, und zwar ziemlich lange. Ich wartete viel länger als ich es für nötig hielt, und dann wartete ich noch eine Weile. Inzwischen war mein Hintern von dem harten Boden taub. Verstohlen erklomm ich die Treppe. Mein Kopf zuckte dermaßen hin und her, daß ich mir auch noch einen wunden Hals zuziehen würde. Zurück in das große Labor, dann zur Tür hinaus. Soweit ich es erkennen konnte, hatte mich niemand gesehen. Durch den Korridor zum Lagerraum.

Ich tat einen entsetzten Satz zurück, als ich ein grauenhaftes Knurren vernahm.

Ich entspannte mich und machte die Tür hinter mir zu, während Berkk noch einen knurrenden Schnarcher losließ. Ich stieß ihm leicht mit der Stiefelspitze in die Rippen, und er erwachte.

»Wer Wache hat und schnarcht, kriegt die Todesstrafe«, sagte ich.

Er nickte finster und zustimmend. »Verzeihung. Wollte eigentlich wach bleiben. Dachte, ich könnte es. War aber nix. Was hast du gefunden?«

»Zunächst mal Essen und Trinken. – Jetzt bist du wach, was? – Schau dich mal an: Stehst auf den Beinen, deine Nasenflügel zittern, kein Gedanke mehr ans Schnarchen. Erst bring ich dich hin, dann erzähl ich dir, was ich sonst noch gefunden habe.«

Wir lungerten nicht lange im Speisesaal herum. Wir stürmten rein, schlugen zu und eilten zurück, für den

Fall, daß Slakey plötzlich Appetit auf irgend etwas bekam.

»Es hätte ebenso gut als Katastrophe enden können«, sagte ich und leckte mir den letzten Krümel von den Fingern. »Vielleicht lag es an dem Glück, das du mir gewünscht hast. Falls ja – danke.«

»Keine Ursache. Wir leben, haben was zu trinken und zu beißen und sind im Augenblick sicher. Wir kennen uns sogar ein bißchen hier aus. Und wir brauchen endlich keine Steine mehr zu klopfen. Ein guter Anfang!«

»Kann man wohl sagen.« Ich zählte alle Punkte an meinen Fingern ab. »Wir sind den steinigen Weg gegangen – bewegen uns aber noch immer. Erstens, wir sind der Steinklopferei entgangen, indem wir zusammen mit einem Haufen anderer Steine abgehauen sind. Zweitens, wir haben festgestellt, daß das Gestein in einer unterirdischen Mühle zu Staub verarbeitet wird.« Ich berührte den nächsten Finger. »Drittens. Nachdem das Gestein zermahlen ist, läuft es durch ein Rohr an den Ort, an dem wir uns gerade verstecken. Wir sind noch immer unter der Oberfläche. Der kreisförmige Tunnel, den ich am Fuß der Treppe gefunden habe, wurde unter großen Mühen aus dem Fels gehauen und mit einigen ziemlich komplizierten Gerätschaften ausgestattet. Aus welchem Grund, weiß ich nicht. Kannst du dir vorstellen, wofür sie gebraucht werden?«

»Nicht im geringsten. Aber eins weiß ich: daß wir noch nicht aus dem Schneider sind. Oder aus den Tunnels heraus.«

»Stimmt genau. Wir können zwar etwas essen und uns ein wenig ausruhen, aber das löst nicht unser Problem. Früher oder später müssen wir weiterziehen. Es gibt Gründe für die Annahme, daß das zermahlene Gestein aus irgendeinem wichtigen Grund irgendwo hingebracht wird. Slakey hat sich schon jetzt eine abscheuliche Menge Probleme und Kosten aufgehalst. Ich gehe jede Wette ein, daß letztlich alles dort endet, wo die Frauen an den Tischen stehen.«

»Ja. Wo du warst, kurz bevor du zu den Steinmühlen kamst.«

Ich dachte angestrengt darüber nach. »Von den Tischen aus kam ich an eine Treppe, die zu einem Raum führte, der sich in den Steinbruch öffnet. Aber du kamst von einem anderen Planeten in den Raum.« Berkk nickte zustimmend. »Was bedeutet, daß der Interuniversumtransmitter von diesem Raum wegführt. Aber …« – der Kopf tat mir weh, aber ich machte weiter – »aber ich kam in den Saal mit den Tischen, nachdem ich im Himmel in ein Loch geworfen wurde …«

Plötzliche Klarheit ließ mein Hirn zischen und brennen, und ich sprang mit aller Kraft auf die Beine. »Denk drüber nach. Wir sind beide durch den Transmitter in den Raum gelangt, der sich auf den Eisplaneten öffnet, wo der Steinbruch liegt. Dann sind wir mit dem Geröll in die Grube gestürzt. Wir sind zweifellos durch noch einen Transmitter gegangen. In den Himmel! Vielleicht sind wir jetzt im himmlischen Untergrund – wo das ganze komplizierte Unternehmen vervollständigt wird.«

Berkk hatte glasige Augen und schien mir nicht folgen zu können.

»Denk nach!« befahl ich. »Wenn wir im Himmel sind, sind wir im Herzen von Slakeys Unternehmen. Hier fängt alles an, und hier endet es auch. Was er auch vorhat, wozu er seine Billionen auch ausgibt, es umgibt uns.« Ich deutete mit dem Finger nach oben. »Dort, an der Oberfläche, ist der Himmel. Und Professor Coypu von der Sondereinheit weiß, wie man dort hinkommt!«

»Toll. Aber was nützt uns dies im Moment?«

Ich sank wieder auf den Boden. War zutiefst deprimiert. »Eigentlich nichts. Wir sitzen noch immer tief im Dreck und wissen keinen Ausweg.«

Berkk sah mich besorgt an. »Wirklich? Wenn stimmt, was du sagst, brauchen wir doch nur weiterzugehen. Wir folgen dem zermahlenen Gestein bis zu den Tischen, von denen du erzählt hast. Da bist du reingekommen – also muß es da auch rausgehen. Wir folgen einfach dem Gesteinsstaub.«

»So einfach ist es nicht.«

»Und warum nicht?«

Tja, warum nicht? Zurück konnten wir nicht – also mußten wir vorwärts. Es war unsere einzige Chance.

»Du hast recht – in genau diese Richtung gehen wir.«

»Jetzt?«

Ich dachte kurz darüber nach. »Slakey ist wach und strolcht hier herum. Vielleicht ist er nicht allein. Aber es besteht auch die Möglichkeit, daß jemand in unseren Lagerraum kommt. Was wir auch machen – ein Risiko ist immer dabei.«

»Bist du nicht müde?«

Ich dachte darüber nach, dann schüttelte ich den Kopf. »Das Koffein hält mich wach. Bin nicht im geringsten müde. Also los, gehen wir!«

Wir gingen. Pirschten wie zwei Mäuse durch die vor uns liegenden Räume. Noch mehr geheimnisvolle Gerätschaften – und ein hoffnungsvolles Zeichen. Berkk deutete voraus, und ich nickte. Ein dickes Rohr kam aus irgendeinem komplizierten Apparat und rumpelte über uns dahin. Durch eine große Öffnung in der Wand in einen dahinterliegenden Raum. Es war eigentlich gar kein Raum, sondern eher eine aus dem Fels geschlagene Kaverne. Sie wurde von schwachen Lampen matt erhellt, der Betonboden war körnig und verstaubt. Aber das Rohr war noch da, hing nun nicht mehr an der Decke, sondern lief am Boden entlang.

»Es rumpelt noch immer«, sagte Berkk und legte eine Hand darauf. »Vibriert. Da geht eindeutig etwas durch.«

Was schön war. Nur eins stimmte nicht: daß das Rohr gerade weiterlief und in einer gekrümmten Wand verschwand. Einer äußerst fest aussehenden Felswand ohne Öffnungen.

»Keine Tür«, sagte Berkk.

»Es *muß* aber eine Tür da sein!«

»Warum?« sagte er mit ekelhaft einfacher Logik.

Tja, warum. Daß wir dem Rohr bis hierher hatten folgen können, mußte nicht bedeuten, daß es immer so leicht gehen würde.

»Denk nach!« sagte ich und dachte selbst konzentriert nach. »Das schwarze Gestein wird unter großen Mühen aus dem Boden geholt. Dann wird es, mit noch mehr Mühen, zu Staub zermahlen. In den Räumen oder dem Tunnel da hinten wird irgend etwas aus dem Staub gemacht, er wird irgendwie verarbeitet, man fügt ihm irgend etwas hinzu, entnimmt ihm etwas oder tut sonst etwas mit ihm. Dann wird das Zeug wegtransportiert … Wohin?«

»Dahin, wo der Roboter und die Frauen sind, wie du schon gesagt hast. Es muß zwar eine Möglichkeit geben, dorthin zu kommen, aber es muß nicht irgendwo in der Nähe des Rohrs sein.«

»Du hast natürlich recht, mein Teurer. Wir schauen uns um und werden den Ort finden. Welchen Weg zuerst?«

»Links«, sagte Berkk selbstsicher. »Als ich noch bei den Pfadfindern war, sind wir immer …«

»… mit dem linken Fuß zuerst losmarschiert. Gehen wir also nach links.«

Machten wir. Ohne irgendwelche Resultate. Die Lichter hinter uns wurden matter. Wir bewegten uns durch eine fast vollständige Dunkelheit und tasteten uns an der groben Steinwand entlang, was uns außer wunden Fingerspitzen nichts einbrachte. Wir kamen an eine Biegung, und eine endlos lange Zeit später an eine weitere. Als dann vor uns matte Lichter auftauchten, war das Rohr wieder da. Wir waren im Kreis gelaufen.

»Vielleicht hätten wir nach rechts gehen sollen«, sagte Berkk aufgeweckt. Klar, daß dies keine Antwort erforderte.

Wieder dorthin zurück, wo das Rohr endete. Doch diesmal wandten wir uns nach rechts und gingen in die Finsternis hinein. Berkk ging voran, ließ seine abgeschürften Fingerspitzen über das Gestein laufen.

»Autsch!« sagte er.

»Wieso Autsch?«

»Weil ich mit den Knöcheln gegen etwas geratscht bin, das sich wie ein Türrahmen anfühlt.«

Wir tasteten die Umrisse mit den Händen ab. Es fühlte sich nicht nur nach einem Türrahmen an, es war auch einer. Und in der Mitte befand sich ein mir sehr vertrautes Rad. Es war nicht leicht zu drehen, aber zu zweit gelang es uns, es ein Stück zu bewegen. Das Metall quietschte und knirschte.

»Ist lange… nicht mehr… aufgemacht worden«, sagte ich schnaufend. »Mach weiter!«

Mit einem letzten quietschenden Protest kam der Verschlußbolzen frei, und die Tür schwang beiseite. Wir blickten in einen kleinen Raum, den grüne Leuchtplatten an der Wand matt erhellten. Das Licht reichte aus, um unsere Augen an die Dunkelheit anzupassen und an der gegenüberliegenden Wand eine weitere Tür zu erkennen. Sie hatte einen Griff.

»Und ein Kombinationsschloß!« sagte Berkk und griff danach.

»Halt!« sagte ich und schlug seine Hand beiseite. »Bevor wir etwas machen, will ich es mir erst ansehen.«

Ich blinzelte das Ding an, versuchte die Einzelheiten im schwachen Licht auszumachen, bewegte den Kopf von einer Seite zur anderen.

»Ich kann gerade eben die Zahlen erkennen«, sagte

ich. »Ein uraltes Zylinderschloß, war schon überholt, als ich jung war. Ich kenne dieses Schloß.«

»Kriegst du es auf?«

»Höchstwahrscheinlich. Wahrscheinlich aber nicht, da es über keine Zuhaltung verfügt, die ich klicken hören könnte. Aber es gibt auch Zufälle. Um es zu verschließen, muß man es von der letzten Zahl wegdrehen, die man eingegeben hat, um es zu öffnen. Viele Menschen vergessen es, das zu tun.«

Ich verschwieg, daß die meisten Menschen es meist nicht vergaßen. Der Gedanke war zu deprimierend. Zurück konnten wir nicht. Ich brauchte wieder ein bißchen Glück – von dieser Sache hing viel ab. Meine Finger waren klamm, ich rieb sie an meinem Hemd ab. Dann griff ich zu, packte den Griff und zog.

Die Tür rührte sich nicht.

Aber der Griff klapperte leicht in meiner Hand. Ob er sich drehen ließ? Ich versuchte es.

Es klappte. Das Schloß war doch nicht abgeschlossen worden.

Ich zog die Tür ein Stück auf und drückte ein Auge an den Spalt.

22. KAPITEL

»Was siehst du?« hauchte Berkk.

»Nichts. Dunkelheit.«

Und große Stille. Ich öffnete die Tür ganz, und es fiel genug Licht von den Leuchtplatten hinein, um einen von Trümmern übersäten Boden zu enthüllen. Ein verbeultes Schild an der Wand besagte in leuchtenden Buchstaben:

HINTERLASSEN SIE DIESEN RAUM BITTE SO,
WIE SIE IHN VORGEFUNDEN HABEN.

Er mußte wohl grauenhaft ausgesehen haben, wenn man ihn so hinterlassen hatte. Auf dem Boden lagen Plastikfetzen und leere, halb zerdrückte Behälter. Und es stank.

»Würg«, sagte Berkk. »Hier ist aber etwas faul.«

»Nein, nicht hier drin. Es liegt an der ganzen Gegend. Es ist der Mief, der überall herrscht. Ich hab's dir doch erzählt. Es liegt an dem Staub oder dem Sand. Wir sind da, wo ich reingekommen bin. Im Himmel.«

»Riecht aber nicht himmlisch.«

»Es liegt daran, weil der Himmel an der Oberfläche ist. Ich wurde von einem Roboter mit einem eingebauten Gravschirm geschnappt. Wir sind in eine Grube gestürzt und hier rausgekommen. Der Himmel ist oben.«

»Ist er immer.«

»Auf der planetaren Oberfläche, du Depp. Dieser *Planet* heißt Himmel.«

»Toll. Und wie kommen wir rauf?«

»Eine wirklich gute Frage – auf die ich im Moment freilich keine Antwort weiß. Laß uns also anfangen, indem wir zuerst von hier abhauen. Ist das da drüben ein Lichtspalt? Mach mal die Tür ein Stück zu. Ja. Bleib hier, ich schau mich mal um.«

Ich stolperte durch den Müll, trat mir einen Weg frei und kam an einen vertikalen Spalt, durch den rötliches Licht fiel. Meine Finger zogen an den Rändern, offenbar einer Kluft zwischen zwei dünnen Eisenplatten. Ich drückte ein Auge daran und schaute. Eine öde Landschaft mit leuchtend roten Gruben im Boden, und aus manchen stiegen Flammen auf. Und dann erst der Geruch. Er wehte heftig heran. Ich war wieder an dem Ort der Unterwelt, an dem ich angekommen war.

»Berkk?«

»Ja?«

»Kram dich mal durch den Schrott und schau nach, ob du etwas findest, womit man stemmen kann. Die Wand hier, oder was es auch ist, besteht aus Eisenplatten – und die sind nicht allzu fest verbunden.«

Die erste Hartplastikscherbe bog sich und splitterte. Wir versuchten es dann mit einem krummen Eisenstück, und es gelang uns, die Öffnung zu verbreitern. Sie war breit genug, um die Finger durchzuschieben, zu ziehen und zu fluchen, als die scharfen Ränder uns ins Fleisch schnitten.

»Jetzt anheben – zugleich«, sagte ich. Machten wir. Irgend etwas kreischte, riß sich los und hinterließ ein Loch, das groß genug war, um uns durchzulassen.

Raus aus dem Knast. Rein in den nächsten. Ich behielt meine defätistischen Gedanken für mich und schaute mich um. Finstere Umrisse.

»Gebäude«, sagte ich. »Als ich zum ersten Mal hier war, habe ich sie nicht gesehen. Allerdings hatte ich auch keine große Chance, etwas zu sehen, als ich hier durchgeschleift wurde.«

»Sollen wir uns mal umsehen?«

»Haben wir 'ne Wahl?«

Auch darauf: keine Antwort. Im rotglühenden Halbdunkel war es schwierig, weit zu sehen. Die Landschaft war offen, hier gab es kein Versteck. Aber niemand rührte sich, und niemand war in Sicht.

»Gehen wir.«

Als wir näher heran waren, sahen wir, daß es Gebäude waren. In ihre Seiten waren dunkle Öffnungen geschnitten, die wie Fenster und Türen ohne Scheiben und Füllungen aussahen. In ihrem Innern waren weitere Leuchtplatten, die etwas Licht spendeten. Wir gingen vorsichtig näher. Kein Geräusch, niemand war zu sehen. Als ich durch das leere Rechteck eines Fensters blickte, sah ich Reihen von Betten oder Kojen.

»Die Frauen«, sagte ich leise und deutete auf die Schlafstätten. »Sie können ja nicht ewig arbeiten – und ein paar von den Kojen sind belegt.«

»Wie bei uns. Wahrscheinlich zwei Schichten. Also geht auch hier die Arbeit rund um die Uhr.«

Wir umrundeten das Gebäude, dann sahen wir die Tische und die über sie gebeugten Frauen. Das plötzliche Surren, begleitet von neuerlichem Gestank, als eine neue Masse des zermahlten Gesteins freigegeben wurde.

»Ich möchte mit ihnen sprechen«, sagte ich. »Sie kennen sich hier doch zweifellos besser aus. Sie sind von irgendwo hierher gekommen – und wenn es einen Eingang gibt, gibt es auch einen Ausgang.«

Ich wollte losgehen, aber Berkk hielt meinen Arm fest. »Nicht allein. Ich gehe mit.«

Wir liefen zusammen auf den nächsten Tisch zu und sanken in seinem Schatten vor den Beinen einer Arbeiterin hin. Falls sie uns erkannte, gab sie es mit keinem Zeichen zu erkennen.

»Ni estas amikoj«, sagte ich. *»Parolas Esperanto?«*

Zuerst reagierte sie nicht. Ihre Arme fuhren wie in Zeitlupe über die sich bewegende Tischoberfläche. Dann stockte sie, schaute aber nicht nach unten.

»Ja. Wer seid ihr – und was macht ihr hier?«

»Freunde. Was kannst du uns über diesen Ort sagen?«

»Da gibt es nichts zu sagen. Wir arbeiten. Suchen, was gefunden werden muß. Wenn wir genug gefunden haben, weiß das *Ding* davon. Es weiß es immer. Dann kommt es und nimmt mit, was wir gefunden haben. Dann dürfen wir essen und schlafen. Dann arbeiten wir wieder. Mehr gibt es hier nicht.«

Als sie verstummte, machten ihre Arme wieder die üblichen Zeitlupenbewegungen.

»Welches *Ding?*« fragte ich. »Das, das euch arbeiten läßt?«

Sie hob den Arm, drehte sich um und deutete über den Tisch. »Das Ding da drüben.«

Ich hob den Kopf über den Tischrand – zuckte zurück und zog Berkk hinter mir her in eine dunklere Ecke.

»Ihr *Ding* ist mein Roboter. Der, von dem ich dir erzählt habe; der mich hergebracht hat. Er ist in dieser Ecke der Hölle der Teufel.«

»Was machen wir jetzt?« Auch Berkks Stimme zeigte nun Furcht – aus gutem Grund.

»Ich sag dir, was wir *nicht* machen. Wir lassen uns nicht blicken. Sonst sind wir tot – oder im besten Fall wieder im Steinbruch, bei unserem lieben Freund Bubo.«

Wir drückten uns so dicht wie möglich an die staubige Flanke des Tisches. Als der Roboter an den Aufbauten vorbeiging, hofften wir, von der Dunkelheit verschluckt zu werden.

Bei ihm war eine Frau. Sie wandte den Blick zum Boden und schlurfte langsam neben ihm her. Sie gingen zu dem Gebäude, das wir gerade verlassen hatten. Sie kamen so nah an uns vorbei, daß die Rostflecken an der Seite des Roboters deutlich zu erkennen waren. Und sein leuchtendes Auge. Als sie durch einen Türrahmen gingen, rappelte ich mich auf.

»Auf geht's – so weit wie möglich von dieser Kiste weg!«

Ich brauchte Berkk nicht zu drängen. Er lief mir schon voraus, als ginge es um Leben und Tod.

Niemand wandte den Kopf, als wir vorbeiliefen. Die Arme der Frauen bewegten sich pausenlos.

»Da vorn sind irgendwelche Lichter«, sagte Berkk. »Vielleicht Gebäude.«

Ich schaute nach hinten und brach so in Panik aus, daß ich glatt an ihm vorbeiflitzte.

»Er hat uns gesehen. Er kommt hinter uns her!«

Als ich es wagte, mich noch mal umzuschauen, hatte er aufgeholt. Er lief schneller als wir; seine Eisenbeine waren wie pumpende Kolben. Wir konnten nicht gewinnen ...

Als ich mich noch mal umdrehte, sah ich, daß eine Frau ihre Position am Tisch verließ; sie war nur eine Silhouette vor den fernen Lichtern. Sie drehte sich um und trat mir in den Weg. Ich wollte um sie herumlaufen, aber sie streckte die Arme aus, um mich zu pakken. Eine plötzliche Drehung, und ich wurde außer Atem zu Boden geworfen.

Eine Sekunde später fiel Berkk auf mich. Und der Roboter war fast da!

Die Frau war eher bei uns. Sie warf sich mit dem ganzen Körper voran, so daß sie auf uns beiden landete und ihr Gesicht fast an das meine gedrückt war.

»Wurde aber auch Zeit, daß du aufkreuzt«, sagte Angelina.

23. KAPITEL

Die Dunkelheit schwand, und ich blinzelte in das plötzliche Aufleuchten greller Lichter. Ich spürte, daß Berkk unter mir zuckte – während genau vor meinen Augen der allerschönste Anblick der bekannten und unbekannten Galaxis zu sehen war.

Angelinas schwarzes, verdrecktes, lächelndes Gesicht. Ich hob den Kopf und küßte ihre Nasenspitze.

»Argl ...«, arglte Berkk und bemühte sich, sich von meinem Gewicht zu befreien. Ich bewegte mich ein Stück, damit er freikam und klammerte mich fester an Angelinas warmen, straffen Körper. Wir knutschten uns heftig, und es war himmlischer als der Himmel, den wir gerade verlassen hatten und der, in den wir je kommen würden.

»Wenn Sie damit fertig sind, könnten Sie vielleicht berichten, was Sie herausbekommen haben«, sagte Coypu. Ich hätte seine Stimme überall erkannt. Wir ließen zögernd voneinander ab und standen auf. Ich hielt weiterhin Angelinas Hand.

Hinter Coypu ragte ein sehr vertrautes Labor auf.

»Wir sind im Hauptquartier der Sondereinheit!« sagte ich.

»Wie man sieht. Als Sie nicht aus dem Himmel zurückkehrten, haben wir das ganze Unternehmen hierher verlegt. Slakey ist ein äußerst gefährlicher Typ. Sobald wir hier angekommen waren, gab es eine ganze Reihe von Versuchen, unsere Abwehr zu durchdringen. Sie sind jedoch alle fehlgeschlagen. Die Schirme sind stärker als je zuvor.«

»Wie wär's mit was Flüssigem?« sagte Angelina und pfiff die Robotbar heran. »Zwei doppelte venerische Treppenschmeißer.«

»Nach dir, Liebling. Und noch einen für meinen Freund Berkk.«

Der saß noch auf dem Boden und schaute sich mit offenem Mund um. Seine Finger umklammerten das Glas, das die Robotbar ihm gab, und wir alle gluckten begeistert.

»Nun sagen Sie mal, Professor«, sagte ich und hielt mein Glas hoch, um es nachfüllen zu lassen. »Was hat Angelina an diesem schrecklichen Ort gemacht – und wie hat sie uns zurückgeholt?«

Bevor er antworten konnte, flog die Tür auf und Bolivar (oder war es James?) stürzte herein. Sein Bruder folgte ihm. Sybil war nur einen Schritt hinter ihnen.

»Papa!«

Überall wurde sich begeistert umarmt, und es kamen noch ein paar Getränke von der Robotbar, damit wir auf unsere erfolgreiche Rückkehr anstoßen konnten. Als wir die Gläser hinstellten, ließ Berkk das seine fallen. Als er sich vorbeugte, um es aufzuheben, kippte er um, fiel auf den Boden und war bewußtlos. Ich maß seinen Puls – da war nichts Nennenswertes zu messen.

»Notarzt!« brüllte ich, rollte ihn auf den Rücken und öffnete seinen Mund, um dafür zu sorgen, daß er Luft bekam. Doch als ich es tat, wurde ich recht unsanft von einem Medboter beiseitegeschoben, der von der Decke herabgefallen war. Er schob irgendein Werkzeug in Berkks Mund, um seine Zunge zu sichern. Gleichzeitig drückte er einen Analysator an seine Haut, entnahm ihm eine Blutprobe, schob ein Kissen unter seinen Kopf, nahm eine schnelle Körperabtastung vor, bedeckte ihn mit einer Decke und funkte einem Arzt, der Sekunden später durch die Tür stürmte.

»Mach Platz«, befahl er dem Medboter, der eine metallene Ausziehtrage unter Berkks Körper schob, Räder aus den Enden ploppen ließ und ihn vorsichtig hinausfuhr. »Der Arzt ist da«, sagte der Arzt. »Scheint sich ein Blutknötchen im Gehirn des Patienten gebildet zu haben, zweifellos von einem Schlag auf den Kopf hervorgerufen. Prognose: gut.« Er eilte hinter dem Medboter her. Sybil nahm seine Verfolgung auf.

»Ich schau mir an, was passiert und melde mich dann«, sagte sie. Bolivar und James eilten hinter ihr her. Die drei waren nun unzertrennlich – was eventuell zu Problemen führen konnte, über die ich im Augenblick nicht nachdenken wollte.

Dies verpaßte der Party einen kleinen Dämpfer. Wir nippten finster an unseren Gläsern. Bevor wir sie leerten – die moderne Medizin ist verdammt schnell –, klingelte Coypus Telefon, und er nahm ab. Lauschte, nickte, lächelte.

»Danke, Sybil«, sagte er und legte auf. »Operation erfolgreich, Patient außer Gefahr, kein bleibender Hirnschaden. Er bleibt im Narkschlaf, bis die Behandlung abgeschlossen ist.«

Wir jubelten. »Danke, Professor«, sagte ich. »Nachdem wir diesen letzten Notfall erledigt haben, können wir uns entspannen und zuhören. Erzählen Sie, wie es meiner Angelina gelungen ist, mich aus dem höllischen Himmel zu holen – und wie sie überhaupt dort hingekommen ist. Danach werden wir herauszuklamüsern versuchen, was all diese seltsamen Ereignisse eigentlich zu bedeuten haben.«

»Wenn Sie nichts dagegen haben«, sagte Coypu, »gehen wir die Erklärung schrittweise durch. Also zurück zum Anfang. Da Sie nach einer geraumen Weile nicht zurückkehrten, habe ich Ihren unaufspürbaren Interuniversumaktivator aktiviert, und Ihr Stiefel kam zu mir zurück. Ohne Sie. Da Sie den Stiefel nicht trugen, zog ich den unausweichlichen Schluß, daß mein Instrument aufgespürt worden war. Deswegen mußte ich seine Unaufspürbarkeit weiterentwickeln. Ich tat es ziemlich schnell, weil ich mich äußerst gedrängt fühlte.«

»Ich habe ein Schießeisen an seinen Hinterkopf gehalten, und mein Zeigefinger war sehr nervös«, sagte Angelina mit einem süßen Lächeln. »Ich wollte hinter dir her und dich zurückholen – aber mit einem besseren Gerät als dem Blindgänger, mit dem er dich versehen hatte.«

»Es war nur ein Prototyp«, murmelte Coypu abwehrend. »Ich habe die Konstruktion weiterentwickelt und drei Geräte mit verschiedenen Unaufspürbarkeitsgraden entwickelt.«

»Das erste versteckte ich im Futter meiner Handtasche«, sagte Angelina. »Das zweite war unter der Haut an meinem Arm – hier.« Sie rieb an einer langen weißen Narbe, die unter dem Staubschmutz deutlich zu sehen war, und ich setzte eine finstere Miene auf. »Ich werde dieses unansehnliche Ding entfernen lassen.«

»Das ist nicht das einzige, das entfernt werden muß«, knurrte ich mit zusammengebissenen Zähnen. »Ich werde diesen verfluchten Slakey umlegen, weil du dir das hast antun müssen.«

»Es sei denn, ich kriege ihn zuerst, Liebling. Er war natürlich sehr schnell und fand das Gerät in der Handtasche. Dann entdeckte er auch dies, wenn auch, wie ich sagen muß, unter großen Mühen. Er hat sich so sehr über sich gefreut, daß ihm die Idee, es könnte ein drittes geben, nie gekommen ist.«

»Wo ist es?« fragte ich.

»Dort, wo Slakey es offenbar nicht gefunden hat«, sagte Coypu und ließ fröhlich die Fingerspitzen über seine Schneidezähne rattern. »Ich wußte, daß keine Möglichkeit bestand, die Pseudo-Elektronen zu finden, also muß er die Pseudo-Elektronenpfade im Festkörperstromkreis gefunden haben. Also habe ich das Neuralnetz auf Angelinas Neuralnetz geprägt, wo ihre neuralen Aktivitäten es verbergen konnten.«

»Soll das heißen, Sie haben das Gerät gleich in ihr Nervensystem eingebaut?«

»Genau! Da meine Pseudo-Elektronen sich mit Pseudo-Geschwindigkeit bewegen, gab es auch keine Interferenzen mit den elektrischen Funktionen ihrer Synapsen. Der Stromkreis endete direkt in ihrem Gehirn.«

»Und als ich dachte *Los*, waren wir weg«, sagte Angelina und warf ihr leeres Glas in Richtung Robotbar, die es mit einem flinken Tentakel in der Luft auffing. »Jetzt wasche ich mir den Dreck und den Mief vom Leib. Und ich schlage vor, daß du das gleiche tust, Jim diGriz.«

»Mach ich – nachdem ich noch eine Frage gestellt habe …«

»Die kann warten.« Dann war sie weg. Ich pfiff nach einem neuen Glas.

»Erzählen Sie mir alles, was passiert ist«, sagte Coypu.

»Sie haben Angelina Slakey ganz allein auf den Hals geschickt!« sagte ich vorwurfsvoll. »Obwohl Sie über die massierten Truppen der Sondereinheit verfügen!«

»Ich hatte auch eine Kanone am Kopf. Glauben Sie, ich hätte eine Möglichkeit gehabt, sie aufzuhalten?«

»Nein. Aber Sie hätten es wenigstens versuchen können.«

»Hab ich gemacht. Was ist nun passiert?«

Ich ließ mich in einen Sessel fallen, nippte an meinem Getränk und berichtete ihm die ganze ekelhafte Geschichte. Von meinem Abstieg aus dem Himmel ins Fegefeuer und von den Frauen an den dortigen Sortiertischen. Dann von dem Trip mittels Slakeys Gerätschaften in die lebendige Hölle des Steinbruchs. Als ich ihm von der Flucht in den Stangenkäfigen erzählte, quollen ihm die Augen aus den Höhlen. Als er von dem Labor und dem mysteriösen Kreistunnel hörte, verengten sie sich zu schmalen Schlitzen.

»Und das war alles. Meine geliebte Angelina war da und hat uns zurückgeholt. Den Rest kennen Sie.«

»Tja, tja, tja!« sagte Coypu, als ich fertig war. Er sprang aufgeregt hoch und ging auf und ab.

»Jetzt wissen wir, was er macht und wie er es macht – wir wissen nur nicht, *wofür* er es macht.«

»Sie wissen es vielleicht, Professor, aber ein paar von uns tappen noch immer im dunkeln.«

»Es ist doch alles ganz klar.« Coypu blieb stehen und hob einen didaktischen Finger. »Der Himmel ist der Sitz all seiner Aktivitäten, dessen können wir uns nun sicher sein. Es spielt nicht die geringste Rolle, wo das Mineral abgebaut wird. Weil es in den Himmel gebracht wurde, nachdem Sie und die anderen männlichen Sklaven es dem Boden entrissen haben. Es wird durch ein Interuniversumfeld geworfen und endet im Himmel, wo es fein gemahlen und in ein Zyklotron geschossen wird …«

»Ein was?«

»Ein Zyklotron. Das Gerät, das Sie in dem Tunnel sahen. Die Beschreibung ist ziemlich erhellend, auch wenn Sie in Ihrer Unwissenheit nicht wußten, was Sie sahen. Es ist ein uraltes, ziemlich schwerfälliges Stück Forschungsapparatur, das man heute nicht mehr verwendet. Im Grund ist es ein extrem langes kreisförmiges Rohr, dem man die Luft entzieht. Dann werden Ionen hineingepumpt, die durch das Rohr wirbeln und mittels Elektromagneten von seinen Wänden ferngehalten werden. Nachdem die Ionen eine hohe Geschwindigkeit entwickelt haben, krachen sie auf ein metallenes Ziel.«

»Und warum?«

»Mein lieber Freund, wie ist es Ihnen gelungen, eine Bildung zu erwerben, ohne in der Schule die Grundlagen der Wissenschaft zu erlernen? Jeder Schüler der ersten Klasse kennt doch die simple Tatsache, daß man, wenn man Platin mit Neon-Ionen bombardiert, das Element 104 – Unnilquadium – erhält. Daraus ergibt sich, wie jedermann klar ist, daß man Unnilsextium erhält, wenn man Blei-Isotope mit einem Chromstrahl trifft.«

»Was ist *das* denn?«

»Ein transuranisches Element. In der Steinzeit der Physik glaubte man, es gäbe nur 98 Elemente, und Uran sei das schwerste. Als dann weitere entdeckt wurden, benannte man sie, wie die Wissenschaftshistoriker heute annehmen, nach Haushaltsgöttern: etwa Kurium nach dem Medizingott, der Krankheiten kuriert, und so weiter. Jedenfalls wurden die Elemente nach der Entdeckung von Mendelevium, Nobelium und so weiter in der uralten und vergessenen Sprache numeriert. 104 ist Unnilquadium, 105 Unnilquintium, und so weiter. Slakey hat ein neues Element erschaffen, das, dessen bin ich mir sicher, in der Tabelle der atomaren Ordnungszahlen noch viel höher steht. Es wird offenbar in sehr kleinen Mengen erzeugt und kommt, noch mit dem ursprünglichen Erz gemischt, aus dem Zyklotron. Maschinen können es nicht aufspüren, sonst hätte man sie ja für diese schwere Aufgabe eingesetzt. Aber Frauen können es im Gegensatz zu Männern wohl finden. Angelina kann uns mehr darüber erzählen …«

»Worüber?« fragte sie. Sie trat gerade ein – in einem tollen grünen Raumjumper, der wunderbar zu ihrem inzwischen rotgoldenen Haar paßte.

»Wonach habt ihr in dem Schamott gesucht?« fragte ich.

»Ich habe keine Ahnung.«

»Aber was genau habt ihr dort gemacht?«

»Ein interessantes Phänomen. Der ganze Kies und Sand sah immer gleich aus. Aber einige Körner fühlten sich, wenn man sie berührte, anders an … Langsamer?

Nein, das ist es nicht. Vielleicht fühlten sich die anderen schneller an. Es ist fast unmöglich, es zu beschreiben. Aber wenn man es einmal ertastet hat, vergißt man es nie wieder.«

»Entropie«, sagte Coypu fest. »Slakeys spezielles Forschungsfachgebiet. Ich bin mir nun sicher, daß er Partikel mit anderer Entropie produziert.«

»Warum?«

»Das werden wir herausfinden müssen.«

»Und wie?« fragte ich verwirrt und unlustig.

»Du findest schon einen Weg, du findest doch immer einen«, sagte Angelina und tätschelte meinen Arm. Ihr Lächeln wurde zu einem Stirnrunzeln, als sie meine schmutzigen Fingerspitzen sah. »Verbrenn deine Klamotten«, befahl sie. »Dann wasch dich, bis deine Haut glüht. Und dann wäschst du dich noch mal.«

Ich ging bereitwillig hinaus, weil ich mir des Geruchs bewußt war, den ich verströmte, und außerdem juckte es mich am ganzen Leib. Der Badebrenner der Gästesuite vernichtete meine Kleider. Ich griff nach Antiseptika und Seife und tauchte mit einem müden Seufzer in das warme Wasser ein …

Ich wachte auf, als meine Nase unter den Wasserspiegel der Wanne sank. Schnappte nach Luft und spuckte Wasser aus. Ich war wohl eingenickt. Mein Körper sandte mir eine Botschaft, die ich erfreut zur Kenntnis nahm. Getrocknet und entstaubt kroch ich auf allen vieren ins Schlafzimmer, zog mich schwindlig ins Bett und vergaß den Rest der Welt.

Vor dem Abendessen nahmen Angelina und ich in entspannter Atmosphäre ein Gläschen zu uns. Die Zwillinge und Sybil waren ausgegangen, und Professor Coypu hielt sich in seinem Labor auf. Wir hatten einen Augenblick für uns.

»Hast du irgendwelche speziellen Wünsche, wie ich Slakey im Himmel kaltmachen soll?« fragte ich.

»Sorg dafür, daß es ordentlich spritzt und weh tut. Auch wenn er mir gegenüber eigentlich gar nicht so garstig war. Aber er ist ein lästiger feister alter Blödmann. Er hat sich vor Freude kaputtgelacht, als der Chirurgboter mir das Implantat herausschnitt. Hat zwar nicht wehgetan, war aber trotzdem eine Sauerei. Danach war ich ihm nicht mehr wichtig. Ich war nur eine neue Sklavin für seine Arbeitstische. Der schreckliche einäugige Roboter – es liegt mir *wirklich* etwas daran, ihn persönlich zur Schnecke zu machen – hat mich gepackt und in die Sortierhöhle gezerrt. Eine Frau hat mir gezeigt, wie sich die Körner anfühlen, die sie gefunden hatte; das war auch schon alles. Im Gegensatz zu den anderen armen Geschöpfen wußte ich, daß ich jederzeit verschwinden konnte, also war es nicht allzu schlimm. Ich wußte auch, daß du irgendwann, sobald wie möglich, einen Ausbruchsversuch machen würdest, deswegen hat mir das Warten nichts ausgemacht. Ich habe mit den anderen zusammengearbeitet, bis ich dich und deinen Freund vor dem Roboter fliehen sah. Und da faßte ich den Entschluß, es sei besser, hierher zurückzukehren.«

Besser! Nicht die geringste Beschwerde über das, was sie hatte durchmachen müssen, um mich zu retten. Mein Engel, meine Angelina! Worte konnten meine Dankbarkeit nicht ausdrücken, aber ein paar leidenschaftliche Küsse brachten die Botschaft zu ihr rüber. Als Coypu auftauchte, lösten wir uns voneinander. Ich bestellte ihm seinen Lieblingstreppenschmeißer, während Angelina hinausging, um das zu tun, was Frauen immer tun, wenn ihre Frisur zerzaust ist.

»Eine Frage, wenn Sie nichts dagegen haben, Professor.«

»Was?« Er nippte an seinem Getränk und schmatzte fröhlich.

»Wie steht die Sache mit dem kleinen Problem, das

Sie hatten – daß Sie nicht in der Lage sind, mechanische Geräte von einem Universum ins andere zu schicken? Sie wissen doch, daß wir nur Salamis als Waffen in die Hölle mitnehmen konnten.«

»Und ob ich es weiß. Deswegen habe ich mich auch sofort um dieses Problem gekümmert. Es ist gelöst. Ein Energiekäfig schützt sämtliche Gegenstände, die Sie mitnehmen wollen, vor den Auswirkungen der Transition. Haben Sie eine Idee?«

»Aber gewiß. Wie Sie wissen, hat mein Sohn James den alten Schurken Slakey in der Hölle hypnotisiert.«

»Aber leider erfolglos. Er war zu durchgedreht, um sich verhören zu lassen. Und Sie hatten nicht genug Zeit, um ihn intensiv genug in die Mangel zu nehmen.«

»Angenommen, Sie hätten ihn oder einen der anderen Slakey hier?«

»Dann gäbe es überhaupt kein Problem. Wir haben höchst geschickte Psychologen, die mit computerisierten Sonden arbeiten, die jeden Gedanken durch alle Ebenen eines Hirns verfolgen können. Mentale Blokkierungen können entfernt, Traumata geheilt werden. Man hätte dann Zugriff auf die Erinnerungen. Aber wir haben weder diesen noch einen anderen Slakey hier. Und was den in der Hölle angeht… Wir wissen, daß er schon zu lange dort ist. Er wird sterben, wenn wir ihn verlegen.«

»Ich weiß. Das will ich auch gar nicht vorschlagen. Aber erinnern Sie sich mal an die abenteuerliche Vergangenheit. Sie wissen doch bestimmt noch von dem Zeitkrieg, bei dem die Sondereinheit fast untergegangen wäre?«

»Sie *ist* untergegangen!« Er nippte fröstelnd an seinem Glas. »Sie haben uns in die Realität zurückgeholt, als Sie den Krieg gewannen. Das werde ich nie vergessen.«

»Ich tue alles, um Freunden zu helfen. Aber momentan interessiert mich der Temporalfixierer. Das Gerät, das Sie gebaut haben, als die Realität schwächer wurde und die Menschen hopsgingen. Sie sagten, ein Mensch, der sich an seine Identität erinnert, sei vor den Auswirkungen der Zeitattacke sicher. Deswegen haben Sie das Gerät gebaut, das die Erinnerungen eines Individuums aufzeichnet und ihm alle drei Millisekunden wieder ins Hirn überspielt.«

»Natürlich erinnere ich mich an den Temporalfixierer – ich habe ihn ja erfunden. Wir haben eine Menge davon auf Lager. Warum?«

»Geduld. Dann wissen Sie auch noch, daß ich *Ihre* Erinnerungen mit mir nahm. Als ich mich wieder durch die Zeit bewegen mußte, habe ich Ihre Erinnerungen meinen Körper steuern lassen, um eine Zeithelix zu bauen, die Zeitmaschine, die ebenfalls Ihre Erfindung ist.«

Er machte die Augen weit auf, als seine schnellen Gedanken zu dem Schluß kamen, den ich langsam ansteuerte. Er lächelte breit, leerte sein Glas, sprang auf die Beine, fegte an meine Seite, nahm meine Hand und schüttelte sie begeistert.

»Genial! Die Idee ist so gut, daß sie fast von mir sein könnte. Wir bringen den Temporalfixierer in die Hölle …«

»… stöpseln Slakey ein und machen eine Aufzeichnung. Wir lassen ihn körperlich dort, bringen aber seine gesamten Erinnerungen hierher!«

Angelina war inzwischen zurückgekehrt und hörte meine letzten Worte. »Falls du wieder einen Interuniversumausflug machen willst … Diesmal gehst du nicht allein.«

Sie sagte es zwar ohne Zorn, aber mit unerschütterlicher Bestimmtheit. Ich öffnete den Mund, um zu protestieren. Machte ihn wieder zu und nickte.

»Natürlich nicht. Wir kehren in die Hölle zurück. Zieh deine leichtesten Sachen an.«

»Aber diesmal ohne Salamis.«

»Aber klar. Es war doch nur eine Notmaßnahme. Die im übrigen auch funktioniert hat, falls ich dich daran erinnern darf. Aber jetzt werden wir sie nicht brauchen. Wir nehmen wieder die Marines mit, aber diesmal gepanzert und bewaffnet. Damit sie uns beschützt, während wir eine Aufzeichnung des roten Slakey machen.«

»Keine Truppen«, sagte sie. »Sie würden uns nur im Weg rumstehen. Nur du und ich – in einem schnellen Spähpanzer. Ein Blitzangriff, und wir haben den alten Schurken. Ich wehre jeden ab, der sich uns in den Weg stellt, und du stöpselst ihn an den Gedächtnisfixierer an. Dann sind wir zum Essen wieder zu Hause. Morgen?«

»Warum nicht? Heute muß ich noch ins Krankenhaus. Es steht eine kleine Therapie für meine Schrammen und Schnitte an. Und ein, zwei gebrochene Rippen müssen gerichtet werden. Morgen früh wäre ausgezeichnet.«

War es auch. Die Röntgenaufnahmen zeigten, daß ich mir zwei Rippen angeknackst hatte. Aber die Mikrofensterchirurgie wurde schnell damit fertig. Der Einschnitt war so geringfügig, daß es nur einer örtlichen Betäubung bedurfte. Da es mich immer interessiert, wenn jemand an meinen Innereien herumpfuscht, bestand ich auf einem Hologramm-Monitor, wie die Chirurgen sie haben, damit ich mir das, was man mit mir machte, in tollen Farben und 3D anschauen konnte. Die flexible Nadel schlängelte sich durch meine Haut und bis an den Rippenknochen heran. Dort angekommen fuhr das nanotechnische Instrument eine Spitze aus, eine submikroskopische Meute molekularer Geräte, die die gebrochenen Knochenenden mit Greifern packten und fest zusammendrückten. Mikromotoren surrten, und alles wurde sauber aneinandergefügt. Wunderbar. Die Instrumentchen blieben dort, bis der Knochen um sie herumwuchs. Ich ging aus dem OP gleich ins Labor, wo Angelina und der Interuniversumtransporter warteten.

»Ich bin bereit, wenn du es bist«, sagte sie. Und sie war es wirklich. Sie trug eine geschmackvolle schwarze Uniform voller Eisenknöpfe, Granatenklammern und schwarze Stiefel, und dazu an einem Gurt zwei klobige Schußwaffen.

»Sehr einnehmend«, sagte ich und legte den Tornister an, der den Temporalfixierer enthielt. »Wie war die Testfahrt mit deinem Stahlroß?«

»Hervorragend«, sagte sie und tätschelte die Wandung des Spähpanzers. »Schnell, unverwüstlich, beeindruckende Feuerkraft. Mehr Waffen als genug, um dir in der Hölle den Rücken zu decken. Wie war die Knochenoperation?«

»Schnell und wirkungsvoll. Ich kann's kaum erwarten, daß wir zuschlagen. Sollen wir?«

»Gleich. Bevor wir gehen, möchte ich Professor Coypu noch ein paar wichtige Tatsachen klarmachen. Zum Beispiel die, daß wir nicht vorhaben, in der Hölle einen Hausstand zu gründen und daß wir so schnell wie möglich zurückgeholt werden wollen.«

»Ganz meine Meinung.«

Coypu schlenderte von seiner Steuerarmatur zu uns herüber. Er wirkte entschieden quengelig. »Ich kann Ihnen versichern, daß es diesmal keinerlei Probleme mit dem Interuniversumaktivator geben wird.«

»Das haben Sie auch gesagt, als Sie mich in den Himmel schickten und ich beinahe ohne Stiefel gestorben wäre.«

»Seitdem haben wir große Fortschritte gemacht. Das Fahrzeug verfügt über einen in den Rumpf eingebauten Aktivator, und außerdem haben Sie einen neuen im Stiefelabsatz. Im schlimmsten aller schlimmen Fälle können Sie sich außerdem an Angelina klammern …«

»Das ist immer ein erfreulicher Gedanke!«

»… dann bringt sie Sie beide zurück.«

»Ich fühle mich erleichtert«, sagte ich. Ich fühlte mich wirklich erleichtert, als ich in den Spähpanzer stieg und die Luke zuknallte. Angelina schaltete den Motor ein, und ich verabschiedete mich mit erhobenem Daumen von Coypu. Sein Abbild musterte mich mit finsterer Miene auf dem Kommunikatorbildschirm.

»Sie können den Motor ausschalten«, sagte er. »Wir haben ein kleines Problem.«

»Wie klein ist es denn?«

»Tja … Vielleicht ist es doch größer. Ich glaube, ich kann die Hölle nicht finden.«

»Was soll das heißen, Sie können sie nicht finden?«

»Wie ich gesagt habe. Sie ist offenbar weg.«

24. KAPITEL

Angelina schaltete den Strom ab. Ich öffnete die Luke, und aufgrund des Actio interruptus leise bebend, marschierten wir zu Professor Coypu hinüber, um ihn in die Mangel zu nehmen. Er werkelte aufgeregt an seinen Kontrollen.

»Wieso haben Sie *weg* gesagt?« sagte Angelina wütend.

»Weil sie *weg* ist. Wo, zum Teufel, ist die Hölle?«

»Ist es nicht etwas schwierig, ein ganzes Universum zu verlieren?«

»Verloren habe ich es, genau genommen, nicht. Es ist nur nicht da, wo es sein sollte.«

»Das klingt nicht viel anders«, sagte ich.

Er musterte mich mit saurer Miene, dann wandte er sich wieder dem Knöpfedrücken und Schalterumlegen zu. Offenbar ohne brauchbare Ergebnisse. »Ich kriege mit den bisherigen Einstellungen keinen Zugriff mehr auf die Hölle. Ich habe sie schon mehrmals überprüft. Es sieht so aus, als wäre da überhaupt kein Universum.«

»Vernichtet?« fragte Angelina.

»Da dies mehrere Milliarden Jahre dauern würde, muß ich es doch sehr bezweifeln.«

»Ist der Himmel denn noch da?« fragte ich.

»Natürlich.« Coypu nahm einige rasche Einstellungen vor und drückte einen Knopf. Riß Augen und Mund auf. Tastete nach dem hinter ihm stehenden Sessel und ließ sich fallen. »Nicht möglich«, murmelte er vor sich hin.

»Ist Ihnen nicht gut, Professor?« fragte Angelina.

Aber er hörte sie nicht. Seine Finger flitzten nun über die Tastatur, und der Bildschirm füllte sich mit rasch dahinfliegenden mathematischen Gleichungen.

»Laß ihn nur machen«, sagte ich. »Er ist der einzige, der in Erfahrung bringen kann, was passiert ist. Wir stehen ihm jetzt nur im Weg.«

Wir begaben uns in die Salonzone, und ich schnippte mit den Fingern in Richtung Barboter. Angelina setzte eine finstere Miene auf.

»Ist es nicht noch ein bißchen früh für die Tränke?«

»Ich will doch nur ein Glas, um meinen Durst zu löschen. Du auch?«

»Dafür ist es mir noch zu früh.«

Ich nippte an meinem Bier und dachte nach. »Wir müssen ganz zum Anfang der Ereignisse zurückkehren. Vergiß jetzt mal die anderen Universen. Als die Sache anfing, als du auf Lussuoso verschwandest, haben James und Bolivar alle Planeten abgesucht, um herauszukriegen, ob es noch weitere Unternehmen gab, die Slakey unter irgendeiner Tarnung betreibt. Wir haben zwar keinen zweiten Tempel der Ewigen Wahrheit gefunden, aber ein gleichartiges Unternehmen enttarnt, das er unter anderem Namen betrieb. Wir sind nach Vulkann gereist und haben die Betrügerkirche lokalisiert. Wir sind reingegangen – und was danach passiert ist, weißt du.«

»Von Glas zur Hölle, zum Himmel und hierher zurück. Wo wir nun festsitzen, da der brave Professor keine dieser Welten mehr finden kann.«

»Wir brauchen nicht auf ihn zu warten.« Ich griff zum Telefon. »Die von uns angezettelte Suche hat vielleicht weitere Slakey-Unternehmen auf anderen Planeten enttarnt. Mal sehen, was die Jungs herausbekommen haben.«

Als Bolivar (oder James) ans Telefon ging, vernahm ich am anderen Ende der Leitung das Plätschern von Wasser und Freudenschreie.

»Kann ich eure Festlichkeit mal kurz unterbrechen?« fragte ich.

»Wir plätschern nur 'n bißchen am Strand rum, Papa. Was ist denn?«

»Das sage ich dir, wenn ihr herkommt. Aber zuvor: Erinnerst du dich, ob wir damals auf Lussuoso bei unserer Suche noch andere Slakey-Unternehmen enttarnt haben?«

»Wir lassen alles fallen und hauen schnell hier ab – ich weiß es einfach nicht. Aber ich weiß noch, daß das Suchprogramm des Computers noch lief, als wir aufbrachen. Wir kümmern uns darum. Wir kommen, sobald wir die Unterlagen haben.«

Professor Coypu hämmerte noch immer Gleichungen in den Computer ein. Angelina bestellte sich eine Tasse Tee, und ich dachte über ein frisches Bier nach, als die Jungs eintrafen.

»Neuigkeiten?« fragte ich.

»Gute!« sagten sie wie aus einem Munde.

Ich blätterte die Ausdrucke durch, dann gab ich sie an Angelina weiter.

»Wirklich sehr gut«, sagte ich. »Ein paar entfernte Möglichkeiten und ein paar Könnte sein-Möglichkeiten.«

»Und eine todsichere«, sagte Angelina. »Der Schwesternorden des blökenden Lamms. Eine Gemeinde nur für Frauen. Und zwar für reiche Frauen.«

»Ist dir der Name des Planeten aufgefallen, auf dem dieses Unternehmen abläuft?«

»Und ob – es ist ausgerechnet Cliaand. Ihr wart noch zu klein, um euch an ihn zu erinnern, Jungs. Ihr wart damals noch im Kinderwagen. Auf Cliaand gab es gewisse Probleme, aber euer Vater und ich haben sie bereinigt. Wenn wir mal Zeit haben, erzählen wir euch davon. Das Wichtige ist, daß Cliaand nun eine Museumswelt ist.«

»Ein Museum – wofür?«

»Kriegsführung, Militarismus, Faschismus, Hurrapatriotismus – für alten Mist jeder Art. Als wir das letzte Mal dort waren, war Cliaand ein sehr armer Planet, aber es scheint sich inzwischen geändert zu haben. Liegt zweifellos am Geld der Touristen. Sollen wir uns mal dort umschauen?«

Ein herzergreifendes Stöhnen errang unsere Aufmerksamkeit. Professor Coypu war wirklich verzweifelt. »So ein Mist«, stöhnte er erneut. »Nichts haut hin. Nichts klappt. Weg. Himmel und Hölle. Alles ist weg.«

Er schaute so niedergeschlagen drein, daß Angelina und ich zu ihm hinübergingen und seinen Arm tätschelten.

»Na, na, es kommt schon alles wieder hin. Während Sie über Ihren Gleichungen geschwitzt haben, haben wir mit größter Wahrscheinlichkeit ein weiteres von Slakeys religiösen Unternehmen ausfindig gemacht. Wir müssen jetzt einen sehr sorgfältigen Plan austüfteln, wie wir in dieser Angelegenheit vorgehen. Ich glaube, wir können uns keinen Fehler mehr leisten.«

Ich sah überall zustimmendes Nicken.

»Können wir den TH wieder einsetzen?« fragte ich.

»Ich wüßte nicht, was dagegen spräche«, sagte Coypu. Er holte tief Luft und schien seine Niedergeschlagenheit bei dem Gedanken an aktive Taten zu vergessen. »Sie haben gesagt, daß er im Glas-Universum nicht funktioniert hat. Haben Sie ihn dort gelassen?«

»Hab ihn ins Meer geworfen – es war nur noch ein wertloser Haufen Schrott. Da fällt mir etwas ein! Slakey hat irgend etwas in dem Sinn gesagt, daß alles, was ich als Waffe einsetze, ohnehin nicht funktioniert. Also weiß er nicht, daß wir den TH eingesetzt haben, als wir in die Kirche eindrangen, um uns sein Gerät zu schnappen.«

»In dem Fall gibt es keinen Grund, warum wir den

TH nicht zusammen mit dem Temporalfixierer einsetzen könnten.«

»Dann tun wir es! Wir schlagen ohne Warnung zu, und zwar während einer Messe, wenn wir wissen, daß Slakey anwesend ist. Wir lassen alle mit dem TH in der Zeit erstarren, gehen rein, richten den TF auf Slakeys Kopf und kopieren alles, was in ihm drin ist. Haut das hin, Professor?«

»Natürlich. Beide Maschinen arbeiten grundsätzlich nach dem gleichen Prinzip. Man kann sie mit einem Zwischenschalter verknüpfen. Er schaltet den TH ab, wenn der TF eingeschaltet wird und kann den Prozeß eine Millisekunde später umkehren.«

Ich rieb mir in erwartungsvoller Freude die Hände. »Wir lassen sie erstarren, marschieren rein, kopieren sein Wissen und gehen wieder raus. Und wenn wir alle draußen sind, schalten wir den TH in der Kirche ab. Die Messe und der Rest geht dann wie gewöhnlich weiter, da er keine Ahnung hat, daß wir sein Gedächtnis kopiert haben. Aber wir brauchen ein größeres Gerät, irgend etwas, das sie aufhält und in der Zeitstase festhält – jeden, der sich in dem Gebäude befindet. Mit einem viel größeren Neutralisationsfeld als beim letzten Mal, der nur wenige Operateure schützte. Wir werden die Türen öffnen müssen, um in das Gebäude hineinzukommen.«

Für Professor Coypu waren alle naturwissenschaftlichen Dinge ein reines Kinderspiel. »Ich sehe keine Probleme. Ich sorge für einen großen TH, der ein Feld erzeugt, das genau der Form und den Abmessungen des Gebäudes entspricht, das Sie betreten wollen. Die Zeit wird stehenbleiben, und niemand wird in der Lage sein, hineinzugehen oder herauszukommen. Außer Ihnen. Ihr THH – Temporalhemmer-Hemmer – wird nur Sie allein decken.«

»Nicht *nur* ihn«, sagte Angelina. »Das kommt mir nicht mehr in die Tüte. Außerdem kann es nur von

Vorteil sein, wenn er Hilfe und Verstärkung hat. Also?«

Wir dachten alle an ein kleines Familienunternehmen, aber Inskipp, der überall Spione und elektronische Schnüffler hatte, beschwerte sich, sobald er hörte, wie das Unternehmen aussehen sollte. Ich gehorchte seinem Kommando und kreuzte in seinem Büro auf.

»Wir brauchen doch bestimmt nicht mehr als vier Leute?« sagte ich.

»Die Anzahl der Operateure ist bei diesem Unternehmen eigentlich nicht das, was zählt. Was mich besorgt macht, ist eigentlich die Vetternwirtschaft. Dies ist ein Unternehmen der Sondereinheit, deswegen wird es auch nach den Vorschriften der Sondereinheit ablaufen. Nicht nach denen des familiären Glücks.«

»Wie kann es Vorschriften zum Einsatz eines Temporalhemmers geben, die beschreiben, wie man einen Temporalfixierer in einer Kirche einsetzt? Zeigen Sie mir doch mal, was die Vorschriften dazu sagen!«

»Wenn ich Vorschriften sage, meine ich *meine* Vorschriften. Sie werden einen weiteren Spezialagenten mitnehmen, damit ich weiß, was überhaupt vor sich geht.«

»Wen?«

»Sybil. Ich schicke sie voraus, um das Ziel zu beobachten.«

»Einverstanden. Und dann können wir zuschlagen?«

»Klar.« Er deutete auf die Tür, und ich war weg.

Die Geräte wurden hergestellt und getestet, aber es dauerte fast eine Woche, bevor unsere interplanetarische Reise in einem Warpantriebskreuzer beendet war. Wir verließen das Militär in der Orbitalstation und begaben uns zusammen mit einer Anzahl anderer Passagiere in einer Fähre auf den Planeten hinab. Wir waren, wie sie, Urlauber in Urlaubsklamotten, und hatten außer etwas Firlefanz nichts in unserem Gepäck. Unsere Waffen und sonstige Ausrüstung ging mit irgendwelchem Diplomatengepäck nach unten.

»Der alten Zeiten wegen habe ich für uns alle Zimmer im luxuriösesten Hotel der Stadt gebucht – im Zlato-Zlato.«

»Wieso kommt mir der Name bekannt vor?« fragte Angelina. »Ist das nicht das gleiche Hotel, in dem wir gewohnt haben, als der schreckliche graue Mann dich umbringen wollte?«

»So ist es. Und du hast mir das Leben gerettet.«

»Erinnerungen«, sagte sie mit einem herzlichen Lächeln. »Ach, die Erinnerungen …«

Als wir im Hotel ankamen, tauchte der Geschäftsführer persönlich auf, um uns zu begrüßen. Er war hochgewachsen und sah gut aus, war leicht grau an den Schläfen und verbeugte sich lächelnd.

»Willkommen auf Cliaand, General, Mrs. diGriz und Söhne. Wir heißen Sie doppelt willkommen, weil Sie nun zum zweiten Mal hier sind.«

»Sind Sie's, Ostrow? Noch immer hier?«

»Natürlich, General. Das Hotel gehört jetzt mir.«

»Sind irgendwelche Meuchelmörder im Haus?«

»Diesmal nicht. Darf ich Ihnen nun Ihre Suite zeigen?«

Zu der Suite gehörte ein hübscher Salon, der an einer Seite mit Glaswänden versehen war und eine hübsche Aussicht auf das umliegende Land bot. Aber James und Bolivar schrien vor Freude laut auf, als sie etwas sahen, das ihnen besonders gefiel.

»Sybil!« sagten sie und begrüßten sie mit einem herzlichen Lächeln.

»Zielbeobachtung beendet?« Es gefiel mir nicht, ihre Wiedersehensfreude mit geschäftsmäßigen Dingen zu unterbrechen.

»Ist alles da«, sagte sie und reichte mir ein Köfferchen. »Für morgen früh um elf ist eine feierliche Sitzung der Schwestern des blökenden Lamms angesagt.«

»Wir werden da sein – wenn unsere Ausrüstung bis dahin hier ist.«

»Ist schon angekommen. Die große Kiste da drüben, mit dem Totenschädel und den gekreuzten Knochen.«

Angelina hatte ihr Späßchen, als sie die Waffen verteilte. Ich packte derweil den Temporalfixierer aus, dessen Gehäuse listigerweise so gestaltet war, daß er einer auf Cliaand üblichen Alarmanlage gegen Einbrecher glich. Er sollte an der Außenwand des Gemeindesaals der Schwestern vom blökenden Lamm angebracht werden, da er dort keine Aufmerksamkeit auf sich zog. Man konnte ihn nach der Aktivierung auch nicht entfernen, da er zusammen mit dem Gebäude in der Zeit erstarren würde. Ich klappte den Holobildschirm aus und gab Form und Abmessungen des Gebäudes ein, die Sybils gründliche Forschungen erbracht hatten.

»Fertig«, sagte ich fröhlich. Ich befestigte das Metallgehäuse des THH, des Temporalhemmer-Hemmers, an meinen Gürtel und löste ihn aus. Es geschah erst etwas, als ich den roten Knopf auf dem Gehäuse betätigte, der den TH einschaltete. Es wurde still. Aber sonst tat sich nichts. Meine Familie und Sybil waren erstarrt, bewegten sich nicht mehr in der Zeit. Ich schaltete ab; Geräusche und Bewegungen kehrten zurück. Sämtliche Geräte funktionierten; alle Systeme standen auf Grün.

An diesem Abend feierten wir zwar – wir aßen, tranken und tanzten –, gingen aber früh zu Bett. Am nächsten Morgen, einige Minuten nach elf, schlenderte meine fröhliche Bande die Glupost Avenue hinunter und bewunderte die Umgebung – aber noch mehr bewunderten wir Angelina, die an der Ecke stand und uns zuwinkte. Der Draht eines Ohrhörers führte zu ihrem Walkman – in Wahrheit ein Lauschverstärker.

»Das Buntglasfenster da oben«, sagte sie und zeigte unauffällig darauf, »gehört zum Gemeindesaal. Slakeys abscheuliche Stimme läßt das Glas vibrieren. Ich kann ihn überdeutlich hören. Er ist gerade mitten in irgendeinem Quatschvortrag.«

»Höchste Zeit«, sagte ich. Wir hakten uns unter, schlenderten fröhlich über die Straße und wichen Rikschas und Ziegenmobilen aus. Bolivar tauchte in einem Gäßchen neben dem Gebäude unter und drückte seinen Strandbeutel an die Wand. Wir anderen gingen weiter. Er zog den Beutel ab, und die wunderschöne ›Alarmanlage‹ hing an Ort und Stelle. Niemand auf der Straße schenkte ihr einen Blick. Als wir an den Haupteingang kamen, gesellte er sich wieder zu uns.

»Das war's, Leute«, sagte er. »Jetzt lassen wir die Puppen tanzen.«

Ich schaltete den THH ein, dann den TH. Nichts geschah. Das heißt, es geschah nichts, das irgend jemand hätte sehen können. Doch das Gebäude und sein Inhalt standen nun in der Zeit still. Und so würde es auch bleiben – eine Stunde oder ein Jahr lang –, bis ich das Gerät abschaltete. Die Menschen im Innern des Gebäudes merkten nichts davon. Sie wußten es nicht. Es konnte höchstens sein, daß sie sich fragten, warum ihre Armbanduhren alle die falsche Zeit anzeigten.

»James, die Tür, wenn ich bitten darf.«

Das Feld meines THH verständigte sich mit dem des TH und befreite die Eingangstür aus der Zeitstase. James zog sie auf, schloß sie hinter uns, und wir marschierten in das Gebäude hinein. Wenn die Tür einmal geschlossen war, konnte keine Atombombe sie wieder öffnen. Über welche Macht ich verfügte!

»Die große Doppeltür da vor uns«, sagte Sybil.

»Die mit den blauen Mäh-Mähs?« Sie nickte.

»Was für ein abscheulicher Geschmack«, sagte Angelina. Ihr Armholster spuckte eine Kanone aus und fing sie in Mikrosekunden wieder ein. Sie war auf Ärger aus, und ich hoffte, daß ihr keiner begegnete.

Jeder der Jungs packte einen Türgriff – und als ich

nickte, zogen sie daran. Slakey stand genau vor uns und schaute uns an.

Unsere Reflexe ließen die Knarren aus den Holstern in unsere Hände springen. Angelina hielt in jeder Hand eine, steckte sie dann langsam wieder weg.

Slakey war, wie seine erstarrten Zuhörer, an einen Sekundenbruchteil der Zeit genagelt. Sein Mund stand offen, er hatte gerade ein Wort auf den Lippen; auf seiner Stirn waren kleine Schweißperlen zu sehen. Kein hübscher Anblick.

Wir umrundeten seine Gemeinde und gingen die Treppe zur Kanzel hinauf. »Bist du bereit, Liebling?« fragte ich Angelina.

»War noch nie bereiter.«

Sie streckte den Arm aus und legte die Kontaktscheibe des Temporalhemmers knapp über dem Ohr an Slakeys Kopf. Sie nickte, und ich drückte den Knopf.

Was passierte, konnten wir nicht sehen. Doch in der kurzen Millisekunde, in der das THH-Feld abgeschaltet war, hatte das Gerät eine Kopie von Slakeys Erinnerungen, seiner Intelligenz und all seine Gedanken in seine elektronischen Nischen eingesaugt.

»Die Anzeige steht auf voll!« sagte Angelina.

»Slakey, du Himmels- und Höllenteufel«, knurrte ich. »Jetzt bist du dran!«

25. KAPITEL

Ich knabberte nervös an meinen Fingernägeln und wartete darauf, daß etwas schiefging. Slakey war uns bisher immer einen Schritt voraus gewesen – und keins unserer gegen ihn gerichteten Unternehmen hatte bislang einen meßbaren Erfolg erbracht. Wir waren der Katastrophe nur durch heroische Bemühungen und Sprünge in letzter Sekunde entgangen. Es kam mir unglaublich vor, daß diesmal alles nach Plan funktioniert hatte. Ich hielt den TF in beiden Händen; ich behielt ihn die ganze Zeit bei mir. Nun lag er auf meinem Schoß, als die Fähre in die Hauptbasis der Sondereinheit fegte. Ich blickte, wie schon hundert- bzw. tausendmal zuvor auf die Nadel, die auf dem roten Strich stand und *Voll* anzeigte.

Voll von Professor Justin Slakey? Wehe, wenn nicht.

Im Labor hatte sich eine erwartungsvolle Menge versammelt. Sogar Berkk war da. Er hatte sich von seiner Hirnoperation gänzlich erholt und genoß nun etwas wohlverdiente Ruhe und Frieden. Die Gespräche erstarben, und Stille breitete sich aus, als ich Professor Coypu fast wie bei einer Zeremonie den TF zeigte.

»Ist er da drin?« fragte ich.

»Wüßte keinen Grund, warum nicht.« Coypu tippte auf die Skala. »Da steht Voll. Mal sehen. Aber natürlich ist das größte Problem noch nicht gelöst. Wie kriegen wir Slakey aus dem TF? Wenn ich ihn in ein anderes Gerät einspeise, haben wir auch keinen Zugriff auf ihn. Ich brauche einen menschlichen Wirt. Sie wissen doch, wie es ist, Jim. Sie haben doch damals mein Hirn und mein Wissen eingesetzt, um eine Zeitmaschine zu bauen.«

»Ich habe Sie meine grauen Zellen übernehmen lassen. Es war nicht schön. Und Sie haben eine Notiz hinterlassen, in der stand, das Schwierigste, was Sie je hätten tun müssen, sei nach dem Bau der Zeithelix das Abschalten des TF gewesen. Es sei buchstäblich Selbstmord.«

»Genau. Wir brauchen einen Freiwilligen, den wir mit dem TF verbinden können, damit ein Wahnsinniger sein Gehirn und seinen Körper steuert. Und wenn Slakey einmal hier ist, wird er nicht wieder abtreten wollen. Nicht gerade verlockende Aussichten. Wer ist eingedenk dieser Tatsachen bereit, sich freiwillig zu melden?«

Beeindruckende Stille breitete sich aus, als alle Anwesenden darüber nachdachten. Ich sah ein, daß es besser war, wenn ich mich meldete, bevor meine Frau oder meine Söhne es taten. Doch als ich den Mund öffnete, meldete sich Berkk.

»Ich glaube, Sie haben Ihren Mann gefunden, Professor. Ich schulde Ihnen allen sehr viel: Jim, der mich aus dem Steinbruch geholt hat, und Angelina, die uns aus der Hölle im Himmel befreite. Wenn ich dort geblieben wäre, wäre ich mit den anderen umgekommen. Ich schulde euch mein Leben, und ich möchte nicht dabei sein, wenn dieser Beknackte an euren oder den Gehirnzellen eurer Söhne rumpfuscht. Nur eine Frage, Professor Coypu: Wissen Sie genau, daß Sie ihn wieder aus mir raus- und mich wieder in mich reinkriegen, wenn alles vorbei ist?«

Coypu nickte heftig. »Zweifellos, das kriegen wir hin. Wenn es sein muß, sprenge ich ihn mit einer Neuralladung raus.«

»Wunderbar. Doch was geschieht mit *mir,* wenn Sie das tun?«

»Interessanter Gedanke. Eine Neuralladung fegt

alles raus und stellt die Synapsen auf neutral. Aber keine Sorge. Wir machen mit einem anderen TF eine Aufzeichnung von Ihnen. Das Verfahren funktioniert ziemlich gut; Jim kann es bestätigen. Was also auch mit Slakey passiert, am Ende sind Sie wieder Sie selbst.«

»Na schön.« Berkk stand langsam auf, sein Gesicht war blaß unter den dunklen Schrammen. »Machen Sie es schnell, bevor ich Gelegenheit habe, es mir noch mal zu überlegen.«

Schnell hieß bei Coypu *sehr schnell.* Er schien einen Psycho-Blaster im Schoß gehalten zu haben, weil ein lautes Summen ertönte und Berkk zusammenklappte. Angelina und ich fingen ihn auf, bevor er auf den Boden fallen konnte.

Ein gepolsterter Operationstisch rollte aus der verwickelten Anlage hervor, auf den wir ihn vorsichtig legten. Coypu machte sich an die Arbeit. Er nahm einen leeren TF aus dem Regal und stöpselte ihn an Berkks Hinterkopf, aktivierte die Steuerung und lächelte erfreut. »Na, bitte. Der tapfere junge Mann kann nun ins Regal. Falls Slakey Schwierigkeiten macht, fege ich ihn aus seinen Neuronen und speise Berkk wieder ein. Und jetzt an die Arbeit.«

Er nahm den Slakey-TF und legte ihn auf die Werkbank, dann schob er einen Mehrzweckstecker in die Dose des TF. Er nahm einen elektronischen Inhaltstest vor, dann brach er die Verbindung ab und verband ihn mit Berkks Kopf.

»Warten Sie«, sagte ich. Er stockte. »Wie wär's, wenn wir Berkk anschnallen, damit er sich – oder uns – nicht verletzt?«

»Ich habe ihn sicher unter elektronischer Kontrolle ...«

»Niemand hatte Slakey je unter Kontrolle. Wir gehen lieber auf Nummer Sicher.«

Coypu legte ein paar Schalter um. Gepolsterte Klammern summten unter dem Tisch hervor. Ich klickte sie an Ort und Stelle fest um Berkks Hand- und Fußgelenke. Fand einen langen Gurt, schnallte ihn um seine Taille und nickte Coypu zu. Er steckte die letzte Verbindung ein, legte weitere Schalter um, und ein Mikrofon schwenkte vor seinen Mund.

»Sie schlafen. Sie schlafen fest. Aber Sie können mich hören. Hören Sie meine Worte. Sie werden nicht aufwachen. Aber Sie werden mich hören. Hören Sie mich?«

Der Lautsprecher knisterte leise, dann hörte man so etwas wie einen Seufzer. Dann kamen die Worte. Sie waren kaum hörbar.

»Ich kann Sie hören.«

»Das ist sehr gut.« Coypu drehte den Verstärker etwas auf. »Und jetzt sagen Sie mir, wer Sie sind.«

Ich weiß nicht, warum man es ›bedeutungsschwangere Stille‹ nennt, vielleicht deswegen, weil sie mit allerlei Möglichkeiten schwanger geht. Diese Stille verkörperte alle Möglichkeiten. Der Lautsprecher knisterte erneut.

»Mein Name ist ... Justin Slakey.«

Wer kann es uns verübeln, daß wir vor Freude aufbrüllten? Wir hatten es geschafft!

Aber nicht ganz. Berkk, beziehungsweise sein Leib, zuckte und wehrte sich gegen die Fesselung. Er biß sich auf die Lippe, bis sie blutete. Dann öffnete er die Augen.

»Was machen Sie mit mir? Wollen Sie mich umbringen? Vorher bringe ich *Sie* um ...«

Das Zucken hörte auf, und er fiel schwer zurück, da Coypu ihm eins mit seinem Psycho-Blaster überbriet.

Es würde nicht leicht werden. Selbst als James, ein weitaus besserer Hypnotiseur als Coypu, half, war es unmöglich, irgendwelche Kontrolle über Slakey auszuüben. Sobald sie dazu ansetzten, einen Slakey zu hypnotisieren, wurde er von einem anderen übernommen. Und das ganze darauf folgende Genöle trug nicht dazu bei, Berkks Körper Gutes zu tun, denn er biß sich auf die Lippe und ruckte und zuckte herum.

»Wird Zeit für professionelle Hilfe«, sagte Coypu. »Dr. Mastigophora ist unterwegs. Er ist der führende klinische Psychosemantiker der Einheit.«

»Ein Super-Seelenklempner?« fragte ich.

»Das kann man wohl sagen.«

Dr. Mastigophora war so mager wie ein Knochen, bestand nur aus Sehnen und Leder, trug eine Instrumententasche und hatte eine graue Mähne auf dem Kopf. »Ich nehme an, das ist der Patient?« sagte er und deutete mit einem langen dürren Finger auf Berkk.

»Ist er«, sagte Coypu. Mastigophora musterte sein Publikum mit funkelnden Augen.

»Alle Mann raus hier«, befahl er, als er seine Instrumententasche öffnete. »Einzige Ausnahme ist Professor Coypu.«

»Es gibt bezüglich des Patienten ein physisches Problem«, erklärte ich. »Wir wollen nicht, daß er seinem Leihkörper etwas antut.«

»Sie können's wohl nicht lassen mit Ihrem Getrickse, was, Coypu? Eines Tages gehen Sie noch mal zu weit ...« Er musterte mich mit finsterer Miene. »Ich habe ›raus‹ gesagt. Ich meine es ernst. Alle raus!«

Und im gleichen Moment sprang er vor, umfaßte mein Handgelenk und wandte einen sehr kräftigen Armschlüssel an. Natürlich ließ ich ihn gewähren, da es nicht meine Art ist, Akademiker zu verdreschen. Sein Griff war kräftig und stark genug – hoffte ich –, um in einem Notfall mit Berkk fertig zu werden. Sobald er mich losgelassen hatte, ging ich mit den anderen hinaus.

Mehrere Stunden vergingen. Wir fingen schon an zu gähnen und machten uns zu den Betten auf, als der Kommunikator summte. Angelina und ich wurden ins Labor gerufen.

Coypu und Mastigophora hingen zusammengesackt

in den Sesseln und bemühten sich, den jeweils anderen mit einer Miene der Niedergeschlagenheit zu übertreffen.

»Unmöglich«, stöhnte Mastigophora. »Keine Kontrolle, kann keine Blockierungen aufbauen, krieg keinen Zugriff; es ist schrecklich. Wir haben's mit einer multiplen Persönlichkeit zu tun. Mein Kollege hat erklärt, daß Professor Slakey seinen Körper – oder seine Körper – auf noch ungeklärte Weise multipliziert hat. Sein Hirn – oder seine Hirne – befindet – oder befinden – sich in ständiger Kommunikation oder so etwas ähnliches. Es klingt nach absolutem Quatsch. Aber ich habe es mit eigenen Augen gesehen. Ich kann nichts tun.«

»Nichts«, wiederholte Coypu hohl.

»Nichts?« rief ich. »Es muß doch eine Möglichkeit geben!«

»Nichts«, sagten die beiden wie aus einem Munde.

»Es gibt doch etwas«, sagte Angelina, die schon immer eine praktische Ader hatte. »Vergessen Sie Slakey. Schauen wir uns lieber mal das Innere Ihrer Interuniversummaschine an. Es wird doch gewiß irgendeine Möglichkeit geben, sie wieder zum Laufen zu bringen.«

Coypu schüttelte den Kopf. Er sah, falls dies überhaupt möglich war, noch finsterer aus. »Während Dr. Mastigophoras Hirntrockenlegung habe ich mir das Problem noch einmal vorgenommen. Ich habe sogar alle Projekte gestoppt, die momentan im Computer der Hauptzentrale der Sondereinheit liefen. Falls Sie es noch nicht wissen, der CdHZdSE ist der größte, schnellste und mächtigste Rechner, der je in der Geschichte der Menschheit gebaut wurde.« Er schaltete einen Bildschirm ein und deutete auf ihn. »Sehen Sie den Satelliten da draußen? Er umfaßt fast ein Drittel unserer gesamten Station. Es ist aber kein Satellit – es ist der Computer! Ich habe ihn nur auf dieses eine Problem angesetzt. Er hat ungefähr eine Million Jahre Rechnerzeit dafür gebraucht.«

»Und?«

»Er hat sich die Frage aus jedem nur erdenklichen Blickwinkel angesehen. Und kam immer zum gleichen Schluß: Es ist unmöglich, die Zugriffsfrequenzen im Interuniversum-Kommutator zu verändern.«

»Aber geschehen ist es trotzdem?« sagte ich.

»Offensichtlich.«

»Für mich ist nichts offensichtlich!« Ich war übermüdet, allmählich riß mir der Geduldsfaden, und die düstere Untergangsstimmung reizte mich bis aufs Blut. Ich sprang auf, marschierte zu der glänzenden eisernen Steuerarmatur hinüber und musterte die blinkenden Lämpchen und vorbeiziehenden Grafiken. Ich trat dagegen. Zwar schmerzten meine Zehen, aber ich hatte wenigstens die Freude zu sehen, daß eine Nadel einer Skala einen Satz machte. Ich holte aus, um der Kiste noch einen Tritt zu versetzen. Und erstarrte.

Ich blieb lange Sekunden auf einem Bein stehen, und meine Gedanken drehten sich im Kreise.

»Er hat gerade eine Idee«, sagte Angelina. Ihre Stimme schien aus weiter Ferne zu kommen. »Wenn er so auf der Stelle stehenbleibt, bedeutet es, daß ihm etwas eingefallen ist, daß ihn irgend etwas inspiriert hat. Gleich wird er uns erzählen …«

»Ich erzähl's euch jetzt!« schrie ich, fuhr herum, sah sie an und knallte in der Luft die Hacken zusammen. »Ihr Computer hat völlig recht, Professor. Sie sollten seinen Ergebnissen mehr Respekt entgegenbringen. Die Universen sind stets am gleichen Ort. Sobald wir uns dies klarmachen, wird die Antwort offensichtlich. Wir müssen den wahren Grund suchen, warum Sie keinen Zugang mehr zu diesen Universen haben. Wissen Sie, was der Grund ist?«

Jetzt hatte ich sie. Die Akademiker glotzten mit offenem Mund und schüttelten den Kopf. Angelina nickte stolz und wartete auf meine Erklärung.

»Sabotage«, sagte ich und deutete auf die Steuerarmatur. »Jemand hat Kontrolleinstellungen verändert.«

»Aber ich habe doch alles selbst eingestellt«, sagte Coypu. »Und ich habe meine ursprünglichen Berechnungen ständig überprüft.«

»Dann sind auch sie geändert worden.«

»Unmöglich!«

»Das kann man wohl sagen. Wenn man alle Möglichkeiten ausprobiert hat – dann ist es an der Zeit, sich im Unmöglichen umzuschauen.«

»Meine ersten Aufzeichnungen ... Ich glaube, ich habe sie noch«, sagte Coypu, stolperte durch den Raum und riß eine Schublade auf. Sie fiel zu Boden. Stifte, Büroklammern, Papierschnipsel, Zigarrenstummel und leere Suppendosen, eben all das, was man für gewöhnlich in Schubladen aufbewahrt, kollerte umher. Er kramte in dem Gekröse herum, nahm einen zerknitterten Zettel an sich, glättete ihn und hielt ihn hoch.

»Da! Meine Handschrift, meine ersten Berechnungen, die Anfänge der Festlegungen der Örtlichkeiten und Einstellungen. Das hätte man nicht verändern können.« Er stapfte zu den Kontrollen, ließ die Finger über die Tastatur fliegen und deutete mit einem siegreichen Finger auf die Gleichung, die der Bildschirm zeigte. »Da, bitte, sehen Sie – da steht das gleiche.«

Er warf einen Blick auf den Zettel, dann auf den Schirm, dann wieder auf den Zettel, bis es so aussah, als sei er Zuschauer bei einem Pingpongturnier.

»Das stimmt aber nicht ...«, sagte er heiser. Ich muß zugeben, daß mein Lächeln etwas selbstgefällig war und ich es genoß, als Angelina mich umarmte und küßte.

»Mein Gatte, das Genie«, sagte sie leise.

Während Coypu auf die Computertastatur einhämmerte, schaute Dr. Mastigophora sich seinen Patienten an.

»Wie geht's ihm?« fragte ich.

»Bewußtlos. Wir mußten ihn mit dem Psycho-Blaster behandeln und seinen Körper und sein Hirn lähmen. Sonst scheint nichts zu funktionieren.«

»Da ist sie! Die Hölle!« schrie Coypu, und wir wandten den Kopf, um seinen Bildschirm anzuschauen, der nun eine abscheuliche rote Landschaft unter einer noch roteren und abscheulicheren Sonne zeigte.

»Die Hölle«, sagte er. »Und der Himmel. Sie sind beide noch da. Es lag an den Berechnungen, den Hauptgleichungen. Sie waren verändert, wenn auch nur geringfügig, gerade genug, um die späteren Berechnungen immer weiter von den richtigen Zahlen abweichen zu lassen. Aber … Wie ist es passiert? Wer hat das getan?«

»Ich hab's doch schon gesagt«, sagte ich fest. »Ein Saboteur. In unserer Mitte befindet sich ein Spitzel.«

»Unmöglich! Es gibt keine Spitzel bei der Sondereinheit. Und ganz bestimmt keinen in der Zentrale. Unmöglich.«

»Es ist sehr gut möglich. Ich habe sehr genau darüber nachgedacht, und so leid es mir auch tut, ich kann den Spitzel entlarven.«

Sie gafften mich an. Angelina beugte sich sogar vor, weil sie auf meine weiteren Enthüllungen wartete. Ich lächelte gelassen, rieb die Hände an meinem Hemd ab, drehte mich um und streckte einen Arm aus.

»Da habt ihr euren Spitzel.«

Alle drehten sich um.

»Es ist kein anderer als mein braver Gefährte aus dem Steinbruch – Berkk.«

26. KAPITEL

»Wie kannst du das sagen, Jim«, sagte Angelina. »Er hat dir doch das Leben gerettet.«

»Stimmt – aber ich auch das seine.«

»Er war ein Gefangener, wie du. Er würde doch nicht für Slakey spionieren.«

»War er. Hat er aber trotzdem getan.«

Coypu war ganz der ungläubige Thomas. »Unmöglich. Sie haben doch gesagt, er sei ein einfacher Mechaniker. Es würde eines Mathematikers von unglaublichem Geschick erfordern, um die Gleichungen so subtil zu verändern, daß ich nichts davon bemerke.«

Ich hob beide Hände, um seinen zunehmenden Protest abzuwehren.

»Liebe Freunde – warum nehmen wir keine empirische Prüfung vor. Fragen wir ihn doch.«

Sekunden später hatte der Professor eine starke elektronische Ladung in Berkks Hirn gepumpt und es bis auf Null geleert. Es war nun bar jeglicher Intelligenz. Der gefangene Slakey bestand nur noch aus prasselnden Elektronen, was mir gut gefiel; es gab mit Sicherheit noch eine Menge anderer Manifestationen von ihm. Dann nahm Coypu den anderen beladenen TF, der Berkk enthielt, und versetzte ihn wieder in seinen Körper. Er legte einen Schalter um. Bald (hoffentlich) würde Berkk wieder bei uns sein. Dr. Mastigophora füllte eine Injektionsspritze mit einem Psycho-Blaster-Gegenmittel und entleerte sie in Berkks Arm. Er rührte sich stöhnend, und seine Augen gingen flatternd auf.

»Warum bin ich festgebunden?«

Ich erkannte seine Stimme. Slakey war weg. Berkk war wieder daheim.

»Machen Sie ihn bitte los, Professor.« Die Klammern sprangen auf, und ich setzte mich in Bewegung, um den ihn haltenden Gurt zu öffnen.

»Autsch«, sagte Berkk und berührte seine verschrammten Lippen. »Das hat Slakey gemacht, was? Was hat er mir nur angetan.« Er setzte sich ächzend hin. »Hat es sich gelohnt? Habt ihr bekommen, was ihr wolltet?«

»Nicht ganz«, sagte ich. »Aber bevor wir dazu kommen, möchte ich dir eine einfache Frage stellen.«

»Zum Beispiel?«

»Warum hast du Professor Coypus Interuniversumtransporter sabotiert?«

»Wieso ... Wie kommst du darauf, daß ich so etwas machen würde?«

»Erzähl du's mir, Berkk.«

Er schaute sich um und blickte uns an. Er lächelte nicht; er wirkte wie ein in die Enge getriebenes Tier. Doch dies änderte sich plötzlich. Er schaute leer auf, und ein entsetzter Ausdruck verzerrte sein Gesicht. »Nein!« schrie er heiser. »Das nicht ... Das können Sie doch nicht ...«

Dann schlug er die Hände vors Gesicht und fing hemmungslos an zu weinen. Niemand sagte etwas, da wir nicht wußten, was los war. Schließlich schaute er auf und wischte sich mit dem Ärmel die Tränen ab.

»Weg«, sagte er. »Wieder im Steinbruch. Zurück in die Hölle im Himmel.«

»Wärst du so freundlich, es zu erklären?« fragte ich.

»Ich ... also ich ... Wir zwei. Er ... Ich meine ich ... ist wieder im Steinbruch. Der tückische einäugige Roboter hat ihn geschnappt.«

Mir wurde schlagartig alles klar. »Hat Slakey dich so dupliziert, wie er es mit sich selbst macht?«

»Ja.«

»Dann ist alles klar«, sagte ich selbstgefällig.

»Nicht für uns alle, diGriz«, sagte Angelina, die nun keine Geduld mehr zeigte. »Spuck's aus, damit auch wir Dorftrottel es verstehen. Aber ein bißchen plötzlich.«

»Verzeihung, meine Liebe. Aber die Erklärung ist ganz einfach. Als Slakey mich in den Steinbruch warf, muß er sich über meine Anwesenheit im Himmel Gedanken gemacht haben – und noch mehr über die Frage, was Coypu und die Sondereinheit wohl als nächstes unternehmen. Also hat er Berkk rekrutiert, um mich zu überwachen. Er hat ihn verdoppelt und einem von beiden schreckliche Dinge angetan, damit der andere sein Spitzel wurde.«

»Ketten«, ächzte Berkk. »Folter. Elektroschocks. Ich mußte tun, was er von mir verlangte, weil ich alles spürte, was er meinem anderen Ich antat. Es war in Slakeys Labor an die Wand gekettet.«

»Und da du alles wußtest, was du und ich taten, wußte dein anderes Ich ebenfalls, was wir taten und hat es Slakey gemeldet?«

»Ja, während der ganzen Zeit. Slakey hat mich auch die Stangenkäfige bauen lassen, damit wir fliehen konnten. Sobald wir irgend etwas taten, wußte er es auch schon.«

»Aber die Flucht im Käfig war doch sehr gefährlich!«

»Glaubst du, das hat ihn interessiert? Es hätte ihn nicht mal interessiert, wenn wir umgekommen wären. Als wir erst mal sicher auf dem Geröllhaufen gelandet waren, hat er das Zyklotrongebäude leeren lassen, damit wir sicher durchkamen. Als wir die Unnildecnovum-Sortiertische erreichten, hat er den Roboter hinter uns hergeschickt, um zu sehen, was passiert, ob es eine Fluchtmöglichkeit für uns gibt. Und es gab eine.«

»Du Spitzelratte«, sagte Angelina, und ich sah, daß ihre Finger sich zu Klauen bogen. »Du Natter an unserem Busen. Wir haben dir das Leben gerettet, und dir fällt nichts anderes ein, als die Anlage des Professors zu sabotieren.«

»Ich hatte keine Wahl«, stöhnte Berkk. »Mein anderes Ich, das bei Slakey ist, hat alles ausgeplaudert. Slakey war bereit, es jederzeit zu töten, wenn ich nicht das tat, was er anordnete. Als ich nach der Operation aufwachte, wart ihr alle weg. Ich kam her, das Labor war leer – der Professor schlief. Es war Slakeys perfekte Chance für eine Sabotage. Ich habe genau das getan, was er mir befohlen hat. Ich habe die Gleichungen, die Einstellungen und alles andere verändert.«

»Hat er dir auch befohlen, dich freiwillig zu melden, so daß wir sein Wissen in dein Gehirn übertragen konnten?«

»Das war meine Idee. Ich glaubte wirklich, mich freiwillig zu melden. Außerdem hat er es mir befohlen, weil er wußte, daß ihr daraus keinen Nutzen ziehen würdet. Und es sollte zu meiner Glaubwürdigkeit beitragen. Ich hatte keine Wahl ...«

»Na, laß mal«, sagte ich. »All das ist Vergangenheit. Außerdem können wir jetzt wieder in die anderen Universen zurück, seit der Professor den Schaden rückgängig gemacht hat. Die Zeit, in der du für Slakey spioniert hast, ist vorbei. Jetzt kannst du für uns spionieren. Du bist höchstwahrscheinlich der Schlüssel, um mit allen Slakeys kurzen Prozeß zu machen. Hilf uns, vielleicht können wir dann auch deinem anderen Ich helfen.«

»Könntet ihr das wirklich?«

»Wir können es jedenfalls versuchen. Und nun – die erste Frage: Um was geht es überhaupt bei der Gesteinszertrümmerung und Sortiererei? Wir wissen noch immer nicht, welche Ziele Slakey hat. Du hast das Wort Unnildecnovum verwendet. Was ist das?«

»Ich habe keine Ahnung. Aber da mein anderes Ich die ganze Zeit mit Slakey verbracht hat, konnte ich alles sehen und hören, was er tat. Er hat das Wort in

27. KAPITEL

Unter den transparenten Anzügen trugen wir Badekleidung. Angelina und Sybil sahen ziemlich knackig darin aus. Ich wandte den Blick schnell von der einen ab und hauchte der anderen ein Küßchen zu.

»Ausrüstungsprobe«, sagte ich, zückte mein Schießeisen und hob es hoch. »Eine Lähmpistole, voll geladen. Ein Behälter mit Schlafgasgranaten, ein weiterer mit Rauchbomben. Kampfmesser mit silbernem Zahnstocher. Handschellen, um Gefangene zu fesseln, Wahrheitsdrogeninjektor, um sie zum Reden zu bringen.«

»Plus eine mit Diamantschneide versehene Kettensäge, um einen bestimmten Roboter zu zerlegen«, sagte Angelina und hob das gefährlich aussehende Objekt hoch.

»Alles in Ordnung, alles registriert. Jetzt nur noch eins.« Ich nahm den Tornister an mich, auf den auf weißem Untergrund ein rotes Kreuz zu sehen war. »Für Notfälle. Seid Ihr in der Leitung, allmächtiger Inskipp?«

»Bin ich«, schepperte seine Stimme in meinen Ohren. »Ich habe zahllose tödliche Einsatzkommandos in Wartestellung – für den Fall, daß Sie Hilfe brauchen.«

»Wundervoll! Professor Coypu, wenn Sie möchten, können Sie jetzt das Tor öffnen.«

Coypu legte einen Schalter um, und das rote Licht über dem mit Schraubenköpfen und massiven Nieten versehenen Stahltor wurde grün. Ich packte den Griff und drehte ihn. Dann stieß ich das Tor weit auf, und wir marschierten in den Himmel ein.

»Was ist mit den Wolken?« fragte ich und schob einen Finger in eine gerade vorbeischwebende; sie kitzelte mich.

»Eine eingeborene Lebensform dieses Planeten«, sagte Coypus Stimme in meinen Ohren. *»Sie hat kristalline Organe, was das bimmelnde Geräusch erklärt, und sie schwebt, weil sie Methan erzeugt. Achten Sie darauf, daß Sie keine Funken schlagen, weil sie möglicherweise explodieren könnten.«*

Sie konnten es nicht nur möglicherweise, sie konnten es tatsächlich. Und zwar in einem Feuersturm, der über mich hinwegspülte. Ich blinzelte das Glühen an, spürte aber nichts. Offenbar beobachtete Slakey unser Tun und hatte das Feuer eröffnet. Weitere Wolken, die nun auf uns zuschwebten, wurden abgeschossen, bevor sie uns zu nahe kamen. Sie zerstoben in hübschen Explosionen. Als die letzte Rauchwolke weggeweht war, deutete ich auf die ordentlich gemähten Grünflächen.

»Da, das ist unser Weg. Walhalla ist ein Betrugsunternehmen, und das Paradies wird noch renoviert. Die Müllkippe wollen wir nicht besuchen. Das Stück Himmel, in dem ich auf Slakey gestoßen bin, liegt in dieser Richtung. Wir brauchen nur dem gelben Ziegelsteinweg zu folgen.«

Während wir gingen, schaute Angelina sich um. »Wenn es Slakey nicht gäbe, könnte dies hier ein sehr schöner Planet sein.«

»Und wir sind hergekommen, um etwas dagegen zu tun.«

»Tun wir auch. Höre ich etwa Musik?«

»Sind das da Vögel vor uns?« fragte Sybil.

»Nicht ganz«, sagte ich, als ich die flatternden Geschöpfe wiedererkannte. »Ich habe in einem Wälzer mit dem Titel *Alles, was Sie schon immer über Religion wissen wollten, aber nicht zu fragen wagten* etwas über sie gelesen. Es sind legendäre Gestalten, man nannte sie Cherubim. Sie sind offenbar geschlechtslos, aber tolle Harfenspieler, von ihrem Chorgesang ganz zu schweigen.«

Die fliegende Wolke kam näher, ließ Harfen erklingen und sang im Falsett. Ein weiterer Schwarm tauchte auf. Er sang lauthals vor sich hin, obwohl seine Bestandteile über keine Lungen verfügten, da sie nur aus Köpfen mit Schwingen bestanden, die hinter ihren Ohren hervorwuchsen. Das kam mir äußerst komisch vor, und allmählich wurde ich mißtrauisch.

»Sind das eingeborene Geschöpfe dieses Planeten?« fragte Angelina.

»Ich habe keine Ahnung – aber ich würde es liebend gern wissen.«

Sie flogen niedriger und kurvten mit schrillem Gesang über uns dahin. Ich ging in die Hocke – und sprang. Ich erwischte eins, bevor es wegfliegen konnte. Es sang weiter, seine blauen Augen blickten aufwärts. Ich drückte es, berührte seine Schwingen, versuchte die Fetzen an seinen Lenden zu heben. Also das war es. Ich drehte beide Hände und riß ihm den Kopf ab.

»Jim«, kreischte Angelina. »Du Ungeheuer!«

»Aber ganz und gar nicht.« Ich riß den Kopf ab, und aus seinem Hals quollen Drähte hervor. Es sang weiter und flatterte mit seinen Schmetterlingsflügeln. Ich ließ es los, und es entfernte sich, noch immer singend, von seinem baumelnden Kopf.

»Null-G-Roboter mit integrierten Spieldosen. Slakey muß sie gebaut haben, um der Landschaft Realismus hinzuzufügen, damit er bei den Tölpeln besser absahnen kann.«

Der Weg bog durch ein schmales Tal, in dem es von blühenden Sträuchern wimmelte. Als wir es erreichten, stürmte etwas aus den Büschen und galoppierte auf uns zu.

»Er gehört mir!« schrie Angelina fröhlich und rannte darauf zu. Der rostbefleckte und zerschrammte einäugige Roboter. Ich eilte hinter ihr her – nicht, um ihr den Spaß zu verderben, sondern um im Fall aller Fälle da zu sein.

Er traf aber nicht ein. Es lief alles ganz bedächtig ab. Als er seine gewaltige Hand mit den rasiermesserscharfen Fingern herumschwang, schwang Angelina die Motorsäge noch schneller. Die Hand klirrte zu Boden, und der Roboter hatte nur noch einen Eisenstumpf. Und kurz darauf zwei.

Er wollte nach Angelina treten. Nach einem erneuten Scheppern wollte er auf seinem letzten Bein davonhumpeln. Schließlich fiel er gliederlos zu Boden.

»Du bist nicht nett zu den Menschen«, sagte Angelina mit der Säge im Vorhalt. »Du bist außerdem nur gefühlloses Metall, so daß du gar nicht spürst, was ich mit dir mache. Du tust nur das, wozu man dich instruiert hat. Dein Herr ist als nächster dran.«

Sein Kopf rollte mir vor die Füße. Ich schaute zu Boden und lächelte, als das Licht in seinem einzelnen Auge verblaßte und erlosch.

»Einer weniger«, sagte ich und stieß ihn mit dem Fuß beiseite. »Jetzt folgen wir dem Weg zur Höhle seines Herrn. Aber seid bitte wachsam, Leute. Slakey weiß, daß wir kommen. Er wird uns alles entgegenwerfen, was er hat.«

Urplötzlich fiel mir etwas ein, und ich tat einen Sprung.

»Vom Weg runter!« schrie ich.

Es war zu spät. Das schlürfende Geräusch ertönte. Der Weg rollte unter unseren Füßen weg und enthüllte die Kluft darunter.

»Gravrutschen aktivieren!« befahl ich und schaltete die meine ein. Unser Abstieg endete, kurz bevor wir auf die schartigen Stalagmiten und spitzen Pfähle prallten, die aus dem Grubenboden in die Luft ragten.

Wir jagten in die Höhe und in Sicherheit und gingen weiter. Neben dem Weg.

»Da ist es«, sagte ich und deutete auf dem weißen Tempelsaal vor uns auf dem Hügel. »Da habe ich den feisten alten Slakey getroffen, der in diesem unhimmlischen Himmel Gott spielt. Ich frage mich, ob er gerade zu Hause ist.«

Wir waren im Begriff, es herauszufinden und näherten uns vorsichtig der Marmortreppe. Diesmal bewegte sie sich nicht, es gab keine himmlische Rolltreppe für uns. Wir gingen energisch nach oben, bis wir den Thron sehen konnten. Und Slakey, der auf ihm saß. Er hatte eine finstere Miene aufgesetzt.

»Sie sind hier nicht willkommen«, sagte er kopfschüttelnd. Seine feisten Wangen schwabbelten, und der goldene Heiligenschein wippte bei jeder Bewegung.

»Seien Sie nicht ungastlich, Professor«, sagte ich. »Beantworten Sie uns ein paar Fragen, dann ziehen wir weiter.«

»*Dies* ist meine Antwort«, knurrte er, griff hinter sich, packte seinen Heiligenschein – und schleuderte ihn in meine Richtung. Als er meinen Anzug traf, explodierte er und warf mich zu Boden. Ich rappelte mich auf und sah, daß Slakey, der Thron und alles andere im Boden versanken.

Und während er nach unten sank, sank auch die Decke. Die sie haltenden Säulen schienen Kolben zu sein. Bevor wir dem Ding entwischen konnten, zermatschten uns die Steindecke, das Dach, die Stürze etc. wie Insekten.

Das heißt, sie hätten uns wie Insekten zermatscht, wenn wir unsere Kampfanzüge nicht getragen hätten. Als das Gewicht des Gesteins auf die Nanomoleküle des Anzuggewebes traf, wurden sie so hart wie Stahl.

Stählerne Särge. »Kann sich jemand bewegen?« schrie ich. Die Antworten bestanden aus Grunzern und Gestöhn. War dies das Ende? Zerschmettert unter einem hydraulisch betriebenen Tempel im Himmel? Darauf wartend, daß uns die Luft ausging? Hundert Stunden – und dann der Erstickungstod.

»Kommt … nicht … in Frage«, murmelte ich wütend. Meine Hände waren an meinen Seiten. Der gesamte Druck lag auf meiner Brust, die so hart wie Nanostahl blieb. Aber es lag kein Gewicht auf meiner Hand, und ich konnte die Finger bewegen. Ich bewegte sie, tastete in der Finsternis nach meinem Gürtel. Zog nach Gefühl eine Erschütterungsgranate heraus. Schob sie in das Geröll der Gesteinstrümmer, soweit hinaus, wie ich greifen konnte. Holte so tief Luft wie nur möglich. Zündete sie.

Flammen und eine gewaltige Geräuschexplosion. Rauch und Staub – natürlich –, der sich setzte und fortwehte, um einen Krater im Gestein zu enthüllen. Der Sonnenschein kam durch.

Einige weitere Granaten beendeten die Sache. Ich kam stolpernd auf die Beine, wankte, als noch eine Explosion die Tempelruine erbeben ließ und Angelina aus einer Rauchwolke auftauchte. Wir umarmten uns, dann sprengten wir die anderen frei.

»Ich möchte das aber nicht noch mal machen«, sagte Sybil, von dem Erlebnis schwer erschüttert.

»Es war eine reine Verzweiflungstat von ihm«, sagte ich. »Er wollte uns kaltmachen, bevor wir ihn umzingelt hatten. Es hat nicht funktioniert. Und jetzt geben wir ihm Saures.«

»Und wie?« fragte die stets praktische Angelina.

»Hier entlang«, sagte ich und führte sie die Treppe hinunter. »Die erste Grube, in die wir auf dem Weg gefallen sind, war wirklich eine Falle: Eine Fallgrube, um Menschen umzubringen. Aber diese Grube führt in die Unterwelt, in der sein ganzes Unternehmen stattfindet.«

Ich hatte es kaum ausgesprochen, als ich auch schon

eine Granate dorthin warf, wo der Roboter mit mir im Boden versunken war. Der Boden flog recht hübsch in die Luft und enthüllte ein Loch, das in die Tiefe führte.

»Ich geh zuerst, weil ich schließlich schon mal hier war.«

Wir aktivierten die Gravrutschen und sprangen durch die gezackte Öffnung. Diesmal fielen wir nicht, sondern schwebten. Die schartigen Steinwände bewegten sich in gemächlichem Tempo an uns vorbei und wurden von unten von rötlichem Licht erhellt. Dann kam die öde, schwarze Landschaft in Sicht, in der sporadisch Flammen aus dem Boden zuckten. Die tischartigen Aufbauten waren noch da, doch im rötlichen Licht kaum zu erkennen. Aber es gab einen Unterschied – die Frauen waren weg.

Bald erkannten wir den Grund. Sie hatten sich alle vor den Gebäuden versammelt. Meine Truppe landete und verteilte sich, die Waffen schußbereit.

»Nicht schießen!« rief Angelina. »Die Frauen da sind Opfer. Sie arbeiten nur hier!«

Als wir vorsichtig näher kamen, vernahmen wir ein leises Stöhnen und das vertraute Husten. Der Grund war ziemlich offensichtlich. Sie waren in Zehner- oder Zwanzigergruppen mit Seilen zusammengebunden.

»Ihr seid in Sicherheit!« rief ich. »Wir sind gekommen, um euch zu befreien!«

»Aber nicht doch«, sagte Slakey im Chor. Hinter jeder Frauengruppe stand ein mit einem Schießprügel bewaffneter Slakey. Sie sprachen alle gleichzeitig, weil sie natürlich ein- und dieselbe Person waren.

»Haut ab, oder wir bringen sie um«, sagte/n er/sie und hob/en seine/ihre Kanone/n, um auf die Geiseln zu zielen.

Wir hatten ein Patt.

»Damit kommen Sie nicht durch«, sagte ich, um Zeit zu schinden, weil ich mich fragte, was ich tun konnte, um sie zu retten.

»Und ob ich damit durchkomme«, sagten die massierten Stimmen. »Ich zähle bis drei. Wenn ihr bis dahin nicht weg seid, wird eine aus jeder Gruppe sterben. Dann habt *ihr* sie auf dem Gewissen. Und dann die nächste und übernächste. Eins ... zwei ...«

»Stop!« schrie ich. »Wir gehen!«

Aber wir gingen nicht – die Frauen gingen. Das Husten und Stöhnen wurde durch Stille und ein zischendes Geräusch ersetzt, als sie plötzlich nicht mehr da waren. Ich befürchtete einen grauenhaften Augenblick lang, sie könnten tot sein, bis ich den erschreckten Ausdruck auf Slakeys Gesicht sah.

Professor Coypu – natürlich! Er hatte uns zugeschaut und sie aus dem Himmel in die Sicherheit der Hauptzentrale versetzt.

Ich riß meine Kanone hoch, schoß auf den Slakey, der mir am nächsten stand, und rannte auf seinen reglosen Körper zu. Nun schossen auch alle anderen, und ein Geschoßhagel warf mich zurück. Ich strauchelte, lief weiter und griff nach dem Slakey, den ich getroffen hatte.

Und griff ins Leere, da er verschwand. Das Feuer erstarb, als die Slakeys einer nach dem anderen verschwanden. Angelina steckte ihre Kanone wieder ein, kam zu mir herüber und tätschelte meinen Arm. »Ich hab gesehen, daß du einen umgelegt hast. Glückwunsch.«

»Zu früh. Ich hatte die Lähmpistole genommen, weil ich mit ihm reden wollte.«

»Was jetzt?«

»Es hat keinen Sinn, jetzt in die Kohlengruben zu gehen, weil man dort nur für das Rohmaterial sorgt. Das gleiche gilt für die Zyklotronkammer, weil wir wissen, daß das Unnildecnovum zwar dort produziert, aber dann hierhergebracht wird, um es vom Kohlenstaub zu trennen.«

»Dann suchen wir den Ort, an den es gebracht wird.«

»Natürlich – er kann nicht weit sein.« Ich wandte mich an Berkk. »Du hast doch gehört, daß Slakey dem Roboter befohlen hat, es irgendwo hinzubringen?«

»Stimmt.«

Ich drehte mich um und deutete an den leeren Tischreihen vorbei. »Dorthin, es muß dorthin gehen. Die Gegenrichtung zum Zyklotron. Schauen wir doch mal nach.«

Wir gingen los. Vorsichtig. Wir wußten, daß wir dem Ende unserer Suche nahe waren und daß Slakey dies in keiner Weise gefallen würde. Es gefiel ihm auch nicht.

»Alle Mann in Deckung!« schrie ich und tauchte ab. Ich erhaschte nur einen kurzen Blick auf die Waffe, die vor uns in Stellung schwebte – irgendeine Art riesiges Geschütz.

Sie ballerte los, und die Granate explodierte irgendwo ganz in der Nähe. Der Boden bebte und knallte gegen mich; Granat- und Gesteinssplitter regneten herab. Das war aber gar nicht gut – nicht mal Coypus Kampfanzüge konnten einen Körper vor einem Volltreffer bewahren. Die Kanone feuerte noch einmal – dann verschwand sie.

»Ich hab sie«, sagte Coypus Stimme durch meinen Ohrstöpsel. *»Eine ferngesteuerte Belagerungskanone. Ich habe sie aus großer Höhe in einen Vulkan der Hölle geworfen. Sind da noch mehr?«*

»Ich sehe keine. Aber danke für das schnelle Eingreifen.«

Wir gingen weiter, an der Stelle vorbei, an der die Kanone aufgetaucht war, und näherten uns einem soliden metallenen festungsähnlichen Bauwerk. Sein Anblick behagte mir nicht – und er gefiel mir noch weniger, als in seiner Wand Schießscharten aufflogen und Schnellfeuerwaffen auftauchten. Die auch wirklich schnell feuerten.

»Professor Coypu!« schrie ich, als die Kugeln überall

um uns herum und in uns einschlugen, so daß wir zu Boden flogen und dort herumrollten.

Der Professor reagierte sofort. Zwischen uns und dem Bauwerk materialisierte ein Panzer, der augenblicklich losballerte, bevor er noch Bodenkontakt hatte. Die Waffe fuhr los, und die feindlichen Stellungen wurden eine nach der anderen ausradiert. Nachdem die Verteidigung verstummt war, fuhr der Panzer weiter und schoß den Haupteingang des Gebäudes weg. Als ich an ihm vorbeikam, öffnete sich eine Luke und Captain Grissle von den Raummarines schob seinen Kopf ins Freie.

»Ich geb Ihnen Feuerschutz, wenn Sie reingehen. Schreien Sie nur – und zeigen Sie wohin.«

»Ausgezeichnet! Und danke.« Ich hob die Faust und deutete dann nach vorn. »Angriff!«

Wir stürmten los. Genau vor das Gebäude, an das klaffende Loch, das einst ein Tor gewesen war.

»Können Sie mich hören, Grissle?«

»Laut und deutlich!«

»Ballern Sie noch ein paar Ladungen rein, bevor wir eintreten.«

»Kein Problem.«

Die paar Ladungen entpuppten sich als ein paar hundert; er hatte wohl Massen an Munition dabei. Im Innern des Gebäudes explodierten Flammen und Rauch. Klang immer weiter entfernt, als das Innere zertöppert wurde. Dann stellte er das Feuer ein. Eine letzte großkalibrige Granate pfiff an uns vorbei – die Explosion, die sie verursachte, war so weit entfernt, daß sie nur noch wie ein Schweizer Kracher klang.

»Bin auf der anderen Seite durchgekommen.«

»Gut, dann Feuer einstellen. Wir gehen rein.«

Die Verteidigungssysteme und Fallen, die auf uns gewartet hatten, waren nicht mehr. Die Granaten hatten jedwedes Hindernis aus dem Weg gesprengt. Wir tasteten uns in der Finsternis durch die Trümmer. Es wurde allmählich heller, als der Rauch sich verzog. Aus einer gezackten Öffnung in der Mauer vor uns drang Licht. Mit den Waffen im Vorhalt krochen wir voran und hielten Ausschau.

»Na, wenn das nicht schön ist«, sagte Angelina. »Es sieht so aus als hätten wir endlich das Ende des Weges erreicht.«

28. KAPITEL

Wir schauten in ein hübsches Himmelstal. Über uns: blauer Himmel. Unter uns: grünes Gras. Eine sanfte Brise bewegte die Blätter der Zierbäume und wehte uns süße Düfte in die Nase. Auf dem Talboden standen weiße Festzelte und kleine Gebäude, die halb von Blumen erfüllten Gärten verborgen wurden. Pfade schlängelten sich durch die Landschaft, vorbei an Statuen und Springbrunnen. All dies umgab den merkwürdigsten Gegenstand, den ich in meinem ungewöhnlichen Leben je erblickt hatte. Eine mattschwarze Kugel von mindestens zehn Metern Höhe. Glatt und ohne den kleinsten Kratzer; ein gigantischer Ball, eine brobdingnagische Bowlingkugel ohne Fingerlöcher. Wir standen mit offenem Mund da und gafften sie an.

»Spürst du es auch?« sagte Angelina und richtete die Hände auf den geheimnisvollen Gegenstand. »Ein unbeschreibliches Gefühl – aber das ist genau das, wonach wir im Kohlenstaub gesucht haben.«

Sobald sie es ausgesprochen hatte, wurde mir vage klar, was sie meinte, und ich wußte, warum das Gefühl nicht zu beschreiben war. Ein Gewicht, das keines war, eine noch nie empfundene Erfahrung, eine Bewegung, die stillstand. Frauen konnten kleine Mengen davon aufspüren – aber in dieser Kugel war soviel, daß man es auch als Mann spüren konnte.

»Unnildecnovum«, sagte ich. »Also da ist es hingegangen; dafür hat Slakey es gebraucht. Immer wieder einige Unnildecnovumpartikel, um das Ding da zu er-

jeder multiplen Hinsicht. Ich wünsche mir, ich hätte den Mumm, die Bombe zu zünden – aber mein Leben ist mir zuviel wert. Ich habe eine Menge, für das es sich zu leben lohnt – und ich rechne damit, noch ein langes, glückliches und verjüngtes Leben zu führen. Und jetzt kommen wir zu Ihnen.«

Ich beugte mich über die Bombe und zeigte mit einem vorwurfsvollen Finger auf Slakeys Visage. »Ich sage Ihnen, was Sie tun. Sie bauen keine Kohle mehr ab. Die Bergleute kehren zu ihren Familien zurück. Die beiden Berkks werden wieder vereint. Bubo wird den Seelenklempnern übergeben. Das Zyklotron wird nichts mehr zyklotronieren. Die Frauen an den Tischen werden nicht mehr schuften. Wir stellen sie unter die Dusche und schicken sie ebenfalls zu ihren Familien nach Hause. Dieses Unternehmen ist geschlossen.«

»Das werde ich nicht zul ...«

»Und ob Sie es zulassen. Die Renovierung des Paradieses wird eingestellt, die Bauarbeiter werden ausgezahlt. In Walhalla wird kein Met mehr gesoffen. Sie haben keine Wahl. Außerdem werden Sie alle religiösen Unternehmen auf allen Planeten schließen, und Ihre gesamten Ichs werden hierher zurückkehren. Wenn Sie in Ihrer gesamten Stärke versammelt sind, werden Sie hierbleiben. Für immer.«

»Das können Sie nicht machen!« kreischte er.

»Ich habe es schon gemacht.«

»Wie kann ich Ihnen vertrauen?«

»Sie haben keine andere Wahl.«

»Dann müssen Sie eben die Bombe zünden.«

»Nur dann, wenn Sie uns dazu zwingen. Sie ist nämlich unsere beiderseitige Garantie. Wir können uns nie sicher sein, ob nicht noch einer von Ihnen in Freiheit ist, der den ganzen monströsen Prozeß von neuem in Gang setzt. Die Bombe ist unsere Garantie, daß es nicht dazu kommt. Wir können sie nicht detonieren lassen, solange wir annehmen, daß einer von Ihnen *wirklich* noch in Freiheit ist. Es ist ein Paradoxon, ein Problem ohne Lösung. Ein Anfang ohne Ende – wie Ihre Entropie-Umkehrung. Setzen Sie sich also hin, denken Sie darüber nach und konferieren Sie mit sich selbst. Vergessen Sie nicht, daß dies das letzte, erste und einzige Angebot ist, das Sie kriegen.«

Ich stand müde auf und reckte mich.

»Holen Sie mich hier raus, Professor Coypu. Es war ein sehr, sehr langer Tag.«